大鱼

有爱的青春陪伴者

明天是个好天气

孟冬十五 ·著

台海出版社

图书在版编目（CIP）数据

明天是个好天气 / 孟冬十五著. -- 北京：台海出版社，2024.10. -- ISBN 978-7-5168-3903-4

Ⅰ．I247.5

中国国家版本馆 CIP 数据核字第 2024K49E40 号

明天是个好天气

著　　　者：孟冬十五

责任编辑：王慧敏

出版发行：台海出版社
地　　　址：北京市东城区景山东街 20 号　　邮政编码：100009
电　　　话：010-64041652（发行、邮购）
传　　　真：010-84045799（总编室）
网　　　址：www.taimeng.org.cn/thcbs/default.htm
E-mail：thcbs@126.com

经　　　销：全国各地新华书店
印　　　刷：天津睿和印艺科技有限公司
本书如有破损、缺页、装订错误，请与本社联系调换

开　　本：880 毫米 ×1230 毫米	1/32
字　　数：234 千字	印张：9
版　　次：2024 年 10 月第 1 版	印次：2024 年 10 月第 1 次印刷
书　　号：ISBN 978-7-5168-3903-4	

定　　价：42.80 元

版权所有　翻印必究

目录 Contents

第一章
崩溃，都是克制的 / 001

第二章
一无所有，还有傲气 / 037

第三章
你笑起来真好看 / 070

第四章
她是我的导演，我是她的男主角 / 105

第五章
不刻意，就是最好的关照 / 138

第六章
不被庇护的孩子，就像没有刺的刺猬 / 171

目录 Contents

第七章
你担负不起，我的人生 / 200

第八章
还没告诉你，我爱你 / 227

番外一
爱自己 / 261

番外二
首映礼 / 269

番外三
官宣 / 274

后记 / 281

/第一章
崩溃,都是克制的/

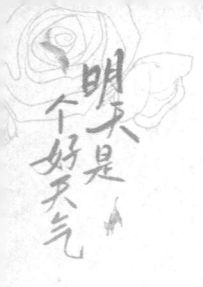

01

是深秋的芦苇荡。

有着秋末冬初独有的颜色、独有的气味,以及,独有的寂寥。

汽笛声一会儿离得很远,一会儿又近在耳畔,像是倾诉着来来往往的故事。

想要仔细听听,身体却被湖水包裹住。

越陷越深,挣扎不起。

渐渐地,无法呼吸……

林呢喃猛地惊醒,喉咙干渴,心跳剧烈,四肢仿佛被黏稠的沥青粘在了床上,无比沉重。

她足足用了一分钟才回过神儿。

又做了那个梦。

梦到自己走进一片枯黄的芦苇荡,不知怎么就沉进了湖底。

"咚——"

"咚咚——"

"咚咚咚咚——"

扰人清梦的声音,来自楼上新搬来的小情侣。

林呢喃疲惫地翻了个身,拿起床头的手机看了一眼——上午七点半。

她只睡了一个半小时,刚好是一个睡眠周期。

知足了,能睡着就已经很不错了。

林呢喃长长地叹息一声,艰难地从床上爬起来,两根手指捏着手机，如同丧尸般垂着手脚，耷拉着脑袋，一步步地蹭到客厅。

她没住学校宿舍，在家属院租了个单间，老式楼房没有电梯，隔音差，只比毛坯房多了几块地板砖，刮了一层腻子。

一看就不怎么结实的玻璃茶几上散落着几瓶纯净水，林呢喃随手抓起一瓶，一口气灌了大半。

微凉的水流刺激着干痒的喉咙，终于让人精神了些。

林呢喃脖子没动，只转着眼珠，瞧了瞧阳台上的跑步机，又看了看书架上的投影仪，最后还是把自己扔到了沙发上。

楼上依旧有声响。

楼下的林呢喃心态却沧桑如老狗。

"叮咚！"

手机屏幕亮了，微信消息自动弹出，来自辅导员安老师：来艺术楼304，说说你的毕业作品。

林呢喃盯着手机，足足做了十分钟的心理建设，才回：安老师，下午行吗？

安老师：上午有事？

其实没有，林呢喃就是例行不想出门，不想见人，不想洗脸，也不想换衣服，能拖半天是半天。

最后，还是安老师妥协了。

她向来是个好脾气又宠学生的好老师，尤其对待林呢喃。

林呢喃看了两部电影，吃了半盒炒饭，迷迷糊糊地睡了一觉，睁开眼就到了下午两点半。

再不去安老师就要过来揪人了。

最近总是胸闷，林呢喃没穿内衣，直接在秋衣外面套了件宽松的卫衣，扎起及腰的长发，就这么出门了。

教学区和家属院之间有一道铁门，跨过铁门就是操场。

今天是周日，操场上随处可见穿着短袖短裤踢球的学生，还有

住在家属院的老师领着可爱的小朋友们散步玩耍。

一切都很美好。

午后的阳光也是暖融融的。

林呢喃走在树荫里，显得格格不入。

她把兜帽扣在头上，加快了脚步。

"选题没过。"16级导演本科班辅导员安静开门见山。

"'校园暴力题材本来就敏感，尤其近两年，争议更大。作为国内最专业院校的准毕业生，连这点基本常识都没有，还毕什么业？'——这是李院长的原话。"

林呢喃沉默了三秒，缓缓道："安老师，如果我坚持呢？"

"不能作为毕业作品计入绩点。"安静果断道。

林呢喃抬起眼，恳切道："安老师，剧本您看过，您知道的，这是一个直戳社会痛点的好故事，我们'最专业院校'的毕业生不能因为敏感而回避。"

安静轻舒一口气，说："呢喃，老师理解你对艺术的坚持，但是，这个题材很难把握。你得先保证自己能毕业，将来才能驾驭有难度的作品。"

林呢喃看着桌上的申请书，坚持道："安老师，剧本我可以再改，学院那边能麻烦您帮我争取一下吗？"

林呢喃白皙、高挑，是艺术学院公认的院花。

借用校报的说法，就是"她的美源于那分宛如八十年代港星般华美又醉人的气质，而她最令人沉醉的就是这双眼睛"。

林呢喃的瞳孔不是纯正的黑色，不笑不说话的时候目光略显涣散，仿佛藏着什么心事，抬眼看着人的时候又透出几许脆弱与纯真。

二十岁的女孩子，还不会用眼神勾引人，一切反应都出自本心。

安静心软："那行，你先改改看，最晚周五交给我，能不能过还得院里决定。"

林呢喃忙起身,惊喜道:"谢谢安老师!那您先忙,我这就回去改。"

"等一下。"安静翻开档案盒,拿出一张电影票,"学院发的,送你了。"

是《双子杀手》,李安导演的新片。

"首映那天我就看过了,就不占老师这个便宜了。"林呢喃弯了弯唇,笑意轻浅。

安静展颜一笑:"也就说到你男神,才能见你有个笑模样。"

林呢喃一愣,不好意思地转移话题:"这片子真挺好看的,老师还是去看看吧。"

"我也想去,这不临时被拎回学校找你们谈话嘛。"安静把票塞给她,"男神的电影,二刷三刷都不为过。快去吧,还有一个小时,再磨蹭来不及了。"

林呢喃不再客气,谢过安静的好意,出门打车,直奔电影院。

将近两个小时的电影,林呢喃眼都不舍得眨。

她第一遍看的时候光顾着惊叹了,这时候才有心思分析其中的镜头语言。

男神就是男神,处处可见巧思。虽然并不完美,但一个老套的题材能拍成这样,足见功力。

直到上了出租车,林呢喃还在为女主角丹妮那句"那就一起杀出去吧"而激动不已。

那就一起杀出去吧!

女人也可以这样冷静,帅气,气场强大,毫不逊色。

高中班级群也在讨论。

——屋顶那场戏绝了,长镜头还能这样用呢!

——我喜欢那场"飞车追逐",快剪加长镜头,鸡皮疙瘩都起

来了！

——到底是120帧，差点以为水花会溅我脸上，我还躲了一下，丢死人了！

……

戏文专业的学生，鲜有人不崇拜这位被誉为"华人之光"的导演，群里大多是夸奖的话。

林呢喃与有荣焉，手指难得勤快起来，激动地输出自己的观点，巴不得同学们多夸几句。

她刚说完，姜晓晓就冒了出来。

我不这么认为。

这是姜晓晓说的第一句话，后面还加了一个笑脸。

林呢喃缓缓地打了个问号。

姜晓晓的话一行行冒出来：

在我看来这就是一部"四不像"，灾难程度堪比当年的《绿巨人》。

剧情、动作、科幻、人文关怀、父子主题啥都想要，到头来反倒哪头都够不着。

除了120帧这个噱头，还有什么？

姜晓晓情商很高，一句一个卖萌的表情包，明明在撑林呢喃，看上去却和谐又友爱。

她经营着两个营销号，一个吐槽国产剧，一个解说热门电影，知名度极高，收入不菲，被同学们戏称为"姜总"。

刚刚还在夸这部电影的同学转头就附和起来。

林呢喃气得指尖发麻，仿佛自己无比珍视的宝贝被贬得一文不值，好想肆无忌惮地和她大吵一架，可又不想把事情弄得太难看，也怕给男神招黑。

车子停在了校门口,司机师傅喊了三声,林呢喃都没回过神。

"嘿,同学,新校区到了。"师傅用力地敲了敲隔板。

林呢喃这才反应过来,扫码支付。

师傅特意瞧了她一眼,表情复杂,仿佛在说:挺俊一姑娘,怎么脑子不大好使?

林呢喃莫名涌起一股浓烈的羞耻感。明明是很小的事,却像犯了极大的错,连声道歉。

群里还在聊。

姜晓晓得意地说:这片子烂得极有特色,回头整理一下做条吐槽视频,求转发哈!

底下又是一排表情包。

林呢喃终究没忍住,发了一片语音方阵反驳姜晓晓的观点,语气不甚客气,也没发卖萌表情包。

群里一片寂静,很久都没人说话。

过了一会儿,姜晓晓回复:呢喃啊,你这生的哪门子气?是不是毕业作品申请被毙,窝着火呢?没事没事,有气朝老同学撒,老同学疼你。

后面附带一个"摸摸头"表情包。

林呢喃想吐,她动动手指,屏蔽了班级群。

眼不见为净。

许淼的电话很快打了进来。

高中三年,两个人关系最好,上了大学分隔两地,干脆把手机号绑定了个套餐,漫游免费,无限畅聊,许淼的男朋友都没这待遇。

"我去晚了,错过了现场直播。"许淼含着笑意的声音透过听筒传来,"美人发飙,难得一见。"

"你也觉得是我闲着没事发疯吗?"对着好姐妹,林呢喃咬字软绵绵的,像撒娇。

许淼笑了一下，说："我是觉得不至于。"

"当然至于！水水，如果有人当着你的面对你'本命'破口大骂，我不信你不急。"

"晓晓就是靠这个吃饭的，你看她夸过谁？未必就是针对李安导演，更不是针对你。"许淼冷静地说。

林呢喃委屈道："咱俩什么关系，你向着她说话？"

许淼无奈道："宝贝，你几岁了，能不能成熟点？"

林呢喃胸口闷得慌。

如果她和姜晓晓原本就关系恶劣倒还好，可明明上高中的时候她们关系那么好，一起熬夜复习，一起北上考校招，吃过一样的苦，交换过少女心事，她以为，她们可以做一辈子的好朋友。

那些带刺的话从姜晓晓嘴里说出来，她受不了。

许淼还在劝。

逼仄的楼梯布满灰尘，林呢喃扶了下栏杆，蹭了一手漆，突然感到一阵无力。

"许淼，别说了，再说咱俩也得绝交。"

许淼愣了一下，语气转冷："林呢喃，你是不是有病？"

"是，我有病。"

"病得不轻。"许淼挂断电话。

黑掉的屏幕上映出林呢喃苍白的脸。

【呢喃日志1】

2019年10月20日 星期日 晴 北风3～4级

毕业作品拍摄申请被毙。

发呆犯傻变得不分场合。

屏蔽了班级群。

和最好的朋友吵架了。

糟糕，才是生活的常态。

02
我病了吗？
林呢喃问。
我好像真的病了。
林呢喃回答。

她整晚整晚地失眠，大把大把地掉头发，身体沉重得像是灌了铅，心跳毫无征兆地加快……
还非常敏感。
可能别人无意中的一句话，一个眼神，一次很小很小的冲突，都能让她难受好久。

是从什么时候开始的？
大概是元旦，或者更早。
发生了什么事？
她不知道……
林呢喃摊在床上，脑子钝生生地转了好几圈，没想出原因。
如果知道原因的话，就可以去解决了，也不至于任由灰色的情绪一寸寸把人吞没，而她，只能麻木地仰着脖子，无力挣脱。
本就斑驳的屋顶，现已掉了更多腻子皮。
林呢喃盯着一处弯刀模样的墙皮，目光涣散，好像那块墙皮随时都有可能化作一把锋利的尖刀，自由落体，插进自己胸口。
还是怕的。
她闭上眼，默默地数了一百下，又数了一百下，直到数到第一百个一百下，才终于爬起来，打开电脑。

天已经黑了。

茶几上剩的半盒炒饭冷透了，油渍附在饭粒上，像是包裹了一层白色的膜，林呢喃瞬间不饿了。

她戳开木清扬的头像，把《少年时》拍摄申请被毙的噩耗告诉他。

木清扬秒回：早就想到了，那就别拍了，换个本子，别影响你毕业。

林呢喃咬了咬唇，用力戳键盘：我还没放弃呢，你就想放弃了？
语气说不上好。

木清扬：生气了？

林呢喃没回。

不是故意拿乔，是怕自己被坏情绪支配，说出让对方不舒服的话。

木清扬：[摸摸头.jpg]

木清扬：[别气了.jpg]

木清扬：[我错了.jpg]

木清扬：[美女，在吗.jpg]

是个好脾气的男孩子没错了，还是个很帅的男孩子。

木清扬是动画系的研究生，兼任"系草"，校报上对他的评价是："货真价实的'撕漫男'，比他笔下的任何一个动漫形象都美型。"

原本后面还有一句"看到他，小说里的极品美人从此有了脸"，被主编老师删掉了。

林呢喃点开木清扬的头像看了一分钟，心头那点小气恼顿时消失了。

林呢喃：哥，真担心影响我毕业，那就把剧本改改吧，改到能拍为止。

木清扬沉默了几秒钟，才回：妮儿，你应该知道，很难改的。

林呢喃：至少要试试。

林呢喃：哥，你还记得你把剧本交给我时说过的话吗？白给我用，不要版权费，只要能拍出来，让更多人看到。

《少年时》内容涉及校园暴力，是木清扬根据中学时的真实经历写的。

他说：写出来，是为了救赎自己；拍出来，是为了救赎更多人。

木清扬：我的想法一直没变，但不能押上你的前途。妮儿，《少年时》给了你，我永远不会收回来，你想什么时候拍都行，别拿自己的毕业证做赌注。

林呢喃回复：作品过不了，我就写论文，不愁毕业。

木清扬发了个笑脸：干吗急于一时？等你功成名就，把《少年时》拍得更好更完美，国际"三大"走一波，那才叫体面。

林呢喃弯了弯唇，缓缓敲字：如果现在不拍，以后可能就拍不出来了。就算真有功成名就的一天，那也不是咱们的"少年时"了。

心情是不一样的。

少年心事，还是应该在少年时去讲。

过了好一会儿，木清扬回她：那就改改看吧！

林呢喃这才满意地关掉聊天窗口。

列表置顶的位置，是许淼。

昨天不欢而散后，两个人谁都没联系谁，每日例行的"早安""晚安"也没有了。

林呢喃戳开许淼的头像，手指放在键盘上，不知道说什么，调出表情包，不知道发哪个。

或者说，不敢。

怕许淼不回，她会非常非常难受，难受到崩溃。

最后，她还是忍不住翻开许淼的朋友圈，想点个赞，算是委婉地认个怂。结果发现，许淼最近半年内的每一条动态她都已经赞

过了。

　　这时，大学宿舍群弹出消息，舍友"安利"《脱口秀大会》最新片段。

　　像是天意。

　　林呢喃像是获救了般，关掉朋友圈，点开视频。

　　编剧们熬夜撞墙掉头发编出来的段子没让人失望，林呢喃不由自主地笑出声。

　　笑着笑着，就哭了。

　　眼泪就那么毫无征兆地流了出来，一发不可收拾。

　　艺人在笑，观众在笑，她在哭。

　　明明她嘴角还是上扬的，偏偏哭得上气不接下气。

　　这不正常。

　　林呢喃不得不承认。

　　不能再这样下去了。

　　林呢喃对自己说。

　　明天一睁眼就去医院吧。

　　不洗头，不开手机，不吃早饭，免得自己后悔。

　　……

　　每个睡眠不足的清晨，都是林呢喃最疲惫最丧气的时候，如果不是事先贴了满墙的剧本刺激自己，她绝对会反悔，不出门，不去医院。

　　林呢喃像幽灵一样飘上出租车。

　　渐变色的墨镜遮住红肿的眼，宽大的兜帽盖住蓬乱的长发，双手往衣兜里一插，消瘦的下巴往卫衣里一缩，整个人暗沉沉地躲进无形的壳子里，拒绝整个世界。

　　司机师傅是个健谈的人，一路上都在说着自家即将高考的儿子。

林呢喃脑袋里像是有个电钻，后脑勺疼得一跳一跳的，她很想大声对司机说，请安静。

　　然而，她张开嘴，却变成了微笑。还怕弯唇的弧度太小，让司机师傅误会她不够友好。

　　司机直乐："我拉过不少你们学校的学生，头一回见长得这么好的——就是笑起来有点怪——同学将来要做演员吧？"

　　"导演。"这一点林呢喃可不想敷衍。

　　"哟，那就是管演员的了，厉害呀！"车子拐了个弯，司机继续说，"同学这是去医院看人？"

　　"看病。"林呢喃说。

　　司机从后视镜瞅了她一眼："你们小姑娘就是爱漂亮，不穿秋裤，冻伤风了吧？"

　　"不是。"林呢喃突然生出一丢丢恶劣的心思，"我要看的，是精神科。"

　　司机瞬间安静，又从后视镜瞄了一眼，成功地被林呢喃的黑衣黑裤黑墨镜，外加苍白的脸色、尖尖的下巴镇住，更安静了。

　　接下来的路程，出租车以平稳且飞快的速度到达医院门口。林呢喃扫完码，下了车，付款界面还没刷出来，司机就已经开走了。

　　明明是晴天，医院大堂却显得昏暗、沉闷。

　　时间还早，病人不多，挂号窗口不用排队，林呢喃直愣愣地对着玻璃窗，突然有点不知所措。

　　工作人员问："哪个科？"

　　"精神科。"原本以为难以启齿，真正说出来，其实只有三个字。

　　工作人员收钱、打字、递卡片，一气呵成，头都没抬一下。

　　这反倒让林呢喃舒了口气。

　　诊室在二楼，南边是专家门诊，北边是普通门诊，东西两侧有弯弯绕绕的过道和一个个关着门的小房间。

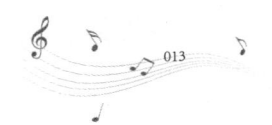

这里人倒是不少,却异常安静,鲜有攀谈闲聊的,每个人或坐或站,默契地保持着一定距离。

专家诊室门口排着不少人,林呢喃不想去凑热闹,随便进了一间空闲的诊室。

宽大的长桌后面坐着个戴眼镜的女医生,看上去严肃又专业。

"请坐。"

医生抬手,接过林呢喃的诊疗卡,娴熟地在电脑旁的机子上划了一下。

林呢喃扶了扶墨镜:"需要摘掉吗?"

"都行。"医生抬头看了她一眼,又低下头啪啪打了几个字。

林呢喃犹豫了一下,还是把墨镜摘了,总归礼貌些。

医生对上她红肿的眼,问:"哪里不舒服?"

要说的话昨晚失眠的时候已经想好了,并反反复复演练过,林呢喃像背书似的念出来。

医生没抬头,啪啪敲字。

等林呢喃背完了,她又问:"这种情况持续多久了?"

"快一年了,从元旦假期开始失眠,最近比较严重,几年前也有过一次……"

"几年前?"医生确认道。

"四年……三年半,三年半以前。"林呢喃尽量说得仔细些、精确些,她是真的希望能治好。

"家里有人出现过类似的情况吗?包括祖母、外祖母两边的亲戚。"

林呢喃摇摇头:"没有,应该没有,我没听说过。"

医生点点头,继续打字。

林呢喃的第一次主动问诊,就在这种机械的一问一答中持续着。

宽大的桌子把她和医生隔得很远,她能看到医生一半脸,冷静到近乎冷漠,另一半被黑乎乎的显示器挡住。

林呢喃的视线落在显示器的插口上,静静地看着缝隙里细小的灰尘,仿佛那是什么有趣的景致。

医生的声音渐渐飘远了,耳边只有敲击键盘的声音。

"咔嗒咔嗒。"

"咔嗒咔嗒。"

"咔嗒咔嗒。"

她的痛苦,她的惶恐,她深埋在心底、连妈妈和许淼都未曾吐露过的脆弱,就这样被编码,变成一个个冷漠的文字,冷漠地排成了一份病历。

比医生的脸还冷漠。

林呢喃想逃。

【呢喃日志2】
2019年10月21日 星期一 晴 北风1～2级

试图自救。

却做了逃兵。

03

林呢喃没逃。

或许是不想让医生把她当成神经病,也或许是,连逃跑的魄力都没有。

接下来就是一系列检查,心电图、血常规、肝功能……扫码、排队、等结果,医生开药方。

还有最后一个程序就解脱了。

林呢喃怀着外表看不出来的期盼心情下到一楼,手上捏着厚厚

一沓缴费单。

　　心电图：20 元。

　　尿酸：76 元。

　　自测表、首诊检查：130 元。

　　血清项目：220.94 元。

　　还是血清：54 元。

　　另一个不知道干吗的血清：116 元。

　　一周的药费：373.65 元。

　　合计：？

　　林呢喃算不出来，头疼。

　　医生说，下周复查，酌情换药。

　　林呢喃非常肯定，下周不会再来了。

　　取完药，就可以和这个地方说拜拜了。

　　窗口只有两个人，林呢喃站在柱子后面观望着，直到他们离开了才走过去。

　　工作人员是个年轻男人，侧身坐着，左手腕戴着一块卡地亚表。

　　林呢喃低头看了一圈，没找到二维码，不得不开口，语气尽量礼貌："请问，能扫码吗？"

　　"卡地亚"歪头："你扫我，还是我扫你？"

　　林呢喃没反应过来，说："看您方便。"

　　对方笑了一下。

　　五分钟后，林呢喃逃也似的出了医院。

　　傻透了，居然把取药窗口看成了收费窗口。

　　她在车上捂着脸笑了好久，成功把司机师傅吓到——这可是刚从医院出来的！

　　林呢喃把墨镜挂到耳朵上，顺便蹭掉眼角的泪花。她自己都分不清是笑出来的，还是哭出来的。

周一上午，学生们都在上课，生活区很安静。

长长的车行道上只有林呢喃一个人，她还是谨慎地选择靠边走，几乎和旁边的绿化带融为一体，如果把黑色卫衣换成绿色的话。

"嘿，哥，前面那个同学和你穿的同款啊，该不会是你粉丝吧！"李伟说起话来眉飞色舞，抑扬顿挫，像个reader（阅读器）。

顾羽玩着吃鸡游戏，眼都没抬："伟啊，这话要是发到微博上，你猜猜黑粉会怎么骂我？"

李伟嘿嘿一笑，细长的眼睛眯成两条缝。

尊崇版红旗H7绕着花坛转了半圈，和林呢喃擦身而过。

李伟突然拔高嗓门："不是，哥，没准儿真是你粉丝！墨镜也是你代言的！"

一局游戏结束，顾羽顺便看了一眼，一愣。

林呢喃刚好把墨镜摘下来，在揉眼。从顾羽的位置刚好看到她精致的侧脸。

这个角度，他可太熟悉了。

"停车。"顾羽想都没想，就说了出来。

"哥，还没到呢！"

顾羽扭头看着窗外，不解释，只是重复："停车。"

李伟有点蒙，顺着他的视线看过去："哥，你该不会看着人家好看，想主动合影吧？别了吧，来之前徐哥说了八百回，让咱们低调，低调，再低调……"

"小伟。"

顾羽的语气略显严肃，还有他自己都没觉察的急切。林呢喃拐上人行道，眼看着就要走远了。

作为内娱顶流男明星的第一助理，李伟可太会察言观色了，不用顾羽说第三遍，分分钟靠边停车。

没停稳，顾羽就下去了，大长腿直接跨过绿化带，三两步追上

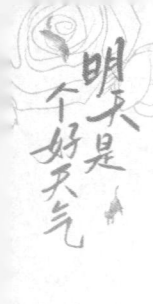

林呢喃。

"同学——"

林呢喃回头，顾羽抬手，细白的手腕撞到硬实的胳膊上，倒霉的成了林呢喃手上的墨镜。

轻巧的镜身在空中划过优美的弧度，叮的一声，落到花砖上，腿断了。

顾羽没稳住，又补了一脚。

林呢喃低头，看看顾羽雪白的球鞋，又抬头，看向那张天天挂在微博热搜上的脸，面无表情。

顾羽对上她茶色的瞳仁。

果然是她。

四年不见，小姑娘长大了。是哭过吗？眼睛湿漉漉的。

顾羽心下一软，声音不自觉地放轻："别生气，我赔。"

"不用了。"林呢喃抬起和他同款的白色球鞋，踢踢他的脚尖。

顾羽心领神会，连忙挪开脚。

"墨镜兄"惨极了，不仅腿断了，镜片也布满了雪花。修是修不好了，只能宣布"意外死亡"。

林呢喃没说什么，只默默蹲下，抽出一片散着香气的纸巾，把镜片和镜腿摆成完好的模样，轻轻裹起来。

这是许淼送她的生日礼物，就算这样也要妥善珍藏。

顾羽被可爱到了。

四年不见，她还是这么特别。

林呢喃和四年前一样，依旧把他当成空气，捡完墨镜，转身就走。

顾羽拉住她："丫头，你真不认识我了？"

"认识。"林呢喃淡淡回道，"顾羽，大明星。"

年轻的影帝、热搜榜霸主、内娱顶流，人气爆表，口碑成谜。

如果连他都认不出来，那林呢喃导演系可就白念了。

"我说的不是……"顾羽无奈地摇摇头，"算了，这个赔你。"说着，就把自己的墨镜摘下来，挂到了林呢喃耳朵上。

他修长的手指带着意外的暖意，不经意蹭到她柔软的耳郭。

陌生的亲昵，让林呢喃忘了拒绝。

"抱歉。"顾羽察觉到她的紧张，绅士地后退两步，"你脸小，戴我的大了，先押在你这儿，回头给你换副女款的。"

"说得好像还会再见面似的。"

林呢喃躺在沙发上，歪头看着茶几上的男款墨镜。她没拒绝，是不想让顾羽觉得欠她什么，她更不会认为顾羽真会记得这件事。

当着顾羽的面，林呢喃没细说，她是记得他的。

他长高了。

不，确切地说，是更高了。

官方身高186厘米，想来没掺水分，她自己168厘米，和他面对面站着，刚好看到他完美的下颌线。

四年的时间，他褪去了少年时的青涩，轮廓加深，五官更为立体，是个男人的样子了。

明明是再周正不过的长相，偏偏长了一双桃花眼，或嗔或笑，或喜或怒，总能演绎出不同的味道。

怪不得拍了那么多"烂片"，人气反而越来越高，谁能拒绝这张脸呢？

"滴滴答答滴——"
"滴滴答答滴——"

特别提示音，来自林呢喃的妈妈——崔缨兮女士的视频邀请。

崔缨兮，一个多么诗情画意的名字。

年轻时作为歌舞团台柱子的林妈妈也确实是个诗情画意的人，

至少在别人眼中是这样。

林呢喃下意识地衡量了一下房间的整洁程度，默默地挂断视频，在对话框回了一段文字：在影音室，不方便说话。有事吗，妈妈？

崔缨兮回的是一串长长的语音："你今天是不是去医院了？你戴叔叔说看到你了。怎么去医院了？是不是哪里不舒服？"

林呢喃听到那个人的名字，心头刺痛了一下，慢慢打字：没事儿，妈妈，别担心，小感冒，吃点药就好了。

一段更长的语音发过来："怎么感冒了？是不是又不好好穿衣服了？我跟你说，衣服好不好看不在穿多穿少，全在身材和搭配，只要你控制好体重，穿厚点也不丑。"

这话，林呢喃都快背下来了。

她没急着回，反正不管回什么，妈妈都不会理会，只会继续照着自己的想法说。

果然——

"上次让你拿走的那罐肠清茶喝完了吗？喝完再回家拿两罐，我又买了。妈妈以前的同事都喝这款，很有效，你可别嫌麻烦。"

林呢喃默默地抠开茶罐，泡了一杯，仿佛妈妈在透过屏幕监视她。

一段三秒钟的语音发过来，短得罕见："需要妈妈去看你吗？"

林呢喃忙回：千万别，妈妈，周末我回去看你。

崔缨兮的愉悦通过语音传递给林呢喃。

"也行。妈妈这两天确实挺忙，妮妮，感冒药你先吃着，过两天妈妈再陪你去医院看看。"

林呢喃都给气笑了，她病了，要去医院，还要预约妈妈的时间。

"不用了，我自己已经去看过了。"林呢喃喝了一口苦不喇唧的肠清茶，不冷不热地回了一条语音。

手机安静了大概十分钟，紧接着像是中了病毒，叮叮咚咚地响起来。

崔缨兮不发语音了，改成一片片文字：

妮妮，你是不是生妈妈的气了？说话怎么阴阳怪气的？妈妈是真忙，你又不是不知道。

你要现在就想让妈妈带你去医院，你就直说，自己不知道好好照顾自己，反过来朝妈妈发脾气，你觉得你这样对吗？

林呢喃感到一阵窒息，就知道会这样。

母女间每一次通话，都会以这种形式收场，毫无例外。

放在从前，林呢喃就忍了。今天，想到那个"通风报信"的男人，她没忍住：妈妈，你知道我生病了为什么不想告诉你吗？因为我非常清楚，即使说了，我得到的也不是关爱，而是指责。

生病了，是她不好好照顾自己。

长胖了，是她不懂节制。

和同学闹别扭，是她不能容忍。

肠清茶过期了，是她不懂珍惜。

……

林呢喃含着眼泪，一个字一个字地回：妈妈，你大可不必担心我，自从爸爸死后，我就学会自己爱自己了。

手机再次安静下来。

许久之后，崔缨兮回了一句语音："林呢喃，你和你爸爸一样，没有良心。"

你和你爸爸一样……

没有良心……

林呢喃完全可以想象到妈妈说这句话时的表情和语气，心脏仿佛被一只布满老茧的手攥住，整个人无力地滑落到地板上，缩成一团。

大脑一片空白。

楼上楼下的吵闹声仿佛存在于另一个世界。

她知道自己在哭，想要停下来，却控制不了自己的身体。仿佛变成了一个局外人，飘在半空中，冷静地、麻木地看着那个抱着膝盖，无声痛哭的可怜虫。

就连哭，都不愿意发出声音。

怕被认识的同学听到。

怕打扰到隔壁考研的姐姐。

怕眼睛更肿，明天还要开大会。

……

高亢的手机铃声把林呢喃拉回了现实。

是木清扬，想来是为了聊剧本。

电话断掉的前一秒，林呢喃接了起来。

"微信没回，在忙？"木清扬语气温和，隐晦的急促和担忧被他小心地藏了起来。

对于正常人来说，半个小时不回微信根本不算什么。只有他们这样的人才能彼此理解，突然联系不上对方，会有多惶恐。

"没事，静音了，没看到。"林呢喃尽量让自己的声音听起来不带哭腔。

木清扬还是听出来了。但他什么都没问，转而聊起了剧本。

林呢喃的注意力转移到工作上，心情渐渐平复。

挂断之前，木清扬突然说："妮儿，校园里的桂花开得正好，尤其到了傍晚，香喷喷的，去看看吧。"

林呢喃瞬间泪崩。

【呢喃日志3】

还是 10 月 21 日　星期一　晴　北风 1～2 级

想要的并不多。

只要能有一个人微笑着说，桂花开得正好，去看看吧。

04

林呢喃去看桂花了。

她洗了头发，换上了米色的毛衣裙。她不算瘦，但腰细、腿长，肩平直且薄，是典型的衣服架子。

她还化了一个淡妆。美妆蛋好久没用，变色了。眼影的颜色也怪怪的，涂完才发现，还有一个月过期。

林呢喃心情不错，美美地出了门。

木清扬没骗她，校园里的桂花果然开得很好，尤其是行政楼后面的金桂园，天上地下一片金黄。

年轻的学子们聚在园子里拍照，默契而小心地踮着脚，努力不踩到娇艳的落花。

林呢喃坐在长椅上，乌发白裙，娇面粉颊，纤长的睫毛稍稍垂着，遮住眼底的小欢喜。如此美人，和身后的金黄浓绿融成一幅美好的画卷。

有帅气的男同学上来搭讪："小姐姐，我是摄影系的，能加个微信，以后请你拍平面吗？"

林呢喃弯唇，声音轻巧灵动："小姐姐是大四的学姐了，大概没有时间接工作。"

男生轻咳一声，体面地笑笑："那祝学姐毕业顺利。"

"谢谢。"林呢喃点头，肩上的乌发被风撩起，发香与花香交缠萦绕，说不清哪个更醉人。

男生红着脸离开了。

林呢喃笑意更深，果然应该多出来看看，年轻的面孔，如此养眼。

这一幕刚好被顾羽看到。

周围的学生都淡出了，他眼里只有那条淡黄色的长椅，和侧身

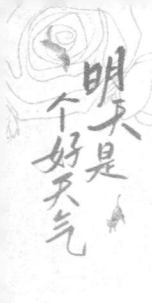

而坐的林呢喃。

记忆回到四年前，第一次见林呢喃的时候，她也是这样坐在月季花下，穿着白裙，披着长发，精致的五官仿佛镀上一层柔和的光晕。

那一瞬间，顾羽险些以为自己看到了月季花灵。

后来，他特意查到了那丛月季的品种——圣斯威辛，少女裙摆的颜色。

两个穿着JK制服的可爱女孩走到林呢喃跟前，礼貌地说："学姐，可以拍一张你的照片吗？不用露脸，一个侧影就好，放在学院的公号上。"

林呢喃笑了一下，乐意帮这个小忙。

不用特意摆姿势，只需要稍稍仰起脸，就是一道完美的剪影。

"咔嚓！"

顾羽举起手机，抓拍了一张。

李伟目瞪口呆："哥，这么明目张胆的吗？"

顾羽淡定地收起手机，装作无事发生。

林呢喃扭头，看到他高大的背影。不知怎的，她就断定是他。

路上学生不少，有人认出顾羽，也只是小小地惊诧一下，没有引起围观。

从这个学校走出去的影帝影后一抓一大把，如顾羽一般的"当红炸子鸡"，还不到让这些骄傲的未来艺术家尖叫的程度。

第二天，系里开大会，林呢喃迟到了。

晚上熬夜改剧本，将将睡了一个多小时就被班长的夺命连环call呼醒了。

后排已经坐满了，只有前排还有几个空位。林呢喃细心地靠里坐了坐，留出两个空位给后来的同学。

旁边坐着几个表演系的学生，看到林呢喃都很热情，话里话外打听她的毕业作品。

目的很明显，希望能争取到出镜的机会。

这要归功于林呢喃的处女作《老街》，一部生活气息浓厚的短片，极其符合学院派评委的胃口，成功让她在大学生电影节上夺得"新锐导演"殊荣。

她的毕业作品自然备受期待。

"男主角早就定了，没你们的份。"

一个帅气的男生熟稔地拍拍林呢喃的肩，愣是把旁边的同学挤开，挨着她坐下。

"不会又是你吧，肖楠？"

"不然呢？"肖楠朝林呢喃眨眨眼，"早就许给我了，合同都签了，是不是，美女导演？"

林呢喃失笑，哪有什么合同？

不过，《少年时》的男一确实许给了肖楠，是肖楠主动找到她的，林呢喃关注过他，觉得他演技不错，木清扬也认为他形象气质很合适。

"肖楠，你也太有心机了，这是不给别人留活路啊！"同学们半真半假地调侃着。

肖楠嘻嘻哈哈地回怼，看上去并没有放在心上。

手机弹出新消息：喃喃，不好意思啊，还以为你今天来不了，没给你占座。

是宿舍里的老好人，李穗子。

李穗子和其余两个舍友坐在倒数第三排挨着暖气的位置，她们606宿舍的"老地方"。

林呢喃微笑着打字：没事儿，确实没打算来，不然就提前去宿舍和你们碰头了。这不班长太执着嘛，多少给他个面子。

李穗子回了个"大笑"的表情。

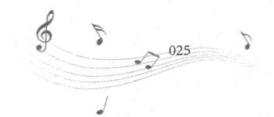

徐茜茜不冷不热道："人家现在是名人了，巴不得跟咱们这些小透明划清界线，就你傻，上赶着倒贴。"

"别这么说，喃喃不是那种人。"李穗子弱弱地辩解。

徐茜茜翻了个白眼，视线瞄到跟林呢喃越靠越近的肖楠，心里打翻一坛老陈醋。

会议开始了。

今天主要讨论各班的毕业作品，系主任对着文件念了足足半个小时的注意事项，念得学生们昏昏欲睡。

突然出现在讲台上的人，让林呢喃足足愣了三秒。

和昨天慵懒风的造型不同，顾羽今天特意收拾了一下，头发抓起来，套了件蓝白花纹的休闲西装，既正式又不显古板，足见他对这次活动的重视。

系主任挺长脸，学生们也很兴奋，因为，顾羽说他这次来是为了参与学生们的毕业大戏。

"不一定出镜，也许只是做幕后，为学弟学妹们服务。"顾羽歪歪头，显出几分亲切。

底下的学生顿时放开了——

"学长还是出镜吧，有你加持，这戏就稳了！"

"学长别光看表演系，音乐剧这边你也瞅瞅啊！"

"顾羽学长，导演系需要你！"

顾羽帅气一笑："你们这么积极，就不怕我连累你们拿个4.9分？"

哄堂大笑。

"4.9分"是顾羽的黑粉玩的梗，自从二十岁那年拿到影帝后，顾羽接连拍了六部电视剧，每一部某瓣评分都没超过4.9分。

顾羽拿这件事自黑，倒显得幽默又大度。

林呢喃目光调侃，这人还真是天生的"演员"。

然后，就被顾羽抓到了。

顾羽下台，谢绝了系主任的邀请，施施然坐到林呢喃身边。
全场的目光顿时汇聚过来。
俊男与美女的搭配，单是看着就养眼，更何况两人还都是"风云人物"。
林呢喃头顶缓缓升起一个问号。
顾羽仿佛练过读心术，笑吟吟道："我得巴结你啊，大导演。"说着，还瞄了眼几乎要贴到林呢喃身上的肖楠。
肖楠忙站起来，两只手一起伸向顾羽："羽哥你好，我是16级表演本科班的肖楠，教我们台词的季老师经常提起你。"
"原来是直系师弟。"顾羽握住他的手，笑得恰到好处，"听说你要演林同学的戏？"
"是，呢喃的毕业作品，有幸参与。"肖楠玩笑道，"羽哥该不会也想……"
"那也得林大导演瞧得上我才成。"顾羽笑眯眯地看向林呢喃。
从头到尾林呢喃都诧异至极，这个人莫名其妙的自来熟气息哪儿来的？
这时候的顾羽和刚才的模样又有不同，仿佛接受完朝拜的狮王，回到领地，卸下高傲，恢复了慵懒、放松、漫不经心的模样。
林呢喃一不小心就说出了心里话："你演技确实好。"
顾羽假装听不出她话里的调侃，笑言："要找我拍戏吗？"
林呢喃不甘示弱："友情出演吗？"
顾羽一笑："那得看有多少'情'。"
林呢喃微笑以对，一旁的肖楠也跟着笑起来。
系主任坐过来，笑呵呵地问："你们认识？"
林呢喃摇头："不……"
"嗯，认识。"顾羽截住她的话，"林同学算是我的小师妹，我曾是林老师的学生。"

　　林呢喃僵住了，怔怔地看着顾羽。

　　她没想到，顾羽会记得爸爸，还以爸爸的学生自居。如果爸爸泉下有知，会欣慰吧？

　　至少，她是欣慰的。

　　除了她，还有人记得爸爸。

　　就连妈妈都把爸爸的照片收了起来，再不提起。顾羽这个陌生人，却能清晰果断地跟人介绍"我是林老师的学生"。

　　"谢谢。"

　　顾羽离开的时候，林呢喃追出去，说道。

　　顾羽一只脚已经踩进车门了，看到林呢喃，又啪的一声，把门合上，把李伟看得一愣一愣的。

　　他没问林呢喃为什么道谢，也没说不用谢，转而提起另一件事："听说你的毕业作品出了点小麻烦，需要帮忙吗？"

　　林呢喃一愣，下意识道："不用，暂时不用，谢谢。"

　　顾羽笑了一下："今天谢得有点多了，小丫头。"

　　亲昵的称呼，让林呢喃有些恍惚，突然有种错觉，好像从前他们很熟，情谊很深。

　　"上车，载你一程。"顾羽熟稔道。

　　"不用了，谢——"林呢喃一顿，自己先忍不住笑了。

　　顾羽扬起眉眼，柔和了凌厉的五官。

　　气氛变得轻松起来。

　　林呢喃放松道："我要去行政楼，走两步就到。师兄时间宝贵，就不耽误你了。"

　　顾羽挑了挑眉，大概是因为"师兄"这个称呼。

　　车子打着火，他又摇下车窗，对林呢喃说："当初我不确定要不要接'蓝双'，是林老师说，做自己喜欢的事，即使结果失败了，至少过程很享受，不会觉得亏本。"

后来，他凭着那个角色摘得"影帝"桂冠。

林呢喃弯了弯唇，她赌一根黄瓜，这话不可能是爸爸说的。不过，却是爸爸的选择。

她的爸爸为心中的"艺术"坚持了一辈子，赚不到钱，出不了名，错过了无数好角色，但他从未妥协。

林呢喃走在校园里，穿过晨功角，经过练功房，踩过曲曲折折的林间小路。

这里曾是爸爸生活过的地方。

爸爸说过，他之所以给自己起"林间路"这个艺名，就是源于这里。

这一瞬间，那个永远温和、永远强大的爸爸仿佛重新回到她身边，成为她的后盾。

摆在眼前的困难，突然就有勇气面对了。她知道该怎么选择了。

不出所料，修改后的剧本还是没过。

这次，林呢喃平静而坚定："老师，我要拍，即使不能当成毕业作品，也要拍。"

安静叹了口气："呢喃，有时候太固执不见得是一件好事。"

林呢喃沉默了一下，说："老师，我只想趁年轻，轻狂一回。"

【呢喃日志4】
2019年10月22日 星期二 晴 北风1～2级

我只想趁年轻，轻狂一回。即使撞得头破血流，至少还有从头再来的勇气。

倘若二十岁的我就在现实面前摧眉折腰，等我到了三十岁、四十岁，为升职加薪钩心斗角的时候，因单身承受来自全

世界的恶意的时候，或者秃头、发福，上有老下有小，被比自己小一轮的上司谩骂却不敢把辞呈甩到他脸上的时候，我会后悔。

05

红旗H7转过一道弯，李伟回头看顾羽："哥，有句话不知当讲不当讲。"

顾羽低头看着iPad，缓缓掀唇："g——un——"

"哥，这台词不对啊，按照编剧套路，你应该说'那就不要讲'。"

"滚。"顾羽拼完。

李伟嘿嘿一笑："我知道了，今天拿的是邪魅疯批剧本。"

顾羽一脚踩在驾驶座上："我也可以改成'聒噪助理在线挨打'剧本。"

李伟瞬间闭嘴。

车子默默地爬行了一千米，李伟还是没忍住，说："哥，说真的，我觉得吧，你对林同学过于那个，主动了……这些年我可没见你对哪个女生这么上心。"

顾羽没抬头，手指随意划拉着iPad屏幕。

李伟在挨揍的边缘疯狂试探："哥，如果，我是说如果啊，你真有那个心思，咱得先知会徐哥一声……这也是为了人家好，哥你也知道你有多少女友粉。"

顾羽指尖一顿，懒洋洋道："没有的事。"说完又加了一句，"她好歹叫我一声'师兄'。"

李伟心一沉——完了，解释了！解释等于掩饰，掩饰就是事实啊！如果真没那回事，他哥只会让他滚！

"我对她……算是，补偿吧。"顾羽继续解释，"别跟徐哥说。"

"嗯嗯嗯嗯！"

顾羽没搭话。

一看就不可信。

"小伟，公司找你和徐哥谈话了？"

李伟顿了一下，点头道："不知道徐哥怎么说的，我反正是把话撂那儿了，不管你续不续约，我肯定是跟你走。"

"嗯。"顾羽低头，"傻子。"

李伟摇头晃脑。

过了一会儿，李伟又憋不住八卦："哥，你说，林同学知道当年林老师是自杀的吗？"

"小伟，林老师是疲劳过度失足落水，警方是这么定的，剧组也是这么通知的，林老师的爱人和林同学都是这么认为的，造谣犯法，知道不？"顾羽表情严肃。

李伟忙道："知道了，哥。"

顾羽知道他有分寸，不再多说。

林呢喃在宿舍楼下等木清扬。

今天开会，她特意收拾了一下，森女系短上衣，纱织半身裙，层层裙摆被风撩起，隐隐露出纤细的脚踝。

木清扬调侃："我说今天楼里打游戏的怎么突然变少了，一个个抢着去买饭，原来有美人。"

林呢喃一笑，眉眼飞扬："哥，剧本没过。"

木清扬笑："你的表情可不是这么说的。"

林呢喃继续笑："要自力更生了。"

木清扬点头："那就艰苦创业吧！"

林呢喃："哥，以后就麻烦你和我一起辛苦奔波了。"

木清扬："那你得好好贿赂贿赂我。"

林呢喃："请你吃饭。"

木清扬："哪个大酒店？"

林呢喃："第一食堂大酒店。"

木清扬笑意加深："走起！"

"怎么打算的？"排队的时候，木清扬问。

林呢喃说："蓝裤平台有个'SP计划'，用来扶持青年电影人，如果能被选中，会有三百万的资金支持。"

三百万，足够拍一部小成本的剧情长片了。

"SP？starting point？"

"对，起点。"林呢喃满怀希望，"抓住这个机会，它就是咱们的新起点。"

木清扬笑了笑："那就做好准备吧！"

林呢喃非常大方地买了三个老北京鸡肉卷、三份狼牙土豆、三碗汤。

木清扬付的钱。

趁林呢喃去洗手的工夫，木清扬帮她把鸡肉卷摊开，将里面的生菜扯出来，又把狼牙土豆叠着鸡柳一根根铺好，再小心地卷好。

这是林呢喃最喜欢的吃法，只是她没耐心好好弄，每次都是吃一根塞一根，木清扬只见过一次就记住了。

那是半年前，他们第一次见面，因为《少年时》。

这个剧本在剧本库挂了一年多，评分很高，就是没人用。林呢喃第一次看是在寒假，看完哭了大半宿，大半夜就加了木清扬的微信。

两个人就这么认识了。

《少年时》是根据木清扬中学时的经历写的，他没主动说过，林呢喃却能看出来。

那个少年，因为发育晚，皮肤白，五官太过好看，学习又好，受老师重视，就经历了很多本不该经历的事……

直到有一天少年情绪崩溃，反抗了那个带头欺负自己的男生，对方家长却不依不饶，把他送进了少管所……

林呢喃鼻子发酸，这个世界，就容不下一个毫无伤痕的灵魂吗？

"怎么愣在那儿？来，大饼卷一切，你的最爱。"木清扬回头，笑容温暖。

林呢喃抓起卷饼重重咬了一口，纤长的睫毛遮住眼底的湿意。

木清扬失笑："感动哭了？"

林呢喃生硬地扯了个理由："突然想到剧本里一个地方，得改改。"

木清扬笑笑，顺着她的话问："哪个地方？"

"同桌的戏份建议删掉，现实中没有救赎，没必要给观影者这种虚无缥缈的幻想。"

木清扬摇头："不是幻想，是希望。生活再暗淡无光，也总有那么一两个人、一两件事，播撒过温暖和希望。"

林呢喃抬头，定定地看着他。

所以，你才会在被恶意和不公鞭打得伤痕累累之后，依旧愿意扬起脸，回馈给这个世界善意和微笑吗？

回去的路上，两个人一人骑了一辆共享单车。

林呢喃纱裙轻薄，随风翻飞。木清扬担心她裙子卷到车轮里，便挨近了，帮她轻轻提起。

林呢喃不由得笑了："哥，如果哪天你想结婚了，一定告诉我，我'娶'你。"

木清扬眨了下眼，笑道："那不知道有多少人要大闹婚礼了。"

林呢喃也笑："你的倾慕者吗？"

木清扬说："追我家小妮儿的人。"

"那没事，追我的人还没排到法国呢，到时候咱们去巴黎办酒席。"

两个人对视，大笑。

年轻多美好呀，可以肆无忌惮地畅想"以后"，即便偶尔会有一些无法释怀的忧伤。

但那都是暂时的。

木清扬把林呢喃送回家属院，说了再见，林呢喃没上楼，木清扬也没走。

难得的轻松愉快，希望多停留一会儿，仿佛两个人都知道，跨过空间的分割线，就会变得不一样。

"再聊会儿？"

"再聊会儿吧！"

木清扬主动找话题："今天顾羽来咱们学校了，上热搜了，你看到了吗？"

"公司运作的吧？"林呢喃不怎么在意地说，"不用看都知道'广场'被'屠'成什么样了，黑粉是不是骂他'回炉重造也无济于事，万年4.9'，粉丝控评用的是'哥哥不忘初心'吧？"

木清扬笑得不行："一字不差。"

林呢喃坐在单杠上，笔直的长腿轻轻晃动，说话也随意起来："自从签了冯星传媒，他就一直在接烂片，生生把前几年积累的好口碑造没了，真不知道怎么想的。"

木清扬笑道："那么，林大导演，有兴趣拯救一下这个'失足少年'吗？"

"哥，你知道他的片酬是多少吗？"林呢喃比了个数。

木清扬挑眉："一天？"

林呢喃微笑："一个小时。"

木清扬郑重道："妮儿，别做导演了，出道吧，以我妹的颜值怎么也得这个数——苟富贵，勿相忘。"

林呢喃笑得差点从单杠上摔下来。

已经多久没这么开怀大笑过了？

久到她自己都记不清了。

晚上，林呢喃又收到一个好消息。

小仙女发来微信：导演姐姐，我有同桌了！是个超帅超绅士的男生，从港市转过来的，成绩也超好，我班级第一的地位恐怕保不住了！

林呢喃回复：你好像没什么危机感，相反，还挺开心？

小仙女：[猫猫叹气.jpg]

小仙女：姐姐你放心，班级第二我还是可以拿到的。

林呢喃：[摸摸头.jpg]

当初，林呢喃和小仙女同在一个写作群，只因为她的头像是小仙女最喜欢的路飞，小仙女就热情地加上她，一口一个姐姐，叫得可亲了，还时不时跟她讲讲心事，转眼已经三年多了。

林呢喃从大一到大四，小仙女也从初中升到了高中，两个人成了最亲密的"忘年交"。

小仙女：他人可好了，我跟他说我喜欢《海贼王》，喜欢写小说，还偷偷追星，他居然觉得我很酷！

小仙女：对了对了，他还说我做这么多事都没影响成绩，一定是个平平无奇的学习小天才！

……

林呢喃的嘴角不自觉地上扬。

少年心事，总是这么简单而美好。

许淼发新动态了，抱怨实习太苦，上司太傻，公司上下除了她和勤劳善良的保洁大姐，全是一群"心机狗"。

林呢喃暗戳戳地点了个赞，然后打开聊天窗口，等着许淼给她发消息，安慰的话她都想好了。

这是多年来两个人养成的小默契，无论吵架有多凶，只要一方主动示弱，另一方就会大度地迈出第二步。

只是，林呢喃还没等到消息，就不知不觉地睡着了。

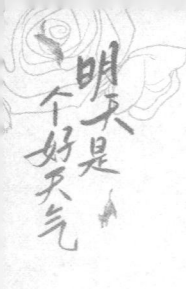

破天荒头一次，没吃褪黑素也能安然入睡。
今天，真是个好日子。

【呢喃日志5】
2019年10月23日　星期三　多云　西南风1～2级

今天是个好日子，白云朵朵，微风习习。
有人伤痕累累，依然愿意相信美好。
有人风华正茂，满载着少年心事驶向未知的远方。
愿这个世界，也可以关照到那些不善表达、不懂求援、暂时不是那么闪闪发光的灵魂。
愿每一个稚嫩的灵魂，不会还没走出半生，便已伤痕累累。

/ 第二章
一无所有，还有傲气 /

01

早上醒来,林呢喃第一时间看手机,生怕许淼昨天给她发了一堆消息,她没回,许淼再生气。

怎么都没想到,聊天窗口空空如也。

是不是微信没刷新?

她连忙退出微信,重新登录,还是没有新消息。

那就是手机卡住了。

关机重启,依旧没有。

林呢喃握着手机,呼吸困难。

她犹豫着,要不要主动给许淼发一条,最后还是放弃了。

她不敢。

她怕她发了,许淼不回,那她这一整天的心情就完了。

今天还要去蓝裤TV宣讲《少年时》,必须以最好的状态面对那些眼光毒辣的评审老师,她不敢冒险。

这件事仿佛是一个征兆,预示了接下来的"步步惊心"。

早饭没吃,她也不觉得饿。

出门时天有些阴,一如她的心情。

踏进蓝裤TV的写字楼之前,林呢喃整理好西装套裙,束起马尾,检查过妆容,深吸一口气。

前所未有的紧张。

或许是太过在意了。

面试间是一个北向的会议室,不大的隔间,用磨砂玻璃圈出来的。长长的会议桌前坐着十来个评审老师,长相参差不齐,姿态随心所欲,唯一整齐的就是看向林呢喃的表情——没有表情。

"请开始吧!"主持人说。

林呢喃鞠了一躬,插入U盘,一边展示PPT一边讲解。她偶尔瞄到底下的评审老师,要么在低头刷手机,要么慢腾腾地写着什么,鲜有人抬头看投影。

林呢喃一颗心提到了嗓子眼。

到了提问环节,评审们一反常态,个个变成"意见精"。

"《少年时》对标的作品是什么?"

"《蚯蚓》《妈妈别哭》,还有《韩公主》。"

"都是韩国片。"

"对,这类题材的作品国内很少。"

"你知道原因吗?"

林呢喃顿了一下,说:"不好把控。"

评审们笑了笑:"既然知道,为什么还要拍?"

"因为它是个好故事,应该有人讲出来。"林呢喃平静地说。

评审席沉默。

一位女评审说:"据我所知,《少年时》和你说的那几部片子并不像。"

旁边的男评审接话道:"这个故事的主题本身就是前后矛盾的,它想表达的是什么?揭露校园霸凌吗?还是突出救赎?"

一个接一个问题抛过来,林呢喃大脑突然一片空白,她张了张嘴,却没发出声音。

明明答案就在脑子里,嘴却不会表达了,努力说出一两句,却词不达意,毫无说服力。

主持人看了看评审团的表情,温声道:"林同学,准备好了再来吧!"

就像上次逃离医院,林呢喃再次落荒而逃。

评审团没有错，他们的咄咄逼人并非针对她。等她进入职场，正式成为一名导演，面对资方的时候，会比现在窘迫一千倍、一万倍。

正因为明白这些道理，她才更自责。

明明准备得那么充分，明明预演了一切可能出现的意外，万万没想到，拉胯的会是自己。

出租车上，林呢喃把头靠在冰凉的车窗上，喃喃地回答着评审们的问题——

"故事线不一样，但要表达的内涵是相似的。《少年时》的主人公同样有家境的困扰，有亲情的羁绊，有过反抗，也有爆发……

"主题是'揭露'，这是毫无疑问的，所谓的'救赎'是因为同桌吧？这条线会以闪回的方式穿插在影片结尾，只是为了埋下一个希望，中和全篇压抑的基调……"

你看，这不答得挺好吗？

为什么刚才连个完整的句子都说不出来？

因为紧张吗？

因为不自信吗？

林呢喃啊林呢喃，你六岁参加童歌大赛，十岁拿到区少儿演讲比赛的冠军，十二岁获得英语口语大赛特等奖，从小学到高中，做过广播员、主持人、学生会主席……什么时候缺乏过自信？什么时候因为紧张搞砸过面试？

你变得不像你自己了。

林呢喃无力地下了出租车，麻木地走在校园里，从头到脚被浓重的自责感包围。

心脏没由来地漏跳一拍。

林呢喃苦笑，又来了。

紧接着她眼前一片模糊，周遭的声音和景物飞快后退，整个人仿佛与世界割裂了。

意识恢复的时候，林呢喃已经躺在了医务室泛黄的床铺上，木清扬坐在床边，两个人静静地对视着。

木清扬没问原因，林呢喃也没打算替自己开脱。

好一会儿，木清扬才笑着开口："你知道叫我来的人怎么说的吗——'兄弟，你女朋友晕倒了，快去献殷勤吧。'"

林呢喃配合地笑了一下。

如果是，就好了。能和木清扬相知相守的那个人，一定是全世界最安心、最幸运，被照顾得最妥帖的人。

只是啊，她和他，注定只能成为知己。

"哥，我想回家。"

"好。"

木清扬骑着电瓶车，把她送回了家属院。

他帮她整理好床铺，给她温了牛奶，盯着她喝下去，又看着她乖乖躺下。

他这才轻声问："还好吗？"

林呢喃微笑："还可以。"

木清扬弹了下她的脑门："说句'不好'有那么难吗？"

林呢喃看着他，反问："你说呢？"

木清扬没说话。

林呢喃走过的路，他也走过，没有人比他更理解，对深陷其中的人来说，求助比承受痛苦更不容易。

看着床上苍白脆弱的美人，这个坚强的男人不禁眼圈泛红："妮儿，给你个机会，再说一遍。"

林呢喃闭上眼，双唇微颤："哥，我好像，不太好。"

木清扬摸摸她的头，说："去医院吧，让医生帮你赶走这条折磨人的大黑狗。"

林呢喃乖巧地点头:"好,拍完《少年时》就去。"

木清扬不赞成地看着她。

林呢喃迎上他的目光。

对视良久,彼此较量。

终究是木清扬妥协了:"我那有几本书,都是关于……你有时间翻翻,成不成?"

"抑郁症"三个字,被他生硬地避开了,小心翼翼地照顾着林呢喃的情绪。

林呢喃鼻子泛酸:"谢谢你,哥。"

木清扬笑:"这声'哥'可不是白叫的。"

行政楼,304室。

安静挂断校医院的电话,翻出导演系本科班的自评量表。新学期伊始测的,林呢喃完美地避开了一切可能有问题的选项。

安静在犹豫,要不要报给学院。

想到那个要强的孩子,最终她还是放弃上报,只拨通了崔缨兮的电话。

崔缨兮风风火火地冲到家属院。阿玛尼手包,香奈儿套装,甚至每一根睫毛的妆容,无一不彰显出精致与美丽。

"妮妮啊,这才几天,怎么又病了?听说你在学校晕倒了,医生让输液也不输,电话都打到安老师那里去了!"

这时候看到妈妈,林呢喃很开心,也很感动,语气中饱含笑意:"安老师告诉你的?没事,就是没好好吃饭,有点低血糖,吃点好吃的就成——妈,你是来请我吃大餐的吧?"

崔缨兮有一百句唠叨的话,这时候也说不出来了,只笑道:"想吃什么?"

"火锅。"

崔缨兮白了她一眼:"叫个外卖好了,去店里吃弄得一身味。"

林呢喃重重点头，有的吃就行，有妈妈陪，就好。

"也不能吃太多啊，尤其是芝麻酱，那个最长胖了，可以多吃点瘦肉，高蛋白……对了，他家那个高钙羊肉多要一份，你不是喜欢吗！"

崔缨兮动嘴，林呢喃动手，母女两个合作完成了点餐过程。

难得的和谐。

等餐的工夫，崔缨兮踩着十厘米高跟鞋在屋里咔嗒咔嗒巡视，看到脏乱差的地方都要收拾一下，再点评一番，各种嫌弃。

林呢喃把她拉到沙发上，拿来拖鞋，软声道："妈，赶紧歇会儿吧，火锅马上就到了。"

崔缨兮撇嘴："又嫌弃我了？"

林呢喃叫屈："明明是你在嫌弃我。"

崔缨兮提高嗓门："我还不是为了你好！"

林呢喃弱弱地说："你还是别为我好了，我这样就挺好的。"

"真是一句话都不让人说！"崔缨兮拉下脸，"行了，我不管你了，你爱怎么着怎么着。"

林呢喃暗暗松了口气。

崔缨兮掏出自带的餐前茶包，泡了两杯，一杯递给林呢喃，说："先填填肚子，免得待会儿控制不住吃太多。"

林呢喃很讨厌这个茶包的味道，但是，为了维持母女间难得的和谐，还是捏着鼻子喝了。

崔缨兮看着她苍白的脸色，心疼道："毕业后考个事业单位吧，清清闲闲过日子，妈妈也放心。"

林呢喃抵触道："妈，你刚说了不管我。"

"妈妈这不是担心你吗？导演哪里是那么好做的？"崔缨兮苦口婆心，"你还小，只看到了娱乐圈的浮华，没看到背后的艰辛，当年你爸爸就是太固执，才——"

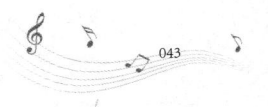

043

"妈,这个圈子我比你了解。"林呢喃打断她,不想听她说爸爸的坏话。

崔缨兮皱眉:"一说到这个你就翻脸,妈妈还不是怕你太辛苦?"

"妈,这个话题咱们都谈三年了,我也向你保证过三年了,我不辛苦,一点都不辛苦。相反,能做自己喜欢的事,我乐在其中。"林呢喃快压不住火气了。

崔缨兮说:"三年都没说服你,你自己看看你有多不懂事。"

林呢喃一阵无力:"妈,这和懂不懂事有关系吗?难道只有事事听你的安排、走你让我走的路才叫懂事吗?妈,我是人,不是提线木偶,我也有自己的梦想,自己的追求,你能不能稍微尊重我一下?"

崔缨兮更觉得委屈:"你少给我上纲上线,我怎么不尊重你了?我担心你的身体有错吗?想让你轻轻松松过日子有错吗?"

林呢喃只觉得窒息。

情绪压制压制再压制,终于压不住,她努力、尽量、拼命用平静的语气说:"妈,你自己的日子过明白了吗,就来指导我?"

崔缨兮看着她,一点点红了眼圈:"你就会戳我心窝子。"

这顿火锅到底没吃成。

崔缨兮拎上包就走了,林呢喃无力地窝在沙发上,手脚发麻。心口仿佛塞了一团棉花,堵得她喘不过气。

菜叶没涮就往嘴里塞,因为不想哭。

小仙女接连发了十几条语音,哽咽着控诉她的"魔鬼妈妈"。

林呢喃同样哽咽着安慰她,教她心平气和地沟通,告诉她,要相信妈妈是爱她的。

这个画面,讽刺又悲哀。

【呢喃日志6】
2019年10月24日 星期四 小雨 北风3～4级

　　我突然傻了，蒙了，变得不像我自己了，表达能力直线下降，智商好像也倒退了。
　　突然回答不出评审的问题，就像之前在宿舍，把"一公里"等同于"五百米"。永远忘不了舍友鄙夷的眼神，忘不了评审失望的脸。
　　又和妈妈吵架了，难受得握不住手机，但还是打起精神和小仙女聊了大半夜。
　　如果说这个世界上有谁能理解她，一定是和她有着相似心情的我。
　　我们是同一个圈子的人，一个和外界隔绝的小圈子，如果自己人都不能抱团取暖，就真要被这个世界抛弃了。

02
　　睡前吃了医生开的药，明明有助眠的成分，却把林呢喃折腾得一宿没睡好。
　　仿佛身体里住着无数颗跳跳糖，从头到脚躁动不安，恨不得到操场上狂奔二十圈——要不是头太疼，真就去了。
　　直到黎明，她才迷迷糊糊地睡去，又做了那个梦。
　　一眼望不到头的芦苇荡，干燥的风，枯黄的气息，深秋的味道。
　　这一次，湖上的浓雾散去一些，视野变得清晰起来。林呢喃这才发现，她并没有泡在湖水里，而是站在水边的一块圆石上，在奋力抵抗着什么。
　　湖中犹如伸出千万只手，扭曲着，嘶叫着，把她往下拉。
　　很累，但并不害怕。
　　很奇怪，居然不怕。

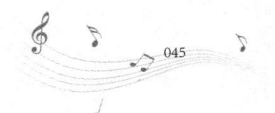

只听咚的一声,终于跌进了水里,浓稠的水流如沥青一般从四面八方涌过来,吞没她的身体,夺去她的呼吸……

林呢喃猛地醒过来,大口喘着气,心跳得飞快。

在梦里,她一点都不怕,醒来后,却心慌得要命。

太真实了,真实到像是亲身经历过。

林呢喃解开手腕上的表带,看着那道用激光打过十来次、只剩下一道白色痕迹的伤疤,就算记忆模糊了,她依旧可以肯定,这是自己割的。

为什么这么做?她已经不记得了,这才是最可怕的。

林呢喃闭着眼睛,慢慢地平复着心跳,抓起手机看了眼时间,5:30。

已经连续三天,吃了药之后这个点醒了。

林呢喃猛地坐起来,一把抓起床头柜上的药瓶,用力地丢进垃圾桶。

仿佛这样就可以为自己的糟糕状况找一个理由,而不是一味自责。

木清扬给她的那几本关于抑郁症的书她在看。

书上说,不能再自我贬低了,坏情绪不是她的错,生病也不是她的错,她没有做错任何事。

书上还说,不必沉湎于过去,那样只会让自己陷入恶性循环,不如把时间和精力用在现在和未来。

书上还说,要学会给自己心理暗示,告诉自己你很好。说得多了,就成真了。

"今天天气很好,我很开心。"

"今天天气很好,我很开心。"

"今天天气很好,我很开心。"

……

林呢喃默念完十遍，似乎真有点用。

她努力从床上爬起来，热了一杯牛奶，还发了个朋友圈。

林间燕呢喃：美好的一天，从我哥的爱心牛奶开始。

配图是一只白皙到近乎苍白的手，握着一只小黄鸭形状的牛奶杯。

牛奶和杯子都是木清扬送的。

底下很快有了评论：来自你哥的温馨提示，热一热再喝，别偷懒。

林呢喃不自觉扬起嘴角，慢吞吞地回：醒了，还是没睡？

"期中作业，熬了个大夜。"木清扬给她发了条语音，嗓音疲惫。

林呢喃心思一动，飞快打字：怪我，占用了我哥的宝贵时间。早饭想吃什么？我去买。

发出去又后悔了，如果木清扬拒绝，她会很失落。

"吃大餐。"木清扬语音回复，毫不犹豫地报出一串菜名。

没人比他更清楚，对此时的林呢喃来说，"被需要"和"需要你"一样重要。

林呢喃：大餐没有，包子油条手抓饼，选一样。

木清扬：就不能是豆腐脑配肉夹馍吗？

林呢喃：得嘞！

打字的时候她都是笑着的。

非常轻易地，心情突然就好了。只因为有人回复，有人关注，有人需要她。

林呢喃一亢奋，早餐就买多了。

豆浆、油条、豆腐脑、煎饼馃子、肉夹馍、手抓饼、烤冷面、玉米棒子、小笼包……

"第一食堂被你打劫了？"木清扬笑。

"这不还有你舍友吗？总不能你一个人吃让他们看着。"林呢喃死撑着面子。

木清扬笑了一下："美的他们。"

"妹子，谢啦！"

"要不要上来坐坐？"

"清扬已经把臭袜子藏起来了。"

阳台惊现三颗人头，身子挤在一张大毛毯里，咧着嘴笑着，不知偷看了多久。

木清扬捂住林呢喃的耳朵，用口型骂了句什么。

好看的男孩子，连骂人都是好看的。

林呢喃眨眨眼，捏着嗓子，学着"茶艺大师"的语气说："清扬哥哥，我这样会不会影响你找对象啊？"

"他们……知道。"木清扬笑了一下，"找不到，咱俩就到巴黎办酒席去。"

晨光下，林呢喃笑容明媚。

果然呀，心理暗示是有用的。

有一个彼此理解的"圈里人"也是有用的，很多时候，他会比亲人、闺蜜、恋人更懂你的需要。

清晨，薄雾，红旗 H7 缓缓地驶在机动车道上。

顾羽不经意扭头，瞧见一个高挑的身影，穿着夹克纱裙，披着齐腰长发，轻盈地穿行在金桂林中。

熹微的晨光透过薄雾泼洒在林间，像是专为她打下的追光灯，笼罩着她的身影，穿过树梢，拂过枝丫，时隐时现。

顾羽久久没舍得挪开眼。

突然想起第一次见到林呢喃那天，他在作曲簿上写下的句子——

想把她娶回家，看她早起慵懒的模样，为她挽起披散的长发。

这个女孩子，总能惊艳到他。

顾羽今天是来上课的，借用黑粉的话说就是"回炉重造，找找初心"。

这两年作品一部接一部失利，他并非不在意，只是很清楚找借口没用，四处诉苦更没用，只能及时刹车，暗地里使劲。

这是小时候爷爷教给他的。

顾羽和冯星传媒的合约还有半年到期，他不打算续约，冯星传媒嗅出苗头，停了他所有的商务，影视资源也分了出去，相当于变相雪藏。

李伟也是佩服，换成别人早急疯了，他哥呢？优哉游哉地回归校园了，指不定半年后还能拐个嫂子回去！

李伟突然想起一件事，说："哥，昨天听蓝裤群里的几个哥们说，林同学去他们公司参选一个啥啥计划，好像没成。"

"谁负责这事？"顾羽问。

"温荣吧？对，就是温荣。"

顾羽顿了一下，说："靠边停车。"

"哥，还没到呢！"

"还有两步，我走过去。你去专柜买套SK-II，给温荣送去，顺便提一下林呢喃。"

李伟急了："哥，徐哥知道了会杀了我的！"

艺人追姑娘，他做红娘，还是在平台方眼皮子底下，他还能活吗？

"放心，墓地给你买好了，委屈不了你。"

顾羽开门下车，不留一片云彩，独留李伟风中凌乱。

顾羽从后门进了教室，不声不响地坐在角落，没引起旁人注意。

他来得早，偌大的阶梯教室只有十来个人，几个小女生正凑在一起聊八卦——

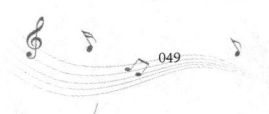

"听说导演系那个林呢喃申请'SP计划'被拒了。"

"不是吧？她都能被拒，别人还有活路吗？"

"也不奇怪吧，她是典型的'导演电影'，个人风格太强烈了，平台方那边肯定更倾向于商业模式的运作。"

"唉，可惜了，我是觉得她挺有才的。"

"谁说不是呢，我还盼着有机会能上她的片子呢！"

顾羽听到这里，不禁露出笑意。

林呢喃获奖的那部短片他看了，小丫头确实有才，不愧是六岁起就跟着林老师一天一部电影看过来的，手法老练，风格鲜明，镜头语言的娴熟运用根本不像个新人。

"听说这事对她打击挺大的，回来就晕了。"

"是，被人送到医务室去了，那个动画系的师兄还去看她了。"

"是叫木清扬吧？好帅啊！"

"是吧是吧！比表演系那个肖楠还帅！"

学生们的话题迅速歪楼。

肖楠也在现场，他正在和林呢喃的室友徐茜茜搞"地下恋"，特意坐得隐蔽，没让人发现。

徐茜茜小心翼翼地问："你是不是早就知道了，所以这两天心情才不好？"

肖楠锁着眉，说："为了上她的戏，我连孙老师的推荐都拒了，谁知道她不仅没被'SP计划'选中，就连学院申请都没过。"

徐茜茜急道："我说什么来着，她根本不靠谱，你非不听，居然还拒了孙老师的戏——不行，你现在就给孙老师打电话，兴许还有机会。"

肖楠犹豫道："这样不好吧，我要再走了，这片子就真完了。"

"你不走她也完了，学院申请都没过，没导师带，没资金支持，她拿什么拍？"徐茜茜把肖楠拉起来，"快去吧，别磨蹭了，你自己的前途，可不能押在别人身上。"

肖楠咬了咬牙，还是抓起手机出去了。

听到林呢喃晕倒了，顾羽敛起了笑意。

他听到这句话的时候心脏像被狠狠地揪了一下，就像……当年听到林老师自杀一样。

车上。

李伟苦口婆心："哥，你让我买的东西我买了，但是，咱能不能别送了？你想想，一旦温荣问起你和林同学的关系，我要怎么解释？"

"不用解释，温姐不会问你。"

李伟面上一喜。

顾羽转而说："约个时间，我亲自去见她。"

李伟突然拔高嗓门："哥！你这到底是为什么啊？你才二十三岁啊，真想'英年早婚'、断送前程吗？"

顾羽揉揉被他震疼的耳朵，说："我欠她……一个人情，就当是还债吧！"

李伟哭了：八成是情债！

【呢喃日志7】
2019年10月25日 星期五 晴 北风3～4级

昨天以为天崩地裂，今天太阳照常升起，这个世界并没有因为一个人的悲喜就变得不一样。

一丝一毫都没有。

药物没效果，反而让人饱受折磨。也许是医生没选对。

书上说，对于轻症患者来说，长期运动和用药可以达到同等效果。决定每天到金桂园散步一小时。

不需要有人做伴，一个人并不孤单，反倒惬意。只要愿意

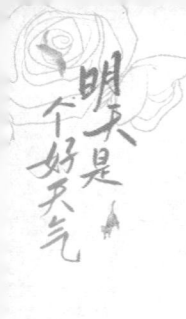

迈出第一步。

给清扬哥送了早餐，踏着晨露。

他的舍友们很有趣，知道他的特殊也没有排挤他。遇到他们，清扬哥很幸运。

书上说得对，保持一段良好的关系，被需要，对病情有帮助。

ps：可以平静地写下"病情"两个字了，是个进步。

03

温荣是蓝裤TV的副总，大大小小项目过会都得她点头。她也是一群唯数据论的资本家里难得懂艺术、讲情怀的，所以顾羽才找上了她。

温荣也乐得给顾羽这个面子。

顾羽的电视剧评分低又怎么样？凡是他主演的项目，默认S级，投资方主动加钱，几大平台抢着买，这就是现实。

只要顾羽不糊，以后"扫楼"（去视频网站的办公大楼宣传）、采访、直播、线下活动，合作的机会多着呢，都需要他配合。他们也算是相互有所求。

更何况，《少年时》确实戳到她了。

第二天是周六，温荣让项目部加了个班，把《少年时》的评估意见列出来，周日又派人约林呢喃面谈。

地点定在学校咖啡馆，林呢喃兴冲冲地叫上了木清扬。

两个人都很珍惜这个机会，提前两个小时到场，把要讲的内容复述了一遍。

"应该可以吧？"自从上次失误后，林呢喃就失去了自信。

木清扬竖起大拇指，肯定道："必须可以。"

林呢喃还是紧张，小声说："那什么，咱们把咖啡点了吧，别让人家花钱。"

木清扬翻开酒水单，问："点什么？"

"最贵的。"

两个人都笑了。

时间到了，人还没来。

林呢喃扒着卡座看了一会儿，又说："不然再点壶茶吧，万一人家不喜欢喝咖啡呢！"

"好，我妹说什么就是什么。"木清扬用温和的笑意安抚着她的情绪。

终于，人到了，在约定的时间半个小时后。

"不好意思，临时开了个会。"

来的是个消瘦的中年男人，个子不高，板着脸，身后还跟着个助理，看上去很有威严。

林呢喃和木清扬双双站起来，忙说没关系，主动做了自我介绍。

对方和他们握了手。

身后的助理说："这是项目部的苟总监，如果有机会合作的话，他会全权负责《少年时》这个项目。"

蓝裤平台的项目部分成好几个部门，随便一个人拎出来都能叫"总监"，实在没什么可牛气的。

可林呢喃和木清扬不知道啊，一听苟总监看中了《少年时》，他们顿时感激不已。

苟总监露出几分笑模样，说："说实话，这个项目风险不小，如果不适当改改，拍出来也播不了。"

这一点，林呢喃没意见，谦虚道："您说，都需要改哪里？"

"男主人设得改，前期隐忍太过，结尾的爆发不合逻辑。

"剧情主线要变，如果每天都是吃饭睡觉背书，谁喜欢看？

"还有，同桌性别换成女的，多好的机会呀，怎么也得来点爱情，不用太过露骨，朦朦胧胧的小暧昧就好。"

……

最后苟总监总结："别怪我说话直，现在的形势就是这样，剧本搞得再精，不符合市场，拍不出来，就是一堆废纸。"

这还不算完，他又说："别觉得你们点灯熬油付出了多少多少，不舍得动它。这一行比你们能豁出去的一抓一大把，比《少年时》有开发价值的本子多的是，要想脱颖而出，就得拿出诚意。"

木清扬的脸色已经很不好了。

他还能坚持坐在这里，完全是为了林呢喃。这个机会成全的不仅仅是一部片子，还有林呢喃在"SP计划"中丢掉的信心。

林呢喃也在心疼他。

她压住火气，尽量笑着说："既然苟总监觉得《少年时》没有开发价值，为什么'主动'来找我们？"

苟总监一句话就被噎死。

林呢喃已经不想跟他说下去了，就算片子不拍，她也不想让好友的伤疤被人血淋淋地撕开，还要批判一番，说：这道血痕有点歪，不符合市场口味。

"您的修改意见有点多，我们要花时间理一下，明天回复您可以吗？"买卖不成，礼貌不能丢。

苟总监根本没把一个小姑娘放在眼里，道："时间宝贵，就现在说吧，版权卖给我们，团队蓝裤出，导演还是你。"

林呢喃差点就笑了："版权归蓝裤，编剧呢？"

苟总监看了眼木清扬，说："平台有自己的编剧，了解市场的编剧。"

林呢喃终究没忍住，冷笑道："多谢了，但是，很遗憾。"说完，她拉上木清扬就走。

苟总监阴阳怪气道："小姑娘年纪轻轻别太傲气。在这行混，往后打交道的日子还多着呢，给自己留条路。"

林呢喃回头："一穷二白，就是有点傲气。"

苟总监拉下脸:"本事不大,脾气不小。"

林呢喃也不再客气:"虽然本事不大,却能看出什么是作品,什么是垃圾。"

过瘾。

下台阶的时候,她还调皮地跳了一下。

她终于知道当年爸爸面对的是怎样的嘴脸了,也终于理解了爸爸的选择。

在月亮和六便士之间,爸爸选择了月亮。

林呢喃歪头看着木清扬,说:"看来,咱们也要选'月亮'了。"

木清扬叹气:"月亮好看,片子怎么办?"

林呢喃潇洒地道:"自己拍,拍完自己看,用不着别人评头论足。"

"咱有钱吗?"木清扬笑问。

"哥,你有吗?"林呢喃反问。

木清扬扯了扯毛衣:"一百块三件。"

林呢喃哀叹:"咱们怎么不是那种把压岁钱攒到十八岁就能付个首付的人啊!"

木清扬笑:"大概是光顾着看月亮了吧!"

林呢喃笑得差点被花坛绊倒。

很神奇,她并没有太过沮丧,还有心情开玩笑。

大概,习惯了。

习惯了做什么事都不会顺顺利利。

习惯了付出百分之一百二的努力,只能得到百分之八十的回报。

习惯就好。

"哥,我说真的,如果只是拍出来,挂在自己的社交账号上,你会觉得委屈吗?"

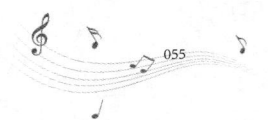

木清扬摇摇头,他有什么可委屈的?他只是心疼林呢喃。这样的才华,这样的心气,不该没有施展的空间。

"不会走到那一步的,上天不会薄待为了梦想而努力的人,从来不会。"木清扬笃定道。

林呢喃想到了他的经历。

这个从漫画里走出来的美少年,并不是出身富贵的王子,他来自偏远的乡村。他是村子里第一个考上大学的人,学的免学费的师范专业。

回原籍做了三年乡村教师,又凭着自学考上了动画系的研究生。从初中到研究生的学费都是他自己赚的,还一路拿奖学金。

他说的话不是鸡汤,而是实践后的真知。

林呢喃愿意相信。

"哥,你说,那天宣讲他们明明拒了我,怎么今天又突然主动约咱们?"

"一准儿是看上了我家小妮儿的才华。"

"那肯定的。"

林呢喃怎么也不会想到,她傲气的背后,有人在为她搭桥铺路,善后扫尘。

"你都听到了?"温荣把录音发给了顾羽。

苟总监和林呢喃谈的时候就开了录音笔,这一点提前告诉了林呢喃。

"不是我不帮,是小姑娘不领情。"视频那头,温荣是笑着的。

顾羽也笑:"这事还真不怪她。温姐手下那位总监说话确实伤人了,对我这种皮糙肉厚的可以,小丫头怎么受得了?"

温荣意外地挑了挑眉:"这么护着,难不成是小女朋友?"

顾羽笑笑:"姐,你真是火眼金睛。"

这么半开玩笑地认下,温荣反倒不信了,只以为他是为了给林呢喃求情。

"她不肯改剧本,这项目真的难做。"温荣直白道。

"我理解。"顾羽脑门一热,说,"姐,如果《少年时》由我……"

顿了一下,他又说:"算了,先不说。这回算我欠姐一次,回头有什么事,听姐吩咐。"

温荣喜出望外:"有你这句话,也算没白忙活。你放心,林呢喃这事蓝裤不会为难她,回头她要是想通了,未必没有合作的机会。"

短短几分钟的通话,李伟听得心惊肉跳。

他暗戳戳地给经纪人徐一航发微信:我嗅到了危险的信号。

徐一航没理他。

李伟自说自话:徐哥,你跟羽哥早,他有没有忘不了的初恋啊,白月光什么的?

如果有的话,我是说如果啊,羽哥会不会纡尊降贵替人家找关系走后门?或者自降身价接一部过不了审的片子?

徐哥,说真的,咱羽哥也二十三了,荷尔蒙也该崛起了,有没有可能想谈个恋爱、"英年早婚"什么的?

徐一航终于回了:成语用得不错,想象力也不错,做助理屈才了,明天去宣传部报到。

李伟语塞。

林呢喃正在重新做计划,学院申请没过,不会有导师带,得罪了平台的人,这条路也断了。

只能把长片改成短片,自己码班子,自己扛摄像机,自己导,自己剪,为爱发电。

虽然很难,但是至少要试试。

小仙女给她发来多条消息,看样子心情不错。

小仙女:昨天放假,同桌带我去赶海了。捡了好多贝壳,还有圆头圆脑的小鱼,都被我们用锅煮了!

小仙女:同桌真厉害,什么都会!

小仙女:他和姐姐说了差不多的话,让我好好和妈妈沟通,不能先入为主地带上情绪。

小仙女:姐姐,今天晚上我就向妈妈道歉吧,我保证会好好学习,不再偷偷写小说了。

小仙女:姐姐你喜欢粉色的贝壳吗?我用彩笔画上了路飞,给你寄过去好不好?

林呢喃被小仙女感染,不由得想到了自己的十六岁。

十六岁的她,也有过心动的男生。

或者谈不上心动,只是始于颜值的"蠢蠢欲动"。

那年夏天,顾羽第一次到她家上课,她隔着玻璃窗偷偷看着他的侧脸,只觉得他比电视上还帅气。

只是,一直没鼓起勇气和他说话。

直到最后一节课,她骑着单车跑了三公里路,买来一杯加满了珍珠、芋圆、红豆、芦荟、烧仙草的大满贯奶茶,想要送给他。

进门前,在玻璃窗上看到自己的影子,汗珠沾湿了连衣裙,头发一缕缕粘在脸上,和光鲜帅气的顾羽一比,像只丑小鸭。

突然没了勇气。

十六岁啊,美好又慌张。

【呢喃日志8】

2019年10月27日 星期日 晴 南风1~2级

二十岁,一无所有,还有傲气。

清扬哥说,上天不会薄待为了梦想而努力的人,从来不会。

我相信,我愿意相信。

如果能回到十六岁就好了。

爸爸还在,我们还住在有着玻璃窗和月季花的郊区。

我会不会鼓起勇气,送出那杯奶茶?

04

林呢喃在校内论坛、个人社交账号和各大网站发出一道"召集令"——

你热爱电影吗?

你想成为一名光荣、热血,或许还有点儿苦兮兮的电影创作者吗?

加入《少年时》吧!

我们有获得过"新锐奖"的导演。

我们有评分9.6的剧本。

我们有颜值高又会演戏的男主角。

我们还有开放又自由的创作环境。

希望优秀而又重要的你,可以成为我们期待的伙伴。

我们需要——

一名摄影师,最好能驾驭长镜头;如果不行,也没关系。

两名化妆师,擅长日常妆,对男性造型有丰富的经验;如果没有,也可以试试。

数名场务,你需要熬得了长夜,扛得起机器,做得了杂活,当得了司机,除此之外,没有任何要求。

多名群众演员,年龄最好在16~25岁之间,角色是中学

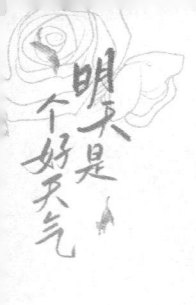

生；面相显老也没关系，那就演老师。

我们钱很少，只能承担拍摄期间的盒饭。
或许会很辛苦，还没有收入。
大概要每天怀疑自己一百次，为什么要加入这个没钱的项目。
如果，你不介意的话，就来吧！

可以承诺的是——

我们尊重每一个为梦想而努力的人。
我们尊重每一位工作者的劳动成果。
我们会保证你的署名权。
如果，万一，能有收益的话，每一位参与者都能享有分成（只有万分之一的可能）。

《少年时》期待你的加入！

剧本链接：×××××
报名表下载：×××××××
邮箱：××××××
微信：××××××

加好友的不少，靠谱的没有几个。
没日没夜地忙活了两天，林呢喃头昏眼花，最后得出结论——还是要在校内找。
"贴传单吧！"木清扬说。
这事他有经验，当初为了赚学费，他可没少干。于是，两人瞄准校内公告栏，贴贴贴。

一整天下来，林呢喃腰酸背痛，无限感慨："别说别人，就连我看了帖子都觉得不靠谱，你说，咱们有啥？"

木清扬声情并茂地念："获得过'新锐奖'的导演，评分9.6的剧本，颜值高演技好的男主角……"

林呢喃扶着树干笑："幸好还有你和肖楠，不然我可怎么办！"

话音刚落，手机就响了起来，是肖楠发来的消息。

林呢喃读着微信，眼中的光芒一点点黯淡下去，肖楠很礼貌、很委婉地推了《少年时》的角色。

"没关系。"林呢喃反过来安慰木清扬，"别的工种不好说，男主角还是挺好找的。"

木清扬拍拍她的肩，温声道："明天再继续吧，先去吃饭。"

林呢喃并不想吃饭，但是怕木清扬担心，只得打起精神去了食堂。

晚饭吃的什么她根本没在意，满脑子都是肖楠的微信消息。

肖楠说，不好意思，新角色是老师介绍的，不好推。

肖楠还说，原本也是先答应了那边，以为不会有冲突，没想到会提前开机。

肖楠最后说，如果那边拍完这边还有机会的话，他还愿意过来帮忙，不要片酬。

话说得十分漂亮，甚至有那么点"仁至义尽"的意思。

归根到底还是嫌弃《少年时》不能加学分，不能上平台，甚至有可能无法公映。

他却忘了，当初是他千方百计联系的林呢喃，请她吃饭，给她看过往表演的视频，还拜托舍友帮他说好话。

林呢喃不怪他，就是觉得，挺没劲的。

似乎整个世界都在面对现实，只有她不肯。

回到家属院，看到满桌的传单，看到来不及收拾的饭盒，看到处处都是为了这件事而努力的痕迹，林呢喃终于绷不住了。

一边看电影一边掉眼泪，一边擦眼泪一边包书皮，这是她情绪崩溃时的标配。

电影能让她哭出来，不至于憋得心肝肺一起疼。

包书皮能让她平静下来，这是她唯一愿意慢慢做，而不会觉得浪费时间、焦虑不安的事。

林呢喃喜欢买书，而且坚信每一本书都拥有自己的"性格"，或犀利，或睿智，或温润，或含蓄。

她会根据书的不同性格给它们配上相应风格的书皮，就像给心爱的洋娃娃穿衣服，时间长了就扒掉，换新的。

两个小时过去了，一部《无问西东》播到了尾声。

林呢喃重复着张果果的台词：

"看见的和听到的，经常会令你们沮丧，世俗是这样强大，强大到生不出改变它们的念头来。

"可是，如果有机会，提前了解了你们的人生，知道青春也不过只有这些日子，不知你们是否还会在意那些世俗希望你们在意的事情。

"比如占有多少才更荣耀，拥有什么才能被爱。

"等你们长大了，你们会因绿芽冒出土地而喜悦，会对初升的朝阳欢呼跳跃，也会给别人善意和温暖。

"但是却会在赞美别的生命的同时，常常，甚至永远地忘了自己的珍贵。

"愿你在被打击时记起你的珍贵，抵抗恶意，愿你在迷茫时坚信你的珍贵，爱你所爱，行你所行，听从你心，无问西东。"

可是，这很难。

太难了。

想要纯粹地做一件事,太难了。这个世界似乎已经容不下"不切实际"的理想了。

书皮用完了,书还没包完。林呢喃整个人都不好了。就像强迫症无法忍受世界的参差,她也不能容忍包到一半,书皮没了。

天已经黑透了,街角的书店刚刚落下卷帘门。

林呢喃穿着拖鞋,裹着睡衣,一路狂奔,扑到店门上,焦急地拍打。

"拜托,开开门。"

店主是个年轻的女孩子,穿着小熊睡衣,诧异地拉起卷帘。

林呢喃这才意识到自己的冒失,仓皇地道歉:"对不起,我……"

"是来买书皮的吧?"店主说。她笑得很甜,一副熟稔的模样,让林呢喃愣了一瞬。

店主让出位置,请她进店:"我记得你,每次来都是买书皮。上次买了不少啊,这么快就用完了?"

"啊,是,想再买一些。"林呢喃红着脸,低声说着。

玻璃墙上映出她蓬头垢面的模样,像个神经病。

羞愧极了,也抱歉极了,林呢喃一口气把店里剩下的书皮都买了。

店主惊呆了:"你不必这样。"

林呢喃欲盖弥彰:"我只是想多买一些,下次要用时不会着急……"

"这很重啊,需要送送你吗?"

"不用了,谢谢。"林呢喃努力微笑着,默默感激着,不让对方看出异样。

可是,怎么藏得住呢?

像她这样的人,丢在人群中,神态语气和所谓的正常人还是不一样的。

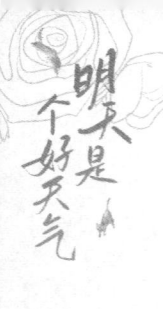

至少，她自己是这样认为的，并介意着。

【呢喃日志9】
2019年10月30日 星期三 晴 西南风1～2级

有人说，毛姆的作品《月亮和六便士》中，月亮代表崇高的理想，六便士代表现实欲望。

似乎所有人都在面对现实，只有我不肯，一如当年的爸爸。

这个时代，还有多少人愿意抬头看看月亮，不去在意脚下的六便士？

05

林呢喃包了大半宿书皮，把《无问西东》反反复复看了三遍，用光整整一包纸巾。

不知道什么时候，躺在沙发上睡着了。

一直睡到大天亮，四个半小时，三个睡眠周期。对她来说，算是极充足的睡眠了。

天气很好，阳光照在林呢喃的脸上，有点烫。似乎躲在阴影里太久，忘记了直面阳光的感觉。

她闭着眼，默念《无问西东》的台词："愿你在被打击时记起你的珍贵，抵抗恶意，愿你在迷茫时坚信你的珍贵，爱你所爱，行你所行，听从你心，无问西东。"

仿佛受到了鼓舞。

这就是电影的魅力。

把好的东西默默撕裂，让世人警惕这个世界的恶意；把人世间的坏肆意展现，让观众看到其中的温暖与救赎。

她想做的就是这样的电影。

还没迈出第一步，怎么能轻易认输？

就这么莫名其妙又轻而易举地获得了力量，林呢喃爬起来，打开窗户，扫掉满地的碎纸屑，把昨晚包好的书摆到架子上。

她还洗了个澡，换了身喜欢的衣裳，把自己收拾得清爽利落。然后咬着牛奶吸管，把换下的衣服和床单丢进洗衣机，伴着隆隆的噪音，打开电脑，查看微信和邮件。

心情居然很不错，仿佛昨天哭掉一整包纸巾的那个人不是她。

心情好了，好事也跟着发生了。

木清扬的一个同学愿意担任剪辑，还非常有诚意地发来了过往作品，幸运地符合她的风格。

还有两个造型专业的女同学，大三，有技术又有空闲，愿意加入。

场务和群演数量不少，都是奔着林呢喃的名声来的，可以慢慢筛选。

林呢喃用了大半天的时间，给每一位真诚加入的小伙伴回复了消息，约好了面试的时间和地点。

认真工作的她满身活力，还能分出精力和木清扬聊天：场地不用愁，我知道一处空房子，可以去二手市场买几个架子床，布置成宿舍。

木清扬：这样一来，就剩主演了。

林呢喃：回头问问表演系的，只拍摄一周的话，应该不难找。

木清扬：[点头.jpg]

林呢喃：[转圈圈.jpg]

林呢喃：哥，为了庆祝，咱们去吃海底捞吧！

木清扬：还是旋转小火锅吧，从今天开始要省钱了，大导演。

最后，他们还是吃的海底捞，木清扬抢先结了账。

他下午有课，先回学校了。林呢喃不想回住处，肆意地在阳光下游荡。

路过街角的小书店，正是她昨天夜里买书皮的那个。可爱的牌匾，粘着四个歪歪扭扭的卡通字——"午后书店"。

冰雪奇缘主题的玻璃门上，用同样圆滚滚的字体写着：午后的暖阳，午后的落叶，午后的小猫咪，还有一个有缘驻足的你。

非常文艺，也很温暖，就像那个笑起来很甜的店主。

书店的装潢是根据春夏秋冬的季节变化改变风格的，书籍和文具价钱都不高，店主看样子并不想借此发财。

重重书架后面有一个隐蔽的"心晴专区"。对的，就是"心晴"两个字。

不高的展台，摆放的都是关于抑郁症的书，木清扬送给林呢喃的那几本也在其中。

一个穿着高中校服的小女孩一边看书一边偷偷擦眼泪。

林呢喃没有过去打扰，只默默地从货架上抽了一本书，安静地看。

是海子的诗集，她刚好就翻到了《夏天的太阳》。

你来人间一趟
你要看看太阳
和你的心上人
一起走在街上

太过温暖的文字，太过美好的画面。

不知怎的，鼻子一酸，林呢喃连忙合上书，不敢再看，却也舍不得放下，就那么呆呆地盯着封皮，无所适从。

"你也喜欢海子？"身后传来清脆的嗓音，是年轻的店主，正像昨天夜里那样，对她甜甜地笑。

"不，就是刚好拿到，第一次读。"林呢喃依旧窘迫。

林呢喃拿着书，到柜台结账。

店主把她送到门前，突然说："我很喜欢你，漂亮的小姐姐。虽然一直没说过话，但我认识你有三年了。"

林呢喃难掩惊讶，多么自信豁达的人，才能如此坦然地把对陌生人的好感脱口而出。

她喜欢这样的女孩子，或者说欣赏，或者说羡慕，她也想大方而坦率地说出来，可是，话到嘴边却变成了"谢谢"。

再客套不过的两个字。

店主还是那样甜甜地笑着，冰蓝色的裙摆在阳光下闪闪发光，就像她可爱的灵魂。

林呢喃一边走一边回头看，不小心撞到一堵硬邦邦的"墙"。

顾羽眉眼飞扬："多大人了，还学不会走路看前面。"

林呢喃揉着撞疼的额头："多大人了，还学不会好……人不挡道。"

顾羽笑意加深："你是想说'好狗'吧？"

"知道就行。"

"知道你伶牙俐齿。"

这是大街，不是学校，顾羽自带光芒，披条麻袋都能被认出来，已经有不少人在朝他们看了。

林呢喃没兴趣上热搜，绕过他，大步走。

顾羽不紧不慢地跟上去。

林呢喃狐疑地看了他一眼。

顾羽回了一个友好的笑。

林呢喃："没猜错的话，你在跟着我？"

顾羽点头："是的。"

林呢喃嫌弃又不失礼貌地微笑："我还没大牌到让顶流男演员巴结的程度吧？"

顾羽也笑："感谢你对我的定位是'男演员'。"

林呢喃眯眼："难不成还是女的？"

顾羽笑意不减："大导演真会抓重点。"

林呢喃："再见。"

顾羽继续尾随。

林呢喃转身："说出你的目的。"

顾羽看着她手上的书，缓缓念道："你来人间一趟，你要看看太阳。和你的心上人，一起走在街上。"

林呢喃无语。

神经病！

十分钟后。

李伟笑呵呵地提着四杯大满贯奶茶，送到路旁的面包车上。

旺旺娱乐的狗仔们乐呵呵地保证："李哥放心，通稿一定写得漂亮。"

半个小时后。

经纪人徐一航打爆了顾羽的手机。顾羽按了静音，无比认真地在听讲。

蓝裤TV副总办公室，温荣拿起手机，言简意赅："确认一下，顾羽是不是有意出演《少年时》？"

红旗车里，李伟看着营销号"偷拍"的顾羽和林呢喃的照片，啧啧感叹。

这世上哪有什么天上掉馅饼的好事？还不是有人烟熏火燎出来的。

【呢喃日志10】
2019年10月31日　星期四　晴　北风1～2级

你来人间一趟，

你要看看太阳。
和你的心上人,
一起走在街上。

海子的诗,总是这么美,美到忧伤。
不知不觉,红了眼眶。

/第三章
你笑起来真好看/

01

林呢喃和顾羽"街边热聊"的照片和视频被旺旺娱乐发到了微博上,标题含蓄而有分寸。

别说,拍得还挺唯美。

路人踊跃吃瓜。

"确定不是偶像剧截图吗?"

"八成是利用顾神给新人抬轿子。"

"别说,小姐姐还挺上镜,这颜我先吃为敬。"

……

大大小小的营销号闻风而来,直接把"顾羽恋情曝光"的话题推上热搜。

顾羽的粉丝瞬间炸了。

大粉们私下疯狂"@"徐一航,在群里又故作镇定地安抚众姐妹:不信谣,不传谣,等官宣。

徐一航咬牙切齿保持微笑,前脚安抚好粉丝,后脚就杀到顾羽家。

顾羽优哉游哉地玩着游戏,在等他。

徐一航血压飙到历史新高:"变相雪藏还不够,想直接搞死自己是吧?"

顾羽盘着腿盯着屏幕,漫不经心:"紧张什么?你知道我的目的。"

徐一航黑脸:"你想帮她有一百种方法,非得玩这么大吗?"

顾羽咧了咧嘴:"互惠互利,我这不也免费上了次热搜吗!"

要不是还指着这张脸赚钱,徐一航非得把游戏手柄砸他脑袋上:"闹这么大,你想怎么收场?"

顾羽似笑非笑道:"这就要看公司的意思了。想让我接《少年时》,那就说在谈合作,不想让我接……徐哥就看着办吧!"

徐一航冷笑:"合着这局是给我布的。"

顾羽暂停游戏,对上他的视线:"哥,你想好了吗?"

徐一航一怔。

他知道,顾羽问的不是热搜的事,而是合约到期后,他的选择。

顾羽刚出道就是他带的,两人一路走来,可以说相互扶持,共同成长,到今年刚好十年,说没感情是假的。

但是,冯星传媒给他开出了让他无法拒绝的条件,错过了,他的职业生涯可能就再也遇不上这么好的机会了。

徐一航转移话题:"我知道,你一直在为当年的事自责,但是,林老师的死真跟你没关系,就算那天……"

"徐哥,"顾羽打断他,"这两年你背着我做的那些事我都可以不计较,剩下的这半年咱好聚好散,成吗?"

徐一航的脸色有一瞬间的难看。他沉默片刻,说:"你想好了,真要接《少年时》?"

顾羽没吭声。

徐一航明白了他的意思,起身道:"我去和公司谈,你等我的消息……别再搞事。"

"多谢。"顾羽说。

徐一航绷着脸,丝毫没有被感谢的喜悦。

冯星传媒不急不慌地发了个声明,说明了顾羽和林呢喃"师兄妹"的关系,并暗示两人接下来会有合作,还"@"了林呢喃。

粉丝顺藤摸瓜,跑到林呢喃微博下阴阳怪气。

木清扬担心林呢喃,翘了课过来陪她。

预想中崩溃难过的场景没出现，只看到一个忙碌的身影，正跑进跑出，下载表格，打印履历。

"哥，你来得正好，帮我把这几张报名表打印一下，下午面试要用——啊，对了，下午你和我一起去吧，你有课吗？"

木清扬一颗心悬在半空，试探道："你一直没看手机？"

林呢喃忙碌中抬起头："你是想说热搜，还是顾羽的粉丝？"

木清扬："你知道了？不生气？"

林呢喃笑了笑："这点事我还是能想开的，他们不认识我，我也不认识他们，他们骂的不过是一个网名罢了，伤不到我。"

木清扬不由得笑了，这一瞬间，他仿佛重新认识了这个一见如故的好友。

林呢喃对在乎的朋友小心翼翼，为在乎的作品殚精竭虑，对艺术和理想的追求执着到近乎执拗。

但她从不畏惧奋斗的艰辛，不抱怨工作辛苦，可以连续工作两天两夜，可以忙碌到忘记吃饭。

那些被她划到圈子里的人和物，能让她毫无保留，誓死捍卫，也能击溃她敏感的神经。

至于圈子外的风吹雨打、地动山摇，再猛烈也影响不到她。

林呢喃就是这样神奇的存在，内心柔软，外壳又很坚硬，既脆弱，又坚强，美好到让人心疼。

木清扬对她更有信心了，决定再"狠心"些："我下午有课，不能陪你去面试。"

林呢喃垮下脸："哥，我自己不行。"

"怎么不行？这不准备得挺充分嘛！"木清扬点了点桌上那摞厚厚的资料。

林呢喃坐到沙发上，蜷着身子，抱着膝盖，一言不发。

这是一种自我封闭、自我保护的姿势。

木清扬安静地坐在她对面，给她足够的时间，认真抉择。

终于，林呢喃选择了信任。

"哥，我觉得我变傻了。

"说过的话转头就忘，做过的事再三重复，挂在嘴边的人名常常想不起来，甚至有时候连李安导演的作品都说不全了。

"你知道吗？那天在宿舍，我把一公里说成了五百米，这是小学生都知道的常识。

"昨天为了找一条裤子，我翻遍了所有衣柜，直到累得浑身冒汗，想着冲个澡吧，这才发现它就穿在我身上。

"还有那天在蓝裤，理智告诉我评审是正常提问，可我情感上却又觉得他们在咄咄逼人，突然大脑一片空白，张口结舌。

"哥，你说，我是太紧张了吗？还是懈怠了太久，不像从前那么优秀了？"

林呢喃殷切地看着木清扬，眼中有迷茫，有脆弱，还有被她藏起来的恐慌和自责。

这一刻，木清扬很想抱抱她。

上天太残忍了，怎么舍得把那些黑暗的、沉重的，满载着痛苦与恶意的迷雾压在她身上？

"你没傻，只是病了。"

抑郁症严重到一定程度会影响患者的认知能力，记忆力、表达力、自信心都会随之下降。

所以，不是她不想自信，更不是她不愿努力，而是病症把她身体里所有光明的、温暖的、积极的因子都封印住了，让她身不由己。

"还能好吗？"林呢喃轻声问。

"能，一定能。"木清扬说，"乖乖看医生，好好吃药，病好了，自然就好了。"

林呢喃缓缓点头。

拍完《少年时》就去治病吧，换一家医院，换一个医生。

不能再拖了,要尽快治好,做一个健康的人,可以站在阳光下,走在大街上。

"哥,下午你还是陪我一起去面试吧。"林呢喃还是忍不住担心。

"自己去吧,拿出'新锐导演'的底气来。"木清扬温声鼓励。

"再搞砸了怎么办?"

"搞砸就搞砸,警察叔叔不会把你抓起来。"木清扬哄她开心。

林呢喃一怔,是啊,就算搞砸了,又能怎么样呢?

这世上本没有那么多令人恐慌的事,只因为太在乎了,才会无形中把"搞砸"的后果无限放大。

这条路走不通,换一条路走就好,未必没有好结果。

林呢喃满怀底气地去了午后书店。

店里随处可见柔软的靠枕,也有宽大的卡座,可以静静地倚在飘窗前看书,也可以约上三五好友,喝茶闲聊,温暖又有情调。

店主热情地把几个卡座拼到一起,方便她和面试者交谈。

"谢谢,打扰了。"林呢喃道谢。

店主笑得灿烂:"开门做生意,哪里怕打扰?"

林呢喃笑了笑,说:"那天晚上,实在不好意思。"

"你已经道过歉了,还特意买光了我的存货,我高兴还来不及。"

店主眨眨眼,玩笑道:"美人小姐姐,你要真觉得不好意思,不如交个朋友?"

林呢喃主动伸手:"你好,我叫林呢喃,二十岁,B市人,导演系大四在读。爱好……就是电影。"

"午后,书店小老板,本地老土著,年龄是秘密。我的爱好可就多了,改天咱约个串,慢慢说。"

林呢喃忍不住笑:"一个叫'午后'的店主,开了间叫'午后'

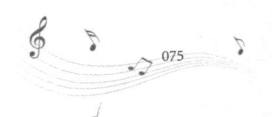

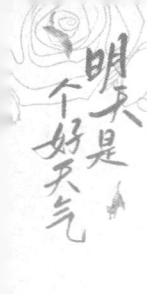

的小书店。"

"是不是很有趣？"

林呢喃点头，确实有趣。

店里不忙，午后自来熟地和她挤在一个卡座上，谈天说地。

午后是个狂热的"输出者"，从天南到海北，从动漫到网文，从艺术电影到商业大片，从邻居家的猫到天桥底下算卦的，都能聊上几句。

林呢喃是个极有魅力的"倾听者"，被她那双缱绻忧郁的眼睛看着，任凭是谁都会不由自主被蛊惑，恨不能拿出十八般武艺，不遗余力讨好她。

午后一不留神，连书店的盈利都抖出来了。

林呢喃："你不打算把茶水钱调高点吗？或者开个网店，同步卖书？"

"为什么呢？"午后歪歪头，一派天真。

"赚钱啊，你不是说猫粮都快买不起了吗？"林呢喃笑。

"快买不起，就说明现在还买得起。我要求不高，只要下顿饭有着落就行。钱嘛，赚得再多都是数字。"

午后支着下巴，眉眼弯弯："书、猫、形形色色的客人，才是我的精神食粮。"

窗外，不知什么时候下起了雨。

细密的雨丝打在玻璃上，温温软软，绵绵密密，恍惚间让人觉得现在不是初冬，而是早春。

午后的声音清亮悦耳，像是在讲童话故事："你听过那句话吗？每个人降生在这世间，都是带着任务来的，有的是奉献，有的是索取，有的是追求自由……

"我的任务就是享受当下。

"不计过往，不问将来。

"呢喃，你呢？"

【呢喃日志11】
2019年11月1日 星期五 小雨 东北风1～2级

　　午后说，每个人降生在这世间都是带着任务来的，这是我们一生都要找寻的东西。
　　有的人很幸运，很快就找到了。
　　有的人一直没找到，直到死的那一刻都还糊涂着。
　　她问，呢喃，你的任务是什么？
　　我仔细想了想，或许是"修行"。
　　我要不断经受考验，不断面临生命中的波折和起伏，不断用极大的努力换取微薄的回报——金钱也好，名利也好，学识也好，然后，一片一片修补空洞的自己。
　　这就是我的修行。

02
午后的话如同一只拨开浓雾的手，让林呢喃眼前豁然开朗。
如果说，她从前经历的一切，以及现在正在遭受的都是她的"修行"，也就没那么难以接受了。
"我要请你吃饭。"林呢喃说，"吃大餐。"
"燕京烤全羊走一个？"
"要两只，吃一只，扔一只。"
午后笑倒在她身上。
林呢喃拍拍午后的头，也笑了。
两个同样可爱的女孩子，一个顶着女神脸一本正经搞怪，一个穿着可爱裙子毫无形象笑闹，淅淅沥沥的冬雨悄悄记下了此刻的惺惺相惜。
有些人，哪怕只聊过一次，就足以断定这辈子都要做朋友了。

带着愉悦的心情，面试非常顺利。

林呢喃看好的几个小伙伴都来了，还意外收获了一位有经验的摄影师——正是和她合作过获奖短片《老街》的那位。

林呢喃难掩惊喜："杨杨，你不是去S市实习了吗？"

"听说你在招募摄影师，我怎么能错过？请了一周假，一周能拍完吧？"杨杨说话办事爽朗利落，就像她的短发。

林呢喃笑道："能是能，不过，这片子就是自娱自乐，可拿不了奖。"

杨杨帅气地扬了扬下巴："谁说的？就算不相信你自己，也要相信我。"

两个人都笑了。

林呢喃知道，杨杨是特意回来帮她的。话不用说得太明白，这个人情她记在了心里。

杨杨的加入让她信心大增，不只是对于片子来说，还有她的情绪。朋友的支持和关心，对她来说就是良药。

想到许淼，林呢喃心里微微刺痛，却没勇气主动联系。

再……等等吧。

等一个合适的机会。

逃避可耻，但有用。

晚饭是三个人一起吃的，一条羊腿被吃得精光，还干了两瓶梅子酒。

清甜的果酒，喝的时候不觉得，出门被小凉风一吹，整个人晕晕乎乎的。

林呢喃酒量最差，却喝得最多，走路都打晃："不用送我，我清醒着呢，就是……脚软。"

午后和杨杨憨着笑，一路跟她回了家属院。

街灯老旧，散着昏黄的光。轻薄的雨丝如细小的雾气，没什么诚意地散落着。

一个挺拔的身影倚在单杠上,抱着手臂,勾着唇角,眉眼含笑。

林呢喃被跷跷板绊了一下,一头栽过去。

顾羽抱了个满怀:"第二次了。"

他伸出三根手指,在林呢喃眼前晃了晃。

林呢喃打开他的手:"这是三,笨蛋。"

顾羽笑:"还行,没醉得太厉害。"

林呢喃推开他,挺胸抬头,气势不输:"你这是没助理接,就找不到回家的路了?"

顾羽轻呵:"我辛辛苦苦诚诚恳恳冷冷呵呵在这儿等了小半宿,就是为了听林大导演嘲笑的?"

"听你这么一说,还真像那么回事。"林呢喃眯着眼笑。

"小丫头,牙尖嘴利。"顾羽屈指,弹了弹她脑门,轻轻的。

林呢喃捏起拳头捶他肩膀,用了蛮力。

酒能壮胆,也能解放天性,放在平时她是不会这样对待一个"陌生人"的,还是让她"蠢蠢欲动"过的人。

午后重重地咳嗽一声:"那个,你们慢慢聊,我和杨杨就先回去了。"

"我送你们。"林呢喃忙说。

"不用不用,送来送去没完了。"

午后嘿嘿一笑,眼睛里迸射出八卦的小火苗:"顾神,那就麻烦你把'我家'呢喃送上楼了——我这样说没毛病吧?"

"暂时没毛病。"顾羽幽默道。

"妥了。"午后拉上杨杨就走。

杨杨一步三回头:"不行,我有点不放心,没听呢喃说跟这人多熟啊!"

午后挤眉弄眼:"那可是顾神,再熟也不能让咱知道呀。走走走,别挡姐们姻缘。"

话是在杨杨耳边说的,然而声音大得所有人都听到了。

林呢喃努力保持微笑。

顾羽姿态懒散,不痛不痒。

"找我有事?"她问。

"有正事。"顾羽答。

"就在这儿说吧!"林呢喃冷酷无情。

顾羽指了指黑漆漆的天:"下着雨呢,小丫头。"

林呢喃一脸的高贵冷艳:"你只比我大三岁,哪儿来的自信张口闭口'小丫头'?"

顾羽低眉看着她,笑得有点暖:"我认识你的时候,你不就是个小丫头嘛。"

轻轻巧巧一句话,直刺刺地勾出林呢喃深埋在心底的记忆。

那个夏天,那杯奶茶,让她无法拒绝这个人,最终还是请他上了楼。

老式建筑,没有电梯,林呢喃住五楼。扶手斑驳,爆着一道道漆皮,台阶低矮,蒙着积年累月的灰尘。

两个人一前一后,一阶一阶地走着。

顾羽走在后面,不着痕迹地护着林呢喃。

谁都没说话,空荡的楼梯间只有规律的脚步声。

短短五层楼,却仿佛走了好久好久,走完了年少青涩,走完了青春懵懂。

站在门前,顾羽足足愣了一分钟:"这是女生住的屋子吗?"

林呢喃把拖鞋丢给他:"哪里来的封建余孽?谁规定女生住的屋子就必须一尘不染,男生就理所当然脏乱差?"

"后半句我可没说。"顾羽把拖鞋撇到一边,大大咧咧地进了屋。

就这屋子,用不着换鞋。

倒也不是脏乱差，就是东西太多，堆得满满当当，门口还摞着好几个没拆的快递箱，一水的"当当"。

"都是书？"顾羽问。

"还有书的孩子。"

"有秘密吗？"

"有，我是买来毁灭世界的。"

这是林呢喃不会对别人用的说话方式。

顾羽笑："这秘密带劲，我加入。"

他随手扯了个坐垫，腿一盘，箱子一扯，开始拆快递——总得找点事情做，干站着太尴尬了——顾羽的字典中"尴尬"这个词若隐若现。

林呢喃笑得酒都醒了："哥哥，你也太不拿自己当外人了。"

"哎，这就对了，以后就这么叫。"顾羽丢给她一个赞赏的目光。

"美的你。"林呢喃把头发绑起来，坐到他对面，拿起美工刀。

顾羽眼皮稍稍一抬，就看到她修长的手指，细瘦、苍白，让人不由得心尖一颤，唯恐冷硬的刀片伤到她。

"歇着，别剥夺我拆快递的乐趣。"他把刀子夺过去。

"毛病。"林呢喃笑了笑，转身给他拿了瓶水。

顾羽顺手拧开，又给她递了回去。

林呢喃下意识地接到手里，仰头就喝，喝完才反应过来。

两个人同时一顿，又同时笑了。

这一笑，仿佛浓缩了时光，他们不再是半熟不熟的彼此试探，而是旧友重逢，往事历历在目。

一时间，都有些感慨。

林呢喃轻声道："我再给你拿一瓶。"

"要'有点甜'的那个。"顾羽提要求。

林呢喃丢给他一瓶某山泉。

顾羽晃了晃美工刀："我手没空。"

林呢喃帮他拧开。

顾羽拍拍快递箱:"摸了半天,脏。"

林呢喃不伺候了:"你还想让我喂你啊?"

顾羽眨眼:"真聪明。"

林呢喃没好气地把瓶口递到他嘴边:"你粉丝知道你这样吗?"

"你可以告诉他们。"顾羽笑。

"你赢了。"林呢喃投降。

这个人变化真大,和记忆中的样子完全不同。

十九岁的他腰板笔直,谦逊有礼,压腿的时候疼得五官扭曲也不抱怨一句,哪像现在,漫不经心、吊儿郎当、油嘴滑舌。

"水也喝了,快递也拆了,说正事吧!"这是在下逐客令了。

"恐怕不行。"顾羽脸皮真厚,抬手去抓她的手腕。

林呢喃猛地把手背到身后,冷声道:"你要干吗?"

顾羽愣了一下,解释:"看看几点了,你不是戴着表吗?"

林呢喃一怔,这才意识到自己反应过度了。拇指轻抚着小羊皮表带,表带下的伤疤似乎隐隐作痛。她知道,这是她的错觉。

顾羽像是没发现她的异样,抽了张湿巾擦干净手,掏出手机看了看:"恐怕得再等等。"

"等你助理来接?"林呢喃尽量保持淡定。

顾羽神秘一笑:"等蓝裤高层开完会。"

话音刚落,林呢喃的手机就响了。

三分钟后,林呢喃放下手机,看着顾羽,问:"为什么帮我?"

"我是在帮我自己。你也知道我被公司雪藏了吧?不弄出点动静,怎么让广大网友记得还有我这个人?"顾羽漫不经心地说着,仿佛真相就是这样。

林呢喃脑子转了两道弯,诧异道:"热搜是你买的,那天你是故意跟着我?"

顾羽点头："对了一半。"

"你知道我被你粉丝骂得有多惨吗？"林呢喃抓起一本书就要打他。

顾羽没躲，反倒往前凑了凑："我的错，都怪我，来吧，想打几下打几下……别打脸，哥哥还得指着它糊口。"

"你这人——"

林呢喃都不知道说他什么好了，可真是……讨人厌。

顾羽故意避开蓝裤的事不谈，显然并不打算邀功，林呢喃却不傻。

刚刚，蓝裤TV副总裁温荣亲自给她打电话，让她明天去公司面谈，显然是因为冯星娱乐那则暗示意味极强的声明。

虽然不确定顾羽是不是有意帮她，但这个机会对她来说的确是天上掉下来的大馅饼。

"谢了。"林呢喃放下书，诚恳道。

顾羽摆摆手："没事，就当是扯平了。"

林呢喃抓起手机，对着那张狂妄不羁的脸咔嚓拍了一张。

"你说，我要是把你'半夜三更'在我家的料爆出去，会有什么后果？"

"后果就是，继新锐导演之后，你会得到一个新头衔——'内娱新嫂子'。"

林呢喃好想咬他。

"快滚吧！"半点客气都不想留了。

顾羽也不磨叽，拍拍裤子往外走。

林呢喃鼓着脸跟在后面，那样子不像送他，倒像是生怕他反悔，再退回来。

结果，顾羽还真回头了！

"还有一句话，最后一句，说完就走。"

"说。"林呢喃咬牙。

"明天见了温荣，如果她提到我——她一定会提我——你只要装作和我很熟，笃定了我会主演《少年时》，其他的不要多说，记住了吗？"

"我不会骗人。"林呢喃硬邦邦道。

顾羽失笑："这是娱乐圈，不是象牙塔，你不使点策略，就会被别人啃成渣渣。长点心吧，小丫头。"

林呢喃把他推出门："你也长点心，把心思用在演戏上吧，小羽毛。"

顾羽愣了一瞬，缓缓笑了。

"'小羽毛'也是你叫的？"低沉的嗓音，掩着说不尽的亲昵，"惯的你。"

【呢喃日志12】
2019年11月2日　星期六　小雨　北风1～2级

如果说，我从前经历的一切，以及现在正在遭受的，都是我这一生必经的"修行"，也就没那么难以接受了。

当放平心态，只管努力的时候，好运也会接踵而来。

03

林呢喃和顾羽结缘，是因为一部在现在看来足以称为"现象级"的影片——《乾旦坤生》。

讲的是20世纪30年代，国家遭逢巨变、民族深受重创之际，一个京剧班子里的几个年轻人经历成长、蜕变，最终为民族大义牺牲自己的故事。

因为题材的关系，这个本子压了许多年，最后辗转到了李长鸿导演手里。

在那个流量为王的年头，李长鸿大胆起用童星出道的年轻演员和没有名气的演技派，搭出一个令业界吃惊的演员班子。

十九岁的顾羽演男一。

四十岁的林间路演男二。

在此之前，顾羽从未演过电影，林间路也只是一个毫无名气的话剧演员。

林间路就是林呢喃的爸爸。

他能被选中，除了戏好，还有一个很重要的原因——学过多年京剧。

那时候，林间路除了饰演男二，还兼任顾羽的京剧老师，教他练身段、揣摩人物。只是，没等到片子上映，林间路就离开了这个世界。

四年了，这部拿遍了国内外大奖的片子，林呢喃还是第一次看。

她不敢，她怕自己承受不住。

也许是酒精壮了胆子，在这个飘着细雨的长夜，林呢喃终于鼓起勇气，点开了。

一声锣响，拉开序幕。

一句嘎调，让人精神一振。

林呢喃的眼泪瞬间滑落，这是爸爸的声音。

120分钟的电影，她从头哭到尾。

不是难过，而是感动。

爸爸演得非常非常好，林呢喃非常非常自豪。

顾羽也很棒，他能凭借这部片子拿到影帝，实至名归。

林呢喃终于懂了粉圈那个流传很广的段子——

"为什么顾神演了那么多烂片，老粉还愿意生死相随？想脱粉的时候看看《乾旦坤生》，就会轻易原谅他。"

精辟。

林呢喃挑了张爸爸和顾羽同框的剧照发到朋友圈。

木清扬是第一个点赞的。

林呢喃笑着戳开他的头像：哥，你是不是对我设了特别提醒？

木清扬：被你猜中了。

林呢喃：[娇羞.jpg]

木清扬：[大笑.jpg]

木清扬：今天面试可还行？

林呢喃：太行了，有惊喜。

慢吞吞打字无法满足她，她当即拨过来语音电话，能察觉到她的好心情。

木清扬松了口气，一边画线稿一边陪她聊。

两人不知不觉就聊到了后半夜。久违的困意袭来，林呢喃简直惊喜。

"哥，不能聊了。

"我困了，要睡了。

"我都多久没享受过眼皮打架的滋味了！"

她用的是"享受"这个词。

只有经历过漫漫长夜枯坐到天明的人，才能理解好好睡一觉是多大的奢望。

如果白天睡了一个小时以上，晚上还能正常睡着，这样的人在林呢喃心里就是神！

退出聊天窗口，看到一串点赞，有大学舍友，有高中同学，还有今天刚刚加上好友的午后。

小仙女最活跃，激动的心情几乎要冲出屏幕。

小仙女：啊啊啊是顾羽！

小仙女：姐姐也喜欢顾羽吗？

小仙女：他是我的白月光啊！

小仙女：顾羽顾羽yyds！！！

林呢喃给她回了一句：好好学习，高考完送你顾羽的签名照。

小仙女瞬间回了整整十行"么么哒"。

一大片四四方方的头像中，林呢喃一眼就看到了最熟悉的那个。

是许淼。许淼给她点赞了，这比接到温荣的电话还让她欣喜。

她把手机贴到胸口，满足地睡着了，做梦都是笑着的。

第二次来蓝裤大厦，和第一次的待遇完全不同。

笑容甜美的助理小姐姐热情地到大堂接她，乘高层直梯一路到达副总办公室，温荣推了两个会议，空出一上午的时间和她谈。

林呢喃知道，这一切，都是因为顾羽。

"听说你和顾羽是师兄妹？"温荣友好地开启套话模式。

林呢喃笑了笑，说："顾羽老师很重情义，其实我爸爸只是在合作的时候稍稍指点过他。"

温荣挑了挑眉，有点意外。

她以为林呢喃会顺着这个话头，吐露更多和顾羽的交情，没想到，对方丝毫没打算利用这一"优势"。

林呢喃主动亮出诚意："您今天找我来，是因为顾羽老师会参演《少年时》吗？"

温荣坦率地点点头。

这一点不需要兜圈子，圈里人都知道，但凡顾羽主演的片子，先不说质量，点击率绝对是稳的，单是广告收益就能保本，如果播得好，后期线下活动、衍生产品的开发还能大赚一笔，就算他们不联系林呢喃，其他平台也会有动作。

"他会演的。"林呢喃笃定道。

温荣微笑："你们已经谈好了？"

"可以写在合同里，如果他不演，蓝裤随时可以撤资。"林呢喃表现得极为淡定。

温荣同样干脆："行。我这边能保证的是，剧本方面给你最大的自主权。"

林呢喃眸光一闪，用了极大的力气才稳住表情，没失态。

她原本想讲的条件是保留小伙伴们的署名权，至于剧本，她早就做好了伤筋动骨的准备。

前两次没谈成，问题不就出在剧本上吗？怎么换了一个主演，就不用改了？

温荣笑了笑，隐晦地提点："演员咖位不一样，成片效果自然不同，公司精力有限，只能在风险小、效益高的项目上多下功夫。"

换句话说就是，顾羽值得他们冒这个险。

"当然，"温荣话音一转，"《少年时》的确是个好故事，我个人也相信你的实力，不然我从一开始就不会对这个项目感兴趣。"

温荣朝林呢喃伸出手："年底了，平台也需要好的作品赚口碑、冲业绩，咱们一起努力，做个精品出来吧！"

林呢喃顿了片刻，起身握上去。

这是娱乐圈给她上的第一课，无比现实，又无可奈何的一课。

今天，她学会了"圆滑"。

为了比清高更重要的东西——梦想。

现在，《少年时》承载的不只是她一个人的梦想，还有木清扬的，以及那些在她"一穷二白"的时候伸出援手的小伙伴的。

眼下还有最后一步，也是最没有把握的一步——请顾羽参演。

蓝裤只肯给三百万，连顾羽片酬的零头都不够，温荣微笑着把这个难题推给了林呢喃。

"合着要是能请到顾羽，蓝裤相当于白捡一个便宜，请不到，这三百万随时可以收回去呗？"杨杨直翻白眼。

林呢喃点头。

"不愧是资本家，算盘打得真精。"木清扬苦笑。

林呢喃反倒十分淡定："只要本子不被乱改就行，还能拿到署名权。能请到顾羽当然皆大欢喜，就算请不到，大不了按原计划为爱发电。"

木清扬笑："这样一算，咱们也不亏。"

"难啊，新人导演，小众题材，投资少得可怜，顾羽能同意才怪。"杨杨不太乐观。

午后把头发一撩："你就这样，"随后把胸脯一挺，"再这样，"紧接着，腰身一扭，"就成了。"

林呢喃笑弯了腰："行，听你的。"

她学着午后的动作，头发一撩，胸一挺，最后扭扭腰："成了没？"

小伙伴们哈哈大笑。

从这天起，午后书店正式成为他们的据点，有猫，有茶，有咖啡，还有一群志同道合的小伙伴。

林呢喃终于不是一个人在战斗了，即使暂时遇到难关，也觉得没什么大不了。

去见顾羽之前，林呢喃做了充足的准备。

她把顾羽出道以来参演的影视剧全部看了一遍，还做了厚厚的笔记，尤其是他这两年拍的烂片。

那些辣眼睛的造型、油腻的台词、混乱的逻辑、狗血的人物关系，再加上根本不能称之为"镜头语言"的运镜方式，对她这个钟爱艺术片的人来说简直是酷刑。

即便是这样，她还是点灯熬油看完了。

这种时候，失眠反而成了优势，埋头行动可以暂时忘记坏情绪，有目标和信念支撑，再疲惫也能克服。

吃饭就叫外卖，一份盒饭能吃一整天，有时候觉不出饿，就用牛奶对付。

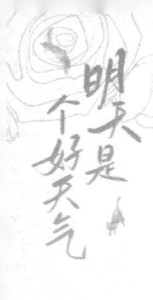

短短三天，减重八斤。

原本腰上还有点肉，现在拿衣服一勒，就剩了细不溜丢一小把。

顾羽看到她，眉头一皱："抽脂了？"

"心疼不？心疼就签了。"林呢喃把合同推到他跟前。

顾羽顿时笑了："友情出演吧，不是不行，片酬呢，也可以不要……"

林呢喃挑眉："但是。"

"但是！总得图点啥吧？我又不是个傻子，不能上赶着当冤大头。"

林呢喃笑："你就当你是个傻子行吗？"

顾羽弹了她个脑瓜锛。

林呢喃不吃亏地弹回去。

顾羽又弹回来。

林呢喃还要弹，被顾羽挡住："你确定咱就这样玩一天？"

林呢喃拿出第二份文件，摔到他胸口："这就是'图点啥'，自己看吧！"

厚厚一沓A4纸，写着密密麻麻的方块字——手写的，订起来就是一本书。

除了扒片笔记，还有对顾羽人设、演技、优势劣势等各个方面的分析。

林呢喃甚至潜伏进黑粉群，总结出他被黑的"十宗罪"。

顾羽边看边笑："这水平，放在冯星传媒少说得是个艺人总监。"

"所以，你需要我。"

林呢喃信心倍增，厚着脸皮指点江山。

"你个人优势非常明显，演技秒杀小鲜肉，颜值秒杀老戏骨，就是不会接戏。导演和摄像老师也不懂你，完全没把你最好的一面展现出来，做不到演员和镜头相互成就……

"没有毫无瑕疵的演员，单看导演怎么用。我个人觉得不一定非要弥补劣势,能把演员的优势充分激发出来,更容易出精品……

"《少年时》是你的机会,即便不能让你逆风翻盘,至少能挽救一下这些年被烂片败得稀碎的口碑,签下家的时候也能抬抬身价。"

顾羽看着她,眼底漫上笑意。

小丫头认真努力的样子,就像一只羽翼未丰却偏偏要抓到草原上最大的那只肥羊的雏鹰,努力张开毛茸茸的翅膀,伸出黄嫩嫩的爪子,还要奶声奶气地叫着,让整个草原听到。

真可爱,还有点性感,让人舍不得挪开眼。

林呢喃偷偷瞧了眼他的反应,冷不丁地想起午后的叮嘱。

她笨拙地撩了下头发,挺了挺胸,扭了扭腰,还超常发挥抛了个媚眼。

"签不签?"

顾羽笑喷了。

【呢喃日志13】
2019年11月7日 星期四 晴 东风1~2级

失眠,不一定是坏事。
埋头行动,可以赶走焦虑。
每一个认真自信的人,都是可爱又性感的。
当你努力变好的时候,全世界都会成为你的助力。

04

其实,顾羽早就决定出演了。

就像林呢喃说的,《少年时》是他翻盘的机会,也是他和公司谈判的筹码,又恰好可以帮到林呢喃,一举三得。

此刻的"装腔作势",只是在逗林呢喃。

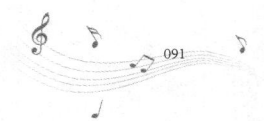

没想到，还真逗出了惊喜。

"来，再扭一个，哥哥一高兴，兴许就签了。"

林呢喃一拳砸在他胸口上。

顾羽弓着身子，笑得肆意。

林呢喃认真地说道："我会好好拍的，讲一个好故事，做一个精品。"

"我的野心更大。"顾羽对上她的视线，"威尼斯，未来之狮。"

威尼斯国际电影节，偏重艺术与先锋电影，致力于发掘年轻有才华的电影新人，"未来之狮单元"专为新人导演处女作设置，是林呢喃最有希望冲击的奖项。

林呢喃失笑："顾大明星，是谁给了你这样的自信？"

顾羽点了点桌上那份厚厚的手写笔记。

林呢喃摇头："这只是一份普普通通的数据分析，不是成神宝典，不可能随随便便修炼一下就让你拿到金狮奖。"

"不是我，是你。"顾羽指了指她。

林呢喃愣了一下，说："那就更不可能了。"

"自信点，林大导演。"

今天以前，顾羽也没敢往这方面想，直到看见这份手写的数据分析。

他看到了，林呢喃不是一个娇滴滴的小女孩，她有梦想，有才华，并用实际行动在往前冲。

她的努力甚至忽略了健康，忽略了正常生活，如果她不能成为"未来之狮"，还有谁有这个资格？

林呢喃还是摇头，罗列现实："大四学生、新人、中国人、女性导演、二十岁……怎么可能？"

顾羽缓缓说："你六岁起每天至少看一部电影，十七岁主笔的影评被《国际电影》刊载，二十岁拿到'新锐导演'，是五千年文明滋养的中国女导演——小丫头,别小瞧自己。"

林呢喃摇摇头,笑了。

看吧,你在扒人家的时候,人家也在扒你。行,挺公平。

"那么,合作愉快?"顾羽伸手。

"事先声明,我就是一个小船长,只负责把船开上岸,至于目的地是威尼斯还是撒哈拉,我可不敢保证。"林呢喃碰了下他的指尖。

顾羽握紧她的手,自信道:"威尼斯水多,好到。"

顾羽并非说说而已。

三天后,林呢喃收到一个大馅饼——《少年时》的备案。

出品方:冯星传媒、蓝裤TV

项目资金:1000万

制片人:顾羽

顾羽片酬:0

【备注】顾羽作为独立出品人享受三成分红

……

摄影、音乐、美术、造型、化妆、后期剪辑,全部是国内一流团队。

最让林呢喃惊喜的是,监制一栏写着一个意想不到的名字——李长鸿。

他是《乾旦坤生》的导演,第五代导演的领军人物,金狮、金熊、金棕榈大满贯得主。

他也是林间路最敬佩、最推崇的导演,对林呢喃而言有特别的意义。

"你怎么做到的?"

093

林呢喃不想把激动、惊喜、敬佩的情绪表现得太明显，怕顾羽骄傲，但又忍不住。

顾羽满脸写着"这都不叫事"。

林呢喃殷勤地给他倒了一杯茶。

顾羽笑："不容易啊，我可舍不得喝，得供起来。"

林呢喃抢回去，一口喝光。

顾羽笑着，纵着。

原本担心专业团队的加入会威胁到小伙伴们的署名权，没想到，顾羽连这一点都考虑到了，合同上明明白白地写着：《少年时》初始开发团队保留优先署名权。

林呢喃终于确定，顾羽是在帮她，而不仅仅是为了翻盘。

"为什么？"她问。

"那句'哥哥'不是白叫的。"顾羽逗她。

"谁叫你'哥哥'了？"

"哎。"顾羽应得干脆。

林呢喃没好气地踩了他一脚。

其实，不问她也能隐隐猜到，顾羽大概是为了还爸爸的人情。

现在，变成她欠他人情了。

感激的话说多了不甜，把片子拍好就得了。

顾羽既是主演又是总制片，大方得很，专门在郊区租了个独栋别墅作为办公室和临时宿舍。

项目预计两个月。

第一个月润色剧本、画分镜、做造型、搞布景……任务繁重又琐碎，一个月的时间并不宽松。

第二个月正式拍摄，预计三周拍完，一周剪辑，这是最理想的状况。

学院的申请也过了。

《少年时》正式成为林呢喃和几个小伙伴的毕设项目。作为总编剧，学校专门批给木清扬两个月假期。

顾羽主演《少年时》，也算"回炉重造"计划没有半途而废。

粉丝得到消息，纷纷跑到林呢喃微博下道歉——只要不是"内娱新嫂子"，一切都好说。

学校内部刮起一股小旋风，提起林呢喃当初发的那则"召集令"，不知道多少人肠子都悔青了，所有人都在羡慕小伙伴们的好运气，《少年时》还没开拍，就拉满了期待值。

林呢喃对此毫无反应。

鼓励也好，诋毁也好，羡慕也好，嘲讽也好，她都不在意，她把所有的心思和精力都用在了作品上。

投入工作的她仿佛一个女超人——团队工作的时候她在画分镜，凑到一起开会的时候她比谁都活跃，大伙都去休息了，她还在研究布景。

摄像组长抽着烟，由衷地夸赞："小姑娘前途无量啊！"

顾羽只是皱眉。

所有人都在敬佩林呢喃"拼命三郎"式的工作态度时，只有他察觉到她的异样——失眠，厌食，用工作压抑情绪……

终于知道她是怎么瘦下来的了。

顾羽没说什么，请来营养师，让人监督林呢喃按时吃饭、到点睡觉，只是效果不太好。

短短一周的时间，林呢喃飞快地成长着。

第一次和专业团队合作，她丝毫不敢放松，更不敢露怯，默默地看着、悄悄地学着，不着痕迹地争取着作为导演的话语权。

工作场合，她不化妆，不穿裙子，不喊累，不撒娇，处处展现出专业、冷静的一面，常常让人忘记她其实只有二十岁，是个新人。

再没人敢小看她。

各组有了分歧，最初是内部解决，商量不下来就凑合。现在，他们会主动请示林呢喃。

顾羽倚在栏杆上，视线不由自主地粘在她身上。

美术助理不知道说了什么，林呢喃笑了起来。

浓颜系美人，二十岁的年纪，有女人的妩媚，也有少女的娇柔，粲然一笑，眼角眉梢皆是风情。

顾羽想到了那丛月季花。

淡粉的颜色，纤薄的花瓣，层层叠叠，如同少女的裙摆。花心娇羞地卷曲着，一层层向外，一点点绽放，含蓄又娇艳。

"丫头。"不知怎的，他就叫了一声。

林呢喃回头。

两人四目相对。

仿佛时光回溯，四年前，她和他的第一次相遇，就是这样隔着一扇落地窗。只不过，从前是她在窗外看着他，现在换成了他看她。

她笑着走近，轻盈的步子，一下一下，仿佛踩在了他心上。

"这造型不太成啊，有装嫩嫌疑。"林呢喃抬手，拨了拨他额前的碎发。

顾羽屏住了呼吸。

"十七岁的中学生，不嫩点怎么行？"

他听到自己的声音，不确定语气是不是正常，嗓音有没有颤抖。

"嫩和装嫩，还是有差距的。"

林呢喃摆摆手，叫来造型师："羽哥是熟面孔，在观众心里有固定的形象和期待点，太过偏离反而会显得违和……你看这样，柔化脸部轮廓，眉毛别修，就粗着，脸上再搞几颗痘出来。"

造型师连连点头，记到小本本上。

顾羽看着她，不禁笑了。

小丫头真的长大了，就像那丛圣斯威辛，悄无声息地绽放着，引得蝴蝶自来，路人驻足。

林呢喃转身，上上下下把他打量一番："你太壮了，这两个月先别练线条，减减重。腰身单薄了，少年感就出来了。"

顾羽慢悠悠地点了下头："减重可以，有个条件。"

林呢喃满脸鄙视："为角色胖胖瘦瘦不是演员的基本素养吗？你还敢有条件？"

顾羽笑："我不是'万年4.9'吗？素养和我有关系？"

你赢了。

"说。"

顾羽捏了捏她苍白的手腕："我减肥，你增重，你长几斤，我就减几斤。"

林呢喃一呆。

造型师默默地走开了，还替他们关上了阳台门。

林呢喃板起脸："工作时间，严肃点。"

顾羽伸手，拇指和食指点在她嘴角，勾出微笑的模样。

"多笑笑吧，小丫头。

"也就笑起来的样子还能看。"

"你'还能看'的标准可真高。"林呢喃打开他的手，脸有些烫，想逃走。

顾羽突然问："家里的月季谁在照顾？"

"什么月季？"林呢喃一时没反应过来。

"那丛……叫什么来着，对，圣斯威辛。"明明可以脱口而出的名字，偏偏装出不太了解的模样。

林呢喃摇头："那不是我家的，那个房子是租的。"

林间路生前只是一个没什么名气的话剧演员，拿月薪的那种，他们家实在算不上富裕，买不起带月季花园的房子。

顾羽给李伟发微信：买几盆圣斯威辛。

种在家里。

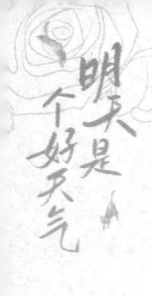

春天盛开的时候,带她去看。

【呢喃日志14】

2019年11月17日 星期日 多云 西北风5～6级

忙。

没时间写日志。

没精力胡思乱想。

挺好的。

05

营养师向顾羽告状:"你在的时候林导可乖了,你一走她就不好好吃饭。"

导演助理也告状:"羽哥,我是不行了,林导也太能熬了!"

之后,大伙发现,制片人在别墅待的时间越来越长了,没其他工作的时候甚至会睡在剧组。

大伙还发现,别墅变热闹了,尤其是吃饭和睡前,总能听到导演和制片人吵架。

确切地说,是林呢喃单方面抗议,顾羽不痛不痒地听着。

林呢喃急了:"你是个傻子吗?我努力工作你不应该高兴吗?怎么还扯我后腿?"

顾羽不慌不忙道:"你这不是努力,是拼命。你垮了,谁赔我一个?"

林呢喃咬了下唇,咕哝:"放心吧,我一时半会儿垮不了。"

"'三时四会儿'垮了也不成。这才到哪儿?不值得拼命,睡觉去。"

"我睡不着,还不如干点正事。"

"那就闭眼休息。"

"我不想休息。"

"你必须休息。"

"哥哥。"林呢喃无耻撒娇。

"叫哥哥也不成。"顾羽把她推到楼梯口。

林呢喃扒着栏杆不肯走:"两个小时,我把分镜画完,明天要拿给李导看的……"

"两分钟也不行,赶紧上楼。"顾大制片硬气极了。

"我不去。"林呢喃支棱起来。

顾羽挑眉:"听话不?"

林呢喃:"b……"

刚发了个声母,就被扛了起来。

怎么说也是个一米六八的长条人,顾羽就那么轻轻松松扛上了楼,完了还要毒舌:"都瘦成什么样了,还瞎折腾,再不好好睡觉,就给你拴根绳挂到房顶上,当风筝放。"

这是林呢喃服软的时候。有时候把她惹急了,会真的生气。

顾羽反倒软了下来,稍稍纵容些,让林呢喃自己愧疚,最后还是会变着法地把人哄着照他的意思来。

林呢喃的聪明劲和要强的性格,在他这里都不好使了。

她对顾羽和对别人是不一样的。

比如对木清扬,虽然亲近,也足够交心,但始终维持着一层薄薄的客气,虽然薄,但确实存在。

对顾羽不是。她会吼顾羽,会和他斗嘴,会捏起拳头打他,会踩他的脚,气急了还会叫他"滚"。

木清扬是第一个发现这个事实的,他突然生出一种感觉——顾羽或许是可以带林呢喃走出来的那个人。

林呢喃软硬不吃的时候,顾羽就会放大招:"你乖些,周末带你去见李导。"

林呢喃瞬间精神了:"骗人是小狗。"

"三餐定点,睡够八个小时。"顾羽提要求。

林呢喃吞下好大一口饭,警惕地确认:"你说的是这个周末,不是下个,也不是下下个?"

顾羽"嗯"了声,剥了只虾放进她碗里。

林呢喃还挺嫌弃:"戴手套了吗你?"

顾羽凉飕飕地一笑,又丢给她一只。

林呢喃一口一只虾,吃得可香了。

终于盼来了周末。

李长鸿导演住在中央别墅区,房子并不气派,但古朴安静,院子里种满了花花草草,只有一条窄小的石子路通向门口。

他的太太许晓晴女士亲自出来接顾羽和林呢喃。

许晓晴显然很喜欢顾羽,同他说话亲切熟稔。

见到林呢喃,她又是一重惊喜:"只听说是个才华横溢的小姑娘,没想到还生得这么娴静秀美。"

"许老师过奖了。"面对一代国际巨星,林呢喃十分紧张,她努力藏起局促,表现得大方知礼。

许晓晴柔柔一笑,温声说:"老李在写字,还得消磨半个点,你们先在前厅坐坐,陪我喝喝茶可好?"

顾羽笑嘻嘻道:"简直不能太好了,好几天不喝师母泡的工夫茶,还真想得慌。"

"前天才喝过。"许晓晴无情地拆穿他。

林呢喃扑哧一笑。

顾羽捏她的脸:"你还笑?我是为了谁,三天两头过来挨老师的训?"

"你是为了项目,为了你制片人的责任。"林呢喃伶牙俐齿。

顾羽啧了一声,拉着她坐到春秋椅上,挨着自己。原本,林呢喃想坐对面的。

"别闹，我帮许老师洗茶。"林呢喃打开他的手。

顾羽又把她按回去："用不着你，安生坐着。"

许晓晴抬眼瞧了瞧这对年轻人，笑得更加温和。

李长鸿练完字，穿着宽松的家居服，随意把腿一盘，坐到自家太太身边，还拉了拉许晓晴的手，小声念叨："这屋暖气还是不行，回头再让小郭调调。"

"已经可以了，就别老麻烦人家了，活动活动就暖和了。"许晓晴温声说。

"那你多穿点，都这岁数了，还怕胖吗？"

"孩子们在呢，说的这叫什么话？行了，别念叨了，待会儿我就把你买的那件长绒披肩穿上。"

两个人就像普通的老头儿老太太一般聊着家常，没有架子，也显不出丝毫威严的姿态，一点都不符合大导演和国际巨星的江湖地位。

至少，不是外界想象中的模样。

林呢喃不由得放松下来，学着二老的样子坐到蒲团上。

李长鸿开门见山："分镜我看了一些，还不错，具体怎么样得看成片效果。这样，开拍之后还和现在一样，拍多少给我发多少，我抽空看。"

林呢喃惊喜，甚至惶恐。

这么大的腕儿，给她挂名做监制已经足够让业内哗然，真的没想到李导会做到这一步。除了无比真诚地道谢，她不知道还能说些什么。

顾羽适时站出来，帮林呢喃找话题："你不是有很重要的事想问老师吗，太激动，忘了？"

林呢喃感激地看了他一眼，鼓起勇气，问了一个很大的问题：

"李导，我想请教您关于作品定调的问题——前几年我偏爱艺术片，我以为自己将来也会专注艺术电影，可是，真正着手拍片之后，我发现根本拍不出那股味道……"

"这很正常，时代不同了。你这样的年纪，能静下心来看艺术片已经很不错了。"李长鸿眼中划过一丝赞赏。

"你以为我们那代人就都喜欢艺术片吗？说白了，也是跟风啊，八九十年代走出国门的都是艺术片，稍微有点能力的都跟着拍。就像现在，商业片、大制作赚钱赚风头，所有人都往那儿奔一个样。"

他喝了口茶，缓缓道："艺术、商业在我看来没有高下之分，就看你想走哪条路。定下自己的调子，坚定地往前奔，穷得揭不开锅也别摇摆，被骂得抬不起头也别回头，你就成了。

"这一行啊，就怕名跟利两头都想占，最后只会搞个四不像出来。

"当然了，调子定下来不是永远不能变。孩子，你要去试，试过之后才能知道自己适合什么，一条路走不通，再去走另一条。

"你们生的这个时代好，多的是机会，有才华的人不会被埋没。就怕自以为有才，整天躺在床上空想，不肯付诸行动，却恨老天不公。"

一席话，醍醐灌顶。

回程的车上，林呢喃滔滔不绝地表达着对李导的敬仰："真是一点架子都没有，愿意理我一个小新人，还说了那么多……发到网上会被骂吧？我真没想到……"

顾羽笑道："李导拍了大半辈子电影，早把自己拍明白了。走到他这种级别，越厉害，越不觉得自己厉害。"

反而是那些一叶障目的人，更容易撑天撑地，唯我独尊。

林呢喃笑着看他："羽哥现在走到什么级别了？"

顾羽勾唇："4.9。"

林呢喃乐了:"你还真是一点都不忌讳。"

"忌讳有用吗?片子是我自己要拍的,又没人拿刀架在我脖子上,观众扎了眼,骂两句咱也得受着。"

林呢喃忍不住问:"你接那些片子,也是为了尝试吗?"就像李导说的。

"是,也不全是。钱、名气、虚荣心,都有吧!"顾羽漫不经心道。

林呢喃调侃:"我羽哥就是位真猛士,敢于直面惨淡的人生。"

敢于正视内心,能够坦然接受现状,不抱怨,不推卸责任。

林呢喃突然有点好奇,这样一个人,该是成长在怎样的家庭?他的父母一定给了他极多的底气、极大的安全感吧?

顾羽眨了下眼:"别迷恋哥。"

林呢喃无语:"迟早有一天,要让粉丝知道你的真面目。"

顾羽凑近她,笑眯眯道:"没用的,我的小天使们对我是真爱——除非咱俩恋情曝光。"

"滚,谁和你恋?"林呢喃毫不留情地拍开那张帅得气人的脸。

顾羽没骨头似的倒向车窗,垂着眼,手指挑起她一缕头发,慢悠悠地绕着,说不出来的亲昵。

林呢喃没反应,似乎早就习惯了。

车里很安静,只有动情的蓝调静静流淌。

"我看了《乾旦坤生》。"林呢喃突然说。

"感动吗?哭了几盒纸巾?"顾羽专注玩头发,两根手指给她编出一截麻花辫。

"你演得很好。你会成为很棒的演员。"林呢喃神情认真而坚定。

顾羽看着她,笑了:"那就麻烦林大导演费心调教了。"

林呢喃无语:"我说你,能不能有点正形?从前怎么没发现你这样?"

顾羽笑了笑,演员嘛,什么时候表现什么样子,也是分人的。

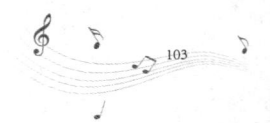

"你是怎么说服李导做监制的？"林呢喃早想问了。

顾羽答："我就说了一句话，'林呢喃是林老师的女儿'。"

林呢喃一怔，好一会儿，才轻声问："你还记得我爸爸拍戏的样子吗？"

"我永远记得。"顾羽郑重地说。

眼泪夺眶而出，林呢喃背过身，不想让顾羽看到。

顾羽摸摸她的头，什么都没说。

睡前，林呢喃收到一张图片，是《乾旦坤生》杀青时，林间路写给顾羽的话：

一生很长，慢慢走，别着急。

如果成不了最闪耀的那个，那就成为坚持到最后的那个。

【呢喃日志15】

2019年11月24日 星期日 晴 北风4～5级

这个行业有许多熠熠生辉的人，他们用自己的专业能力和人格魅力影响着一个时代。

还有更多一生都没有机会站到领奖台上，但依然忠诚于自己的职业和梦想，坚持和努力着的人。

我也要成为这样的人。

一生只做一件事。

把这件事放到一生的长度去做，是不是就从容多了？不必再着急，不必太焦虑，一步接一步，不停地走，不知不觉就到了。

即使慢一些也没关系。

/ 第四章
她是我的导演，我是她的男主角 /

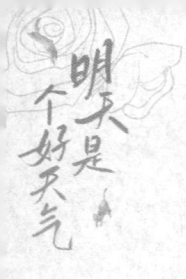

01

周一,艺术学院男生集体搬宿舍。

木清扬和几个小伙伴都得回学校,顾羽干脆放了一天假,让林呢喃也休息一下。

林呢喃买了一束香水百合,又去专柜挑了一款SK-II金秋套盒,去妈妈工作的美容院看她。

崔缨兮从舞团辞职后就进了美容院做顾问,她形象好,又会做人,院长十分倚重她,同事和顾客也都觉得她温柔又漂亮。

她还有个青梅竹马的恋人,是个眼科专家,对她死心塌地,林间路的丧事都是对方帮忙办的,林呢喃考上大学后两个人就同居了。

要说崔缨兮这半生还有什么瑕疵,那就是和女儿的关系……不能说不好吧,只能说,略微妙,虽然她自己不这么觉得。

周一上午,美容院很清闲。

林呢喃到的时候,崔缨兮正倚着柜台和前台有说有笑。

自从上次不欢而散,这还是母女两人第一次见面,林呢喃多少有些尴尬。

崔缨兮完全没有,只有惊喜:"你怎么来了?"

"今天放假,过来看看你。"林呢喃把鲜花和套盒递给她。

"也不提前说一声,就不怕找错地方?哎呀,买这个做什么?美容院什么好产品没有?"

崔缨兮一边责备,一边掏出手机,咔嚓咔嚓一通拍,还发了条朋友圈。

缨兮缨兮盼君归：女儿买的，就会乱花钱，已经教育过啦！[叹气.jpg][叹气.jpg][叹气.jpg]。

后面是九宫格配图。

林呢喃刚要点赞，就发现有人赶在了前面，头像是她和妈妈的合影。

是妈妈的恋人，那个眼科专家，戴云韬。

他点完赞又评论：花很漂亮，妮妮很懂事。

林呢喃手一顿，笑容渐渐消失。

前台小姐姐声音温柔："这是崔老师的妹妹吗？长得好像！"

"不是妹妹，是我女儿啦，叫妮妮——妮妮，快跟小雨姐姐问好。"崔缨兮抱着鲜花，笑得要多灿烂有多灿烂。

林呢喃压下情绪，冲对方礼貌地笑了笑："小雨姐好。"

"天哪，真看不出崔老师已经有这么大的女儿了，还这么漂亮，乍一看还以为是电影明星呢！"小姐姐表情夸张。

"和电影确实沾点边，不是明星，是导演。"崔缨兮摆摆手，"这不快毕业了嘛，正在拍电影，天天忙得微信都没时间回，我都气得几天不理她了。"

这表情，这语气，明显就是炫耀。

回办公室的路上，崔缨兮抱着花，提着套盒，logo（商标）朝外，笑得很甜。

林呢喃没想到，妈妈也有向别人显摆她的一天。不得不说，很开心。

这是林呢喃第一次进崔缨兮的办公室。

不大的房间，一张米色长桌，一扇落地窗，窗前并排摆着两个布艺沙发，中间的小茶几上放着茶壶、咖啡罐和薄荷糖。

崔缨兮把百合放到茶几上，观察了一下，觉得不够显眼，又搬

到桌子上。

"这套盒是在专柜买的?你哪儿来这么多钱?"

"'新锐导演'的奖金,原本想留着拍电影,后来拉到了投资,就省下来了。"

崔缨兮眉毛挑起来:"什么奖金?什么投资?什么时候的事?你怎么也不知道跟家里说?"

"这不过来跟你说了嘛。妈,我有钱拍电影了,也能顺利毕业了。"林呢喃笑着说。

崔缨兮还是不满。

林呢喃抱住她:"妈,我第一次来你工作的地方,你确定要跟我吵架吗?"

崔缨兮眉头皱起来:"我什么时候跟你吵过?哪次不是你先跟我急?"

"妈妈。"林呢喃不太熟练地撒娇。

崔缨兮的表情顿时变了,明明想绷着脸,却又忍不住嘴角上扬,想做出嫌弃的样子,眼睛里却染了笑意。

"行了,多大人了?坐沙发上等着,下班后带你吃湘菜。"

林呢喃做出感兴趣的模样:"就是你常说的那家吗?叫什么来着……'湘西往事'?"

"嗯,早想带你去了,跟你们学校就隔着一条街。"崔缨兮坐到皮椅上,又把花摆了摆。

林呢喃甜甜一笑:"谢谢妈。"

"瞎客气。"崔缨兮白了她一眼,也笑了。

一上午,林呢喃就坐在沙发上,晒着暖阳,看着妈妈工作。

她见过崔缨兮跳舞的样子,轻盈、灵动、美丽,就像林间路曾经在诗里写的——

像一阵清风,

像一缕花香，
像夏夜的丁香，
像冬日的暖阳。

当年崔缨兮离开舞团，最反对的不是林间路，而是林呢喃。所以，四年来她一次都没来过美容院。

崔缨兮工作起来像是变了一个人。

无论是刻薄的、傲气的、虚张声势的，还是羞涩的、木讷的、缺乏自信的顾客，她都会语气温柔，耐心对待。

这是林呢喃从未见过的一面，她的妈妈，原本不是这样的好脾性。

桌上摆着一个水晶摆件，正方体，六个面，可以随意转动，每个面里都嵌着一张照片，是林呢喃不同年纪的样子。

有顾客问："这是您女儿吗？真漂亮。"

"是呀。"崔缨兮笑着说，"每天这样看着，工作起来更有劲头一些。"

林呢喃从洗手间回来，刚好听到这一句。

她说不上心里是什么滋味，但可以肯定的是，这一刻，她很爱她的妈妈，很爱很爱。

吃饭的时候，林呢喃帮崔缨兮拉开座椅，不经意间看到她耳后的针眼，心头一酸。

"妈，你又做项目了？"

"嗯，新项目，总要自己先试试，才好给顾客推荐。"

林呢喃坐到她对面，问："妈妈，你更喜欢跳舞，还是做美容顾问？"

"都这岁数了，哪里还说什么喜欢不喜欢的？"崔缨兮翻着菜单，不怎么在意地说。

林呢喃看着她，沉默了一会儿，说："妈妈，别做这个了，去

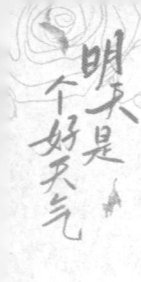

做自己喜欢的事吧！"

"说的什么傻话？你以为妈妈和你一样，二十岁，想怎么样就怎么样的？"

崔缨兮一边点菜一边念叨："不做顾问怎么还房贷？怎么给你攒嫁妆？妈妈还想在你结婚之前买套四环以内的房子，这样咱们妮妮嫁人也有底气不是？"

林呢喃心里不好受："妈，我说了，我不需要那些，我只想让你——"

"打住。"崔缨兮把菜单塞给她，"我还没管你呢，倒轮到你管我了。"

林呢喃闭了闭眼，对，说好了，今天不吵架。

"妈，我会变成很厉害的人。

"会给你买大房子。"

崔缨兮笑了笑，没说什么。

吃着饭，母女两个没什么可聊的。

崔缨兮在回顾客的消息，林呢喃也拿起手机刷起来，刚好看到李穗子的朋友圈。

麦穗儿：帮好友搬宿舍，饿，累，狗东西还不肯请大餐，在绝交的边缘左右摇摆[狗头.jpg][狗头.jpg][狗头.jpg]。

林呢喃对着桌子拍了一张，发到宿舍群："吃什么？随便点。"

群里瞬间炸了。

——林大导演！

——救苦救难的活菩萨！

——腰细腿长大美人！

——我爱你！！！

——抱大腿！！！

——好人一生平安！！！

……

十几条消息，都是李穗子一个人发的。

不对，中间隐隐闪过一个"抱拳"的表情，来自"606隐形人"——安心，只是，很快就被李穗子的感叹号刷过去了。

林呢喃笑着点了几道招牌菜打包。

徐茜茜始终没出现，林呢喃原本想"@"她一下，随即想到肖楠，心里总归不太舒服。

当初是徐茜茜告诉肖楠她要拍《少年时》，还带肖楠来见她，极力帮肖楠争取男一。

可是，就在林呢喃最艰难的时候，肖楠却退出了《少年时》，直到今天徐茜茜也没解释一句。

林呢喃删掉"@"，在群里问了一句：米饭要几份？

李穗子秒回：两份就行，徐茜茜帮表演系搬宿舍去了，不回来吃。

林呢喃愉快地点了两份米饭。

想了想，她又给木清扬点了一份。他今天也搬宿舍，肯定没空吃饭。

光他一个人的还不行，连着他整个宿舍的一起买上了。木清扬是个老好人，宿舍里气氛又好，但凡给他带点什么，一准儿被抢光。

出饭店的时候，打包盒重得林呢喃几乎拎不动。

崔缨兮一个劲地点头："这就对了，就应该跟同学搞好关系。不过，这也太多了，是不是除了舍友，还给那个叫木清扬的小男生买了？"

林呢喃惊奇："你怎么知道？"

崔缨兮一脸笑意："那天他去照顾你嘛，妈妈在楼下碰到了。哎呀，长得又好，又有礼貌，跟这样的小男生谈恋爱妈妈不反对的。"

"不可能的，我们只是朋友。"

林呢喃叫了一辆车，拉开车门，把崔缨兮推进去："妈，你先走吧,这里离我学校近,我再等一辆。"

"又嫌我烦?行,我还不稀罕说了呢!"

林呢喃保持微笑。

车子启动,崔缨兮突然摇下玻璃,说:"妮妮,妈妈期盼的,从来不是你变成多厉害的人,只要你开心。"

林呢喃鼻子一酸。

【呢喃日志16】

2019年11月25日 星期一 晴 西南风1～2级

妈妈也是大美人。

妈妈也曾被人写进诗里。

妈妈也是别人眼中的珍宝。

我是爱妈妈的。

妈妈也爱我,这一点不用怀疑。

明明彼此相爱,却又不懂怎样去爱。

02

徐茜茜和肖楠的关系在学院是秘密,有人问,肖楠就说是朋友,只有徐茜茜宿舍的人知道。

李穗子经常吐槽肖楠渣。

徐茜茜并不傻,但她舍不得。

她从大一开始追肖楠,买早餐、洗衣服、陪着跑剧组,追了三年半,肖楠才终于松了口,即使卑微到失去自我,她也舍不得放手。

从早起搬宿舍开始,肖楠就不太高兴,徐茜茜也不敢问,只能抢着搬书搬重物,让他有时间休息。

看着她满头大汗,肖楠难免动容,温声说:"歇会儿吧,先去吃饭，下午再搬。"

"想吃什么，我去买？"徐茜茜忙说。

"一起吧，都累成这样了，还逞能？"

肖楠牵住她的手，藏进衣兜里，还亲昵地捏了捏，面对室友的调侃只是坦然一笑，校园偶像剧中标准的男一式帅气。

一瞬间，徐茜茜丝毫怨言都没有了。

就是这样，每次快要绷不住的时候，肖楠总有办法把她哄回来，让她继续死心塌地。

气氛不错，徐茜茜忍不住问："你今天是不是不太高兴？"

肖楠神色一黯，说："碰见季佳杭了。"

徐茜茜一听就知道是怎么回事了。

季佳杭和肖楠同班，也是个要颜值有颜值，要演技有演技的优等生，只是自打入学开始，处处被肖楠压一头。

这次，肖楠拒了《少年时》，季佳杭却坚持演男二，为此还推了辅导员推荐的一部戏。

肖楠和徐茜茜私下里还笑过他傻，没想到，短短几天人家就成了顾羽的男配，和内娱最顶尖的团队合作，肖楠怎么能不酸？

尤其这次回校，肖楠明显觉得，整个楼道的人对季佳杭的态度都不一样了。

徐茜茜安慰他："没必要跟他比，你的那部剧也不差，绝对的男一号，不比他一个没几句台词的配角强？"

"那能一样吗？平台网剧怎么和院线电影比？你好歹学了四年导演，怎么连这个都不懂？"肖楠声调猛地拔高。

路过的同学诧异地看过来。

徐茜茜红了眼圈。

"对不起。"肖楠有些懊恼，转身走了。

徐茜茜哭着回了宿舍。她进门之前，特意去水房补了个妆，不想让舍友看出来。一推门，就看见李穗子和安心盘着腿靠着暖气，

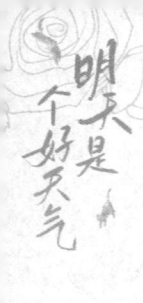

在吃大餐。

林呢喃坐在徐茜茜的床上,低头看手机,刚好有一束阳光透过重重树影打在她身上,美得仿佛从画报里走出来的。

真不公平。

徐茜茜听到自己心底的声音。

为什么有人生来就占尽好处,处处幸运,不需要做什么就一路绿灯?

"茜茜回来了?吃饭没?来来来,享受一下林大导演的贿赂。"李穗子叽叽喳喳地招呼。

徐茜茜嗤笑:"人家都是大导演了,有什么可贿赂你的?"

林呢喃听着这话不大对劲,只当自己多想了,笑着接话:"嗯,不贿赂你,米饭只买了两份,你就干扒菜吧!"

"湘菜哦!"李穗子笑嘻嘻。

"不吃,吃不起。"徐茜茜阴阳怪气,说完,抬手把林呢喃扒拉开,嫌弃地拍了拍自己的床。

林呢喃一个不防,磕到对面的床栏上。李穗子和安心吓了一跳,忙过去扶她。

徐茜茜有一瞬间的担忧,然而看到李穗子和安心急切的模样,又忍不住气恼:"你俩行啊,这还没怎么着呢,就巴结上了。"

林呢喃皱眉:"徐茜茜,你吃错药了?"

徐茜茜笑得古怪:"该吃药的是我吗?"

林呢喃心底一慌,妥协道:"算了,我先走了,改天再来看你们。"

"别走啊。"徐茜茜拉住她,"你是回来拿书的吧?动画系系草给你放在这儿的那几本……那书是干吗的,你自己看吗?"

"茜茜,别说了。"李穗子忙使眼色。

林呢喃不是包子,不会一直忍让:"那书我早拿了,今天是来找人的,这不《少年时》的男一跑了嘛,回来找几个。"

徐茜茜被戳中痛脚，顿时恼了："林呢喃，你还有脸显摆，如果不是肖楠让出角色，你有机会攀上顾羽？"

林呢喃都给气笑了："徐茜茜，你还真敢说。"

徐茜茜脑门一热，口不择言："不过是给人家上过几天课，也好意思自称'小师妹'，也不怕你死去的爸爸——"

"徐茜茜，你神经病吗？"林呢喃寒下脸。

"谁神经病？在吃药的是谁？林呢喃，别以为我不知道，你得了——"

"徐茜茜，你过分了！"安心突然大吼。

徐茜茜更气了："哟，你急了？正主还没急，你急什么？你们都向着她，是可怜她吗？因为她有精神病？"

林呢喃一时语塞。

一起生活了三年的室友，也曾一起熬过夜，一起逃过课，生病的时候互相陪着打过点滴，"姨妈"来了彼此帮着泡过红糖水，怎么也该有些情谊吧，为什么会狠心到这种程度？

徐茜茜"杀"疯了，心底压抑已久的怨气以这种扭曲的方式发泄出来——

"抑郁症？不过是无病呻吟罢了，这年头，楼道里随便抓两个都说自己得了抑郁症。

"不就是为了博取同情吗？谁先哭谁有理是吧？我还说我也有抑郁症呢！

"你们知道什么是真正的抑郁症吗？精神科医生认定的那种！说白了就是精神病！林呢喃，你敢承认得了精神病吗？"

"别说了！你别说了！"安心抓起枕头，狠狠地扔到徐茜茜身上。

李穗子吓傻了，呜呜地哭着，想要关上门，不让别人看笑话，却没成功。

今天搬宿舍，楼道里男男女女都有，不少是外校的，还有人举着手机直播。

林呢喃反倒很冷静。

尽管心脏难受得缩成一团,头脑却异常清醒。或许是潜意识里知道,不能倒下,不能在这种时候示弱。

"精神病是吧?"

她抓乱头发,扯散衣服,把口红抹到脸上,冰冷着眼神,一步步靠近徐茜茜。

"你想知道真正的精神病是什么样的吗?"她看过那么多电影,扮演一个变态杀人魔手到擒来。

徐茜茜被吓到了,步步后退。

林呢喃凉凉地扯了扯嘴角,沉着嗓音,缓缓说:"你知道,精神病杀了人不用坐牢吗?你想试试吗?"

徐茜茜害怕了,连连摇头:"不,呢喃,我胡说的,你别……"

"放心,我不会杀你,顶多在你脸上划两道,划完我就去医院看精神科,好不好?"

"啊——"徐茜茜尖叫着瘫到地上,抱头大哭。

林呢喃逆光站着,长及腰间的头发披散着,唇角勾着一丝凉薄的笑,冷静、冷艳、冷酷。

这一幕被门口的手机直播了出去。

李穗子和安心都吓到了,忘了拦。

行政楼。

顾羽过来办手续,等待的间隙,正跷着二郎腿玩游戏。

李伟突然大叫一声:"哥,有情况!"

顾羽眼皮都没抬。

"是林导啊!林导上直播了!"

顾羽把手机一扔,抢过李伟的。

他看了一眼,脸色瞬间冷下来。

他此时的表情，比林呢喃还可怕。

自己捧在手心，藏在心底的，多想一下都觉得亵渎的人，却被别人，如此践踏。

【呢喃日志17】
还是2019年11月25日　星期一　晴　西南风1～2级

我今天的愤怒，不只是因为我自己，而是为所有被误解，被诋毁，被当作暴力狂防备的抑郁症患者。

他们不是无病呻吟。
他们不为博取同情。
他们没有暴力倾向。
他们就是因为太不懂得"麻烦"别人了，才默默地、孤独地、压抑地把自己憋出了"内伤"。

03

"顾羽！是顾羽！"
顾羽一出现在楼道，所有摄像头就都对准了他。
他仿佛没有看见，冷着脸径直往前走。
李伟跑在前面，抬手挡住镜头，警告道："私人行程，别拍了。"
然而没人肯放下手机，直播间弹幕爆了。
顾羽抬脚跨进宿舍，哐当一声关上门。
林呢喃看到他，原本强装的凶神恶煞模样瞬间消失，脸色苍白如纸，眼神慌乱狼狈，整个人不受控制地颤抖起来。
顾羽的心如针扎一般，毫不避讳地把人抱住："别怕，我来了。"
林呢喃攀住他的手臂，强撑着说："我没事……"
"这句话留给别人吧，在我这儿不需要逞强。"顾羽双臂一紧，不由分说地把她抱了起来。

林呢喃没有挣扎。

她没有力气了,她想离开这里,这一刻,她想依赖这个人。

李穗子和安心终于反应过来,慌慌张张地跟上。

顾羽回头,冷冷地说:"看着她,别让她死了,免得律师函都不知道给谁发。"

说的是徐茜茜,却没看徐茜茜一眼。

两个小女生连忙停下来,本能地服从。

徐茜茜扶着床柱,浑身瘫软,崩溃大哭。

校医院。

木清扬和小伙伴们看到直播都来了,午后关了店门,也急吼吼地跑过来。

杨杨是个暴脾气,挽起袖子就要去找徐茜茜干架,幸好安静和校领导赶过来,拦住了她。

林呢喃把自己藏在毯子里,被铺天盖地的自责和羞愧淹没。

是的,大闹一场,没有吃亏,被这么多人关心,她的心情不是解气,不是得意,而是自责。

她觉得丢脸了,给人添麻烦了,后悔了。

还有,自己的病被人知道了。

理智告诉她这没什么大不了,可是,还是控制不住自己难受,说不出来的难受。

安静也很自责,当初一时心软没把林呢喃的情况上报给学院,没想到惹出这么大的乱子。

她前脚挨了校领导的骂,后脚还要好声好气地给崔缨兮打电话。

崔缨兮很快就到了。

系主任迎上去，想跟她说明情况，崔缨兮却看都没看他一眼，直奔病床。

"妮妮，你怎么样？你跟妈妈说句话，别吓妈妈呀。"

听到妈妈的声音，林呢喃的委屈劲一下子上来了，哽咽道："妈妈，我想回家……"

"好，好，妈妈带你回家，咱们回家。"崔缨兮红着眼圈，想把她扶起来。

"我来吧。"

顾羽连人带毯子将她抱起来，还把林呢喃的脸压在胸口，不让别人看见。

这样的举动，给了林呢喃最大的安全感。

木清扬默默地退回去，转而搀住崔缨兮："阿姨，别担心，医生说了，呢喃没事，吃了药睡一觉就好。"

崔缨兮捂着嘴，眼泪无声无息地滑落。

他们回的是林呢喃在家属院租的房子，一室一厅，挤满了人。

崔缨兮和校领导在客厅谈话。

林呢喃窝在床上，依旧用毯子把自己捂得严严实实。

木清扬坐在床边，手肘搁在膝盖上，低声劝慰："妮儿，想哭就哭出来，别憋着。"

毯子下的身体颤抖着，却没发出声音。

顾羽坐在飘窗上，眉头紧紧锁着，手指捏着打火机，咔嗒一声打开，又咔嗒一声合上，压抑的卧室回荡着咔嗒咔嗒的声响。

李伟站在门口，神情紧绷，完了，羽哥要发飙了。

客厅的声音断断续续传过来——

"是，院里第一时间删除了视频，热搜也撤了，学生那边也通知了，不会有人乱说话。"

"林同学这边，我们还是建议休学……不过，您放心，以她的

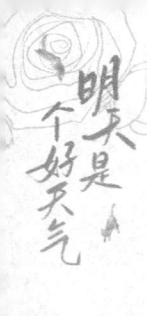

成绩，不会影响毕业。"

看上去温柔漂亮好说话的崔缨兮，维护女儿的时候表现得异常强势。

"这就是学校的态度吗？我的女儿受到伤害了，不去惩罚欺负人的学生，反倒威胁我女儿休学？"

"不是威胁，是建议。"

"建议？那你怎么不去建议那个学生？偏偏来建议我们这个受害者？如果学校是这样的处理方式，那就没什么好说的了。"

安静连忙打圆场："崔女士，您先别激动，我们也是为呢喃着想，她这个病……"

"我女儿没病。"崔缨兮声音发冷，"不过是有人在造谣，你们做老师的不仅不保护她，还想推卸责任？"

安静忙说："我们当然会负起责任，但是，这件事不仅关系到林呢喃，还有……"

崔缨兮打断她："安老师，你还没有孩子吧？你不会理解一个母亲的心情。"

系主任急了："崔女士，不管您承认也好，不承认也罢，林呢喃的精神状态确实不适合在学校待下去……"

"她不用在学校待着。"

顾羽不知什么时候出现在客厅，挺拔的身体遮住了大半光线："主任是不是忘了，林呢喃同学在我的剧组实习，安全问题由我负责。"

"顾羽，你添什么乱！"系主任给他使眼色。

顾羽并不接他的茬，冷着脸说："休不休学，怎么处理，都得由呢喃自己说了算，学校没资格私自做决定。主任和安老师先回去吧，她现在需要休息。"

毋庸置疑的口气，连崔缨兮都给镇住了。

她怔怔地点了点头，说："对，先让妮妮休息，等她休息好了，我会问明情况，至于怎么处理……"

"我会让律师和学校联系。"顾羽接话道。

"对，就是这样。"崔缨兮感激地朝他点点头。

系主任还要说什么，被安静拉走了。

安静把系主任送走，又返回来看林呢喃。

林呢喃听到她的声音，终于掀开了毯子，开口第一句，就是道歉："安老师，对不起，给您添麻烦了。"

安静拍拍她的肩，喉咙微哽："你不需要道歉，不是你的错，呢喃，不要自责。"

短短一句话，触动了林呢喃敏感的情绪，她再也忍不住，呜呜地哭了起来。

安静抱住她，湿了眼眶。

崔缨兮捂着嘴，眼泪如断了线的珠子。

木清扬转过身，肩膀隐隐发颤。

每个人都很悲伤，所有人都有各自无法言说的伤心事。

顾羽看着林呢喃单薄的身体，想上去抱抱她，紧紧圈住她，不让她颤抖，让她可以靠着自己哭。

可是他不能。

他没有立场，暂时还没有。

崔缨兮把安静送出门："安老师，不好意思，刚才我太急了，语气不好，你别放在心上。"

安静摇摇头，说："我有孩子。"

这是在回应崔缨兮先前的话。

"我也有孩子，所以，我理解您的心情。"安静顿了一下，说，"我孩子的情况比呢喃严重得多，所以，我以一个家长，而不是老

师的身份建议您,别大意。"

崔缨兮愣在门口。

直到听见林呢喃叫她,她才调整好表情,转身回屋。

林呢喃洗了把脸,看上去精神了些,只是脸色依旧苍白,但还是努力笑着。

"妈,我没事,只是和同学闹了点矛盾,你别担心……妈,今天不是开例会吗?快去忙吧,这里有羽哥和清扬哥陪我就好,待会儿午后和杨杨也就来了,她们说给我带我喜欢吃的酱油炒饭……"

崔缨兮心疼得揪成一团——自己这个女儿啊,如果和自己吵架就说明还不是太严重。真正难受的时候,她连吵架的力气都没有,会突然变得话多起来,态度很好。因为,她想拼命避免冲突,尽快结束交流。她没有心力应付任何人、任何事了,包括自己这个母亲。

坐在车上,崔缨兮泣不成声。

"为什么会这样?"

"为什么一个两个都这样?"

"是上天在惩罚我吗?"

"我该怎么办?"

戴云韬揽住她的肩,看着窗外,缓缓说:"不会再像上次一样了,我们好好照顾她,不会再让妮妮出事,绝对不会。"

【呢喃日志 18】
依旧是 2019 年 11 月 25 日 星期一 晴 西南风 1～2 级

是的,发泄之后,并不爽。

歉疚、自责、丢脸,不想面对所有人,不想看到这个世界,铺天盖地的负面情绪席卷而来,然后,引发第二次发作。

就这样恶性循环。

还要努力顾及别人的情绪。

不想他们担心,不希望他们因为自己不开心。

这就是抑郁症的日常。

健康的人永远无法感同身受的日常。

04

顾羽和林呢喃再次捆绑上了热搜。

顾羽黑着脸走在楼道的画面被加上音乐,循环播放,被路人调侃在走T台大秀。他抱着林呢喃走出宿舍的视频更是引燃了女友粉们敏感的神经。

徐一航打爆了李伟的手机。

顾羽嫌他们吵,把李伟赶了出去。

他和木清扬如同霸总文里的极品保镖,一左一右地守着林呢喃吃饭。

林呢喃是真吃不下去,又不想让他们担心,只能一口接一口地硬塞。

然而,没吃几口,就吐了。

顾羽心疼到砸墙。

木清扬用筷子挑出小块的鸡蛋,一点点地喂她。

林呢喃硬撑着吃下去,还是吐。

顾羽又"醋"又心疼,一把扯开木清扬:"鸡蛋比炒饭还腻,她能吃下去才怪!"

木清扬也急了:"你来!"

顾羽进厨房煮了两个鸡蛋,剥了壳,吹凉了,送到林呢喃嘴边。

林呢喃连劝架的力气都没了,喂到嘴边只能吃了,这次她没吐。

"看到没?她喜欢吃煮的。"顾羽得意地朝木清扬挑挑眉,秒变顾三岁。

木清扬哂笑:"你最好一直对她这么上心,但凡放松一点,我

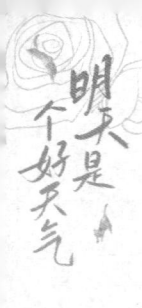

就会抢回来。"

顾羽喷了声:"本来也不是你的。"

木清扬帮林呢喃扯了扯被子,笑着说:"都答应跟我去巴黎办酒席了,不是我的是谁的?"

"你们俩差不多得了,我还喘气呢,等我人没了,再争遗产成不成?"林呢喃抓着枕头,一人打了一下。

只是软绵绵的,没什么力道。

"别瞎说。"顾羽捏捏她的脸,"好好睡一觉,明天……带你去医院。"

林呢喃怔了一下,拉高被子捂住头,闷闷的声音从被子里传出来:"我还不想去。"

"你要不想自己走路,我就扛你去。"

林呢喃闷闷地求:"再等几天好不好?让我做做心理准备。"

"几天?"顾羽问。

"拍完电影,我不能在工作期间吃药,那个药副作用可大了,吃了不舒服。"林呢喃把被子拉下一小截,可怜巴巴地看着他。

"在我这儿,电影比不上你的命。不去医院,就别开机了。"顾羽强势道。

"只是推后一个月,我又不是得了绝症,怎么会没命?"林呢喃据理力争。

"你不会没命,那这是什么?"顾羽突然抓起她的手腕。

林呢喃狠狠一颤。

在校医院,医生让她摘了表,忘了戴回去,手腕上的伤疤就这么赤裸裸地暴露在三个人眼前。

木清扬怔了一瞬,反应过来,使劲拉顾羽:"你别这样,你吓到她了。"

顾羽纹丝不动,黑沉的眼睛定定地看着林呢喃,一字一顿地道:"我不想看到这个,不想同样的事情再次发生,丫头,我承受不住。"

太过炙热的目光，太过深情的话语，林呢喃也承受不住。

她抱着双肩，把自己缩成一团。

木清扬使出全身的力气把顾羽拉出去，低声吼："你别逼她，她受不了！"

顾羽吼回去："你拦我干什么？咱俩应该统一战线！"

木清扬心疼得眼圈都红了："就不能慢慢来吗？"

顾羽不比木清扬心里好受，但他采取的是另一种心疼方式。

"你想让她现在好，我想让她一直好，不逼她一把，她能好吗？她是会乖乖去看医生，还是乖乖吃饭睡觉？"

四目相对，彼此较劲。

最终，还是木清扬妥协了。

"我不记得了。"不等他们再问，林呢喃就主动说了起来。

木清扬和顾羽的争执她都听到了，很感动，又很惶恐。自己何德何能，可以拥有这样的至交好友？倘若再不能坦诚些、勇敢些，就更不配了。

"我十六岁那年爸爸去世，不知道是不是伤心过度，有两个月的记忆非常模糊，这道伤疤也许是那时候留下来的。

"我经常做同一个梦，梦到自己掉进了湖里，水很暖，并不可怕，周围长满了枯黄的芦苇，还有漫天芦花……"

顾羽脸色一变，沉声问："你去过那里吗？"

林呢喃摇摇头："我不记得了。"

她不记得，但顾羽记得。

那是林间路落水的地方，她很可能不是在做梦，而是亲自去过，甚至……

顾羽突然抱住她，神色凝重："我们去医院，现在就去！"

林呢喃反倒显得很平静，缓缓地摇摇头，说："你答应我，让我继续拍电影。我会去医院，以后也会好好吃饭、按时睡觉。你要

125

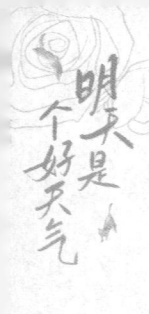

相信，我比任何人都更珍惜自己的生命。"

顾羽皱眉。

林呢喃软着嗓音，又异常坚定："我必须拍电影，这是我唯一的支柱，如果没有了，我就真坚持不下去了……你明白吗，哥哥？"

顾羽目光一闪，她叫"哥哥"，就说明是在用十六岁的交情在和他说话。他拒绝不了，舍不得。

许久，顾羽才哑着声音点点头："好。"

"我明天就去医院，一定会去。"林呢喃像个小孩子那样，认真地保证。

木清扬长长地松了口气。

徐一航就在这时敲响了门，后面跟着蔫头蔫脑的李伟。

李伟求生欲满点："不是我！我什么都没说！我是在楼下碰见徐哥的！"

徐一航沉稳道："我来看望林导，合同上有她的地址。"完了又强调一句，"不谈工作。"

顾羽脸色这才好了点，让开门。

林呢喃主动道歉："给剧组添麻烦了。"

"林导抢了我的开场白，把这个热搜麻烦体塞给你，实在不好意思。"徐一航场面话说起来，幽默又和气。

林呢喃礼貌地笑了笑，主动把话题引到工作上："直播的事我会澄清，明天就能复工，不会耽误剧组进度。"

徐一航瞄了眼顾羽，意思很明显：这可不是我提起来的。

顾羽抱着手臂，冷笑。

徐一航扶了扶眼镜，心安理得地跟林呢喃说起了公司的建议，林呢喃也阐明了自己的观点。

在顾羽的瞪视下，徐一航无可奈何地退让一步，最终敲定了一个双方都相对满意的公关方案。

距离宿舍楼直播过去了四个小时，林呢喃勇敢地站出来，公开发声。

她录了一段视频，放到自己的微博上。

她没有化妆，但换了身职业装，把头发绑了起来，让自己看上去精神一些。她不想博取同情，只希望网友的关注点放在她讲的内容上。

第一，抑郁症是无病呻吟吗？

抑郁症和患有其他疾病的人一样，承受着外人难以理解的痛苦，不只是精神上，还有身体机能的下降。

第二，抑郁症患者喜欢博取同情吗？

能说出这种话的人，是真的不了解这个群体。

主动去医院就诊的病患连 5% 都不到，而在这批人中，愿意向家人朋友坦白的概率，更是低之又低。

为了不给身边的人添麻烦，为了不承受周围异样的眼光，他们只会用壳子严严实实地把自己包裹起来。

他们宁愿自己是个健康人，不被同情。

第三，抑郁症是精神病吗？

是精神类疾病，但没有暴力倾向，不会伤害别人。

正是因为不愿伤害别人，他们才会伤害自己。正是觉得自己对这个世界没有用处，才会有人选择离开。

他们是最柔软、最脆弱、最下不了狠心的一群人。

……

林呢喃的视频引起了许多网友的共鸣，虽然还是有人说风凉话，但很快被徐一航处理了。

最终的价值导向正如他们期待的一样——消除偏见，关爱抑郁症群体。

林呢喃无意出风头，也不想代表什么，只是借着这个机会，站

在客观的立场，说出了自己想说的话。

评论区，一条询问她是不是抑郁症的留言被顶到了前排。林呢喃没回应，之后，她就卸载了微博。

顾羽的"律师函警告"起到了作用，学院开了个紧急会议，不再逼着林呢喃休学，但是要求林呢喃和崔缨兮签一份免责协议。

林呢喃可以继续拍电影，作品计入总学分，不影响毕业。

安静让李穗子陪徐茜茜过来道歉，肖楠也跟过来了。

徐茜茜状态很不好，眼睛肿着，精神有些恍惚，看见林呢喃，边说边哭："对不起，真的对不起，是我太无知了，对不起……"

林呢喃没说什么。

不管徐茜茜的道歉是真诚的，还是被顾羽的律师函吓的，她都不打算和徐茜茜计较了。

但是，也不会原谅徐茜茜，因为她对抑郁症的态度。

肖楠看了看顾羽，貌似十分真诚地说："呢喃，我也要跟你说声'抱歉'，早知道你这样，我当初就不该……如果剧组需要的话，我随时可以回去，只要你一句话。"

"咱们不是来看喃喃的吗，说这个干什么？"李穗子不满。

肖楠轻咳一声："我这不是为了让呢喃开心点嘛，不希望之前的事在她内心留下阴影。"

"我看是你想跟顾羽演戏才对。"李穗子小声嘟囔。

"别说了。"徐茜茜低着头，眼底划过一丝难堪，"总之，对不起。"说完，冲林呢喃鞠了一躬，转身跑出门。

李穗子怕她出事，连忙跟了上去。

肖楠不想走，但是在场的连个眼神都没给他，他只得讪讪地离开了。

半个小时后，顾羽用粉丝们都知道的小号发了三条微博。

@翅膀硬了：那天刚好在学校办事，瞧见直播，就去了，没有哪个老爷们会眼睁睁看着自己的小师妹受欺负吧？

@翅膀硬了：对，我俩就是师兄妹。如果说还有点别的什么的话……

@翅膀硬了：我是她的男主角，她是我的导演大人。

粉丝炸了，这是……官宣了？

【呢喃日志19】
2019年11月26日 星期二 多云 北风1～2级

我有什么资格，得到这么多关爱？
如果我不能很勇敢，很坚强，是不是对不起所有人？

不能缩在壳子里了。
不能任由自己陷进淤泥躺平等死了。

我想，我找到了新的动力。
除了电影之外，另一根支柱。

为了在乎自己的人，珍惜自己。

05

三条微博丢出来，粉丝炸了，徐一航想撞墙。

营销号通稿都写好了，李伟瑟瑟发抖地登上顾羽的大号，发了一张他和林呢喃的工作照。

《少年时》剧组正式官宣。

广大网友恍然大悟——原来"我是她的男主角，她是我的导演大人"是这个意思！

一众粉丝的心情如同过山车，齐心协力把《少年时》骂上热搜。

剧组乐见其成，一分钱不花上了两波热搜，这就是顶流的力量。

吃瓜群众看着顾羽和林呢喃的同框照纷纷"按爪"：真挺配的，坐等官宣。

这张照片是李伟抓拍的。

林呢喃和顾羽一坐一站，林呢喃稍稍仰着头，正和顾羽推敲台词，顾羽倚在桌边，侧着脸，神色认真。

刚好是黄昏，光线正好，高清镜头愣是照出了朦胧的颗粒感，柔和的光晕笼罩着两个人的侧影，如同二十世纪的唯美电影。

小伙伴们在群里凑热闹。

——林导真可以出道了。

——和顾神演个青春校园剧，也算给广大 CP 粉的福利了。

——民国剧也成啊，林导这颜和大波浪绝配啊！

——条儿也顺得很，旗袍一穿，也就没谁了。

——旁边再站个军装版顾神……啧啧啧！

林呢喃在群里扔了个炸弹。

顾羽嘴角翘得老高，戳开李伟头像：这月奖金翻倍。

李伟惊了：为啥呀？哥，你给我个理由，不然我心慌……或者你就直接告诉我，是需要我去干什么，还是已经干了？

顾羽慢悠悠打字：圣斯威辛买得不错，开花了。

李伟：就这？

"昨晚睡得好吗？"林呢喃给顾羽拿了瓶水。

顾羽笑了："丫头，这台词要是放在剧本里，你知道前情是什么？"

林呢喃脸一红，给了他一脚："有大别墅不住非挤我这儿睡沙发，有'猫饼（毛病）'。"

"就这，还是跟木清扬竞争来的。"顾羽岔开两条无处安放的大长腿，伸了个懒腰。

"今天不用竞争了，我回我妈那儿。"

林呢喃其实很不想回去，但是，没人放心她一个人住在家属院，崔缨兮提心吊胆，木清扬和顾羽也要守着她，小伙伴们怕她失眠，凌晨三四点还忍着困意在群里讲笑话。

很感动，更多的是愧疚。

"就住一晚，明天我就回剧组。"林呢喃强调。

"还有呢？"顾羽问。

"去医院，没反悔。"

"乖。"顾羽揉揉她的脑袋，"走，带你喝羊汤，喝完送你去医院。"

林呢喃往后缩："我不想再上热搜。"

"我想。"顾羽霸道地把她拖走。

市第一医院。

吃完饭，顾羽被叫回了公司，崔缨兮赶来了医院。戴云韬刚好是这家医院的眼科主任，便一起过来了。

林呢喃坚持不让崔缨兮陪："上一次我认怂了，这次我要自己来，不会再退缩。"

崔缨兮急道："妮妮呀，现在不是较劲的时候，要做很多检查的，你一个人不方便。"

"听妮妮的吧，相信她。"戴云韬压住崔缨兮的肩。

他身形修长，气质温和，沉稳的声音仿佛有着抚慰焦躁的魔力，不仅崔缨兮平静下来，林呢喃忐忑的心也稍稍得到安抚。

她道了声谢，独自上楼。

依旧是大理石楼梯，林呢喃却觉得比上次明亮了些，候诊区也热闹了许多。

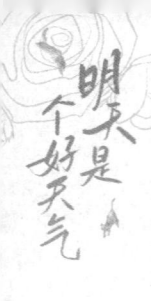

她依旧没等专家号，随意进了一个空闲的诊室。

这一次不再是那个严肃的医生，换了一个笑容温和的女医生，头发微微卷曲，脸颊瘦长，很亲切。

医生录入信息的时候，林呢喃的注意力放在了窗边的绿植上，细嫩的枝条，长长地长出去，一点点爬到窗格上。

林呢喃总在担心那根细嫩的长须下一截就会断掉，然而一直没断，就这样曲曲折折而又十分执着地爬到了最高处。

"这是文竹。"医生微笑着说。

"我见过的文竹都很矮，叶子是侧生的，就像竹子的'娇气版'。"

林呢喃没想到医生会和她说病情之外的话题，有种莫名的感激，就想努力多说两句。

"实际并不娇气，给它适宜的水肥，有一个可供攀爬的空间，它就能一直向上。"医生继续微笑。

林呢喃也笑了。

接下来的问诊十分顺利。

医生对她说："你的情况不严重，别担心。"

做心电图的时候，护士小姐姐看看她的年纪，特意给她换了一位女医生。

女医生给她脚踝上放夹子的时候，主动攀谈："这就是网上说的'堆堆袜'吗？"

"是，护着脚腕，暖和一些。"林呢喃有些意外，也有些紧张。

女医生轻轻拍拍她的腿，笑容很像小学时那位即将退休的老校长。

许多年后，林呢喃已经忘了这些医生和护士的模样，然而，她们脸上的笑，诊室阳台那盆文竹，一直珍藏在她的记忆中。

这是她第二次独自问诊，温暖到始料未及，和第一次大相径庭。

当她见识到了这个世界更多的冷漠和无奈，就渐渐地对第一次问诊的情形释怀了。

很多时候,不是这个世界冷漠,而是我们求得太多。换一个角度,或许会觉得温暖一些。

崔缨兮住的是戴云韬的房子。

东三环,大复式,欧式装修,粉、米、蓝为主色调,桌上摆着鲜花,墙上挂着油画,落地窗边放着一架白色钢琴,处处体现出主人的情调。

还有,处处沾染着两个人的生活痕迹。

林呢喃的视线从成对的拖鞋、帽子、围巾上一一扫过,不声不响地掏出自带的室内鞋。

崔缨兮哭笑不得:"又不是没你的鞋,怎么还自己带一双?"

"穿惯了,不喜欢穿别人家的。"林呢喃淡淡地说。

崔缨兮怔了一下,扯出笑意:"行,那你先去二楼休息,饭好了叫你。"

林呢喃说完那句话就后悔了,这时候便十分乖顺地点点头。

二楼左右两侧各有一室一厅一书房,右半边是按照林呢喃的喜好装的,尽管她一次都没住过。

楼梯是旋转式的,金色的扶手,红色的地毯,像电影里舞会上那种,完全符合崔缨兮对华丽和浪漫的向往。

这是林间路给不了她的。

不是钱的问题,而是品味,还有包容。

戴云韬不见得喜欢这种风格,但为了崔缨兮,他心甘情愿地把家装修成这样。

戴云韬停好车,拎着林呢喃的药进了客厅,拆开包装,按照剂量分装到小盒子里,又用签字笔标记好时间和用量。

然后,他吻了吻崔缨兮,低声说:"我回医院值班,你在家好好陪妮妮。"

林呢喃刚好听到了，突然有点心酸。

这是他的房子，可他却要避着自己，只因为他爱妈妈。

而她，也爱妈妈，不该让妈妈为难，更不该鸠占鹊巢。

"戴叔叔，"林呢喃从二楼探出头，"妈妈买了鲍鱼，我记得只有您爱吃。"

戴云韬愣了一下，忙点了点头："是，是，我爱吃，妮妮记得？"

"记得呢。叔叔给医院打个电话吧，今天就休息一天，难得……都在。"林呢喃尽量笑着，生怕嘴角的弧度不自然。

最惊喜的莫过于崔缨兮："妮妮说得对，难得咱们一家三口都在，你就别去值班了……哎？不对啊，今天不是周三吗？你改成周三值班了？"

戴云韬轻咳一声，尴尬地扶了扶眼镜。

林呢喃失笑，妈妈呀，真是个傻白甜。

夜深人静。

林呢喃躺在陌生的大床上，毫不意外地失眠了。她漫无目的地刷着手机，刷到安心的朋友圈。

想到在宿舍时安心对自己的维护，林呢喃给她发了个"抱拳"的表情包。

安心很快回：好点没？

而不是"还没睡"。

林呢喃：吃了药。

而不是"好多了"。

知根知底的人，不用说客套话。

安心在他们班就像个隐形人，沉默且神秘，只有林呢喃知道，她父母双亡，有个患有孤独症的弟弟，大学四年的学费和生活费都是靠写网文赚的，剩余的钱还要给弟弟治病。

所以，徐茜茜说林呢喃是精神病的时候，安心才会反应那么大。

林呢喃笑着打字：让我猜猜，这个点还不睡，在赶榜单？

安心回复：是啊，黑色星期三。

林呢喃不再打扰她，发了个表情包：[灵感源源不断.jpg]

安心：[我们女人想要的就得搞到手.jpg]

默契地结束聊天，林呢喃百无聊赖地打开音乐软件，首页推送刚好有顾羽的专辑。

封面是一张帅气的半身照，金属质感的装扮，侧着身，一脸冷酷，和她认识的那个漫不经心的家伙根本不像同一个人。

这种感觉很神奇。

林呢喃还没听过顾羽的歌，正要点开，微信恰好弹出新消息。

顾羽：乖乖睡觉，明天接你回剧组。

顾羽：如果有黑眼圈，就不接。

林呢喃翘起嘴角，把专辑截图发给他。

她本意是想臊臊他，没想到，这人立即丢过来一个表情包：[哥帅吧.jpg]

照片还是他自己的。

林呢喃：[要点脸.jpg]

那边安静了一会儿，才回：想不想听现场版？

林呢喃还没反应过来，顾羽就打来了语音电话。林呢喃手一抖，接通了。

听筒里传来悦耳的吉他声，还有他清亮的嗓音——

　　想把她娶回家，
　　看她早起慵懒的模样，
　　挽起她的长头发……

林呢喃把手机放在枕边，闭上眼，呼吸也放轻了。

顾羽唱了一会儿,轻声唤:"丫头?"

林呢喃没回答,顾羽也没再叫,就那么开着语音,拨弄着吉他,轻轻哼唱。

是他自己作词,自己编曲的新歌——《桂花树下》。

十一月的校园,桂花树下,
金黄的花瓣,白色的长裙,
还有她乌黑的发。

有风轻轻吹过,
撩起她的长头发。
有人笑着靠近,
要她的微信号码。

她说,姐姐很忙啊,
姐姐要毕业啦。
她笑着坐在长椅上,
闪光灯咔嚓咔嚓。

十一月的校园,金色的桂花,
美丽的小姐姐,你有空吗?
想要你的微信号码,
想把你留在闪光灯下。

十九岁的夏天,粉色的月季花。
我的女孩啊,想把你娶回家。
看你早起慵懒的模样,
挽起你的长头发……

林呢喃闭着眼,泪流满面。
不是伤心。
而是永远无法回应的遗憾。

【呢喃日志 20】
2019 年 11 月 27 日　星期三　晴 东北风 1～2 级

他并不擅长唱歌,更不会写歌。
突然想写了,是因为在这一刻懂了生活。

她不爱听歌,也没有特别喜欢的。
突然听懂了,是因为不知不觉长大了。

/ 第五章
不刻意,就是最好的关照 /

01

许淼三天后才看到了林呢喃的直播。

这段时间她在电视台做外景记者，天南海北地跑，扎进山区十几天都是常事，还是候机的间隙刷到营销号八卦，才知道林呢喃出事了。

她第一时间给林呢喃打电话。

刚巧，林呢喃在洗澡，没接到。洗完澡出来，林呢喃看到那串熟悉的短号，欣喜若狂地拨回去，许淼却上了飞机。

直到上了车，林呢喃还在给许淼打电话，但是那边一直关机，她就莫名失去了勇气，也不好意思问别人。

毕竟，所有人都知道，她们两个好得穿一条裤子，不想让人知道她们闹别扭了。就仿佛一旦把第三个人掺和进来，就会亵渎了这段感情。

小仙女在这时候发来了消息：姐姐，你看到顾羽的热搜了吗？

林呢喃打起精神回：你家顾神不是天天上热搜吗？

小仙女：不是他，是那个导演姐姐……你说，她那么漂亮、那么优秀，怎么会得抑郁症呢？

林呢喃心一沉。

小仙女紧接着说：我觉得那个姐姐说得特别好，说出了抑郁症的心声，我都看哭了。

小仙女：很多时候，我觉得自己也挺抑郁的，也只有同道中人才能理解这种心情吧。

林呢喃的心又一点点暖了回来。

是啊，只有"同道中人"才能理解他们的心情。就像小仙女，自己还没说什么，她已经敏感地觉察到了，连忙解释。

林呢喃慢慢打字：你知道是我吧？

小仙女：[惊恐.jpg]

林呢喃：刚认识那会儿我在朋友圈发过照片，你还存图了。

小仙女：[嘿嘿嘿.jpg]

窗户纸捅破了，顿时亲近了许多。

小仙女：姐姐，咱们见面吧！我住的城市和你那里离得很近，高铁两个小时就到了！

林呢喃知道她是担心自己，想过来看看，有些感动，却不想耽误她学习，也不想让她的家人担心。

于是，林呢喃婉拒：不用，你好好学习，高考结束过来玩，请你吃烤羊腿。

手机安静了一会儿。

不知道小仙女是去忙了，还是被她打击到了。

林呢喃换位思考，如果她是小仙女，这个时候大概在犹豫，是不是要再自信些、再主动些。

可以想象，这孩子是鼓起多大勇气才说出"见面"两个字。

林呢喃不忍心，刚想撤回消息，小仙女就回复了。

小仙女：以前不谈私事，是不想打扰姐姐。

小仙女：现在知道了，就想和姐姐走得更近一些。

小仙女：除非，姐姐嫌弃我年纪小，不愿和我做朋友。

林呢喃笑了。

林呢喃：咱们早就是朋友了，不是吗？

林呢喃：你要真想来，在不耽误学习的前提下，和家人说好，到之前告诉我，我去高铁站接你。

林呢喃：只是最近工作忙，可能没时间陪你玩，得让你陪我加班了。

小仙女：我愿意！！！
小仙女：只要能见到姐姐就好！！！
小仙女：[转圈圈 .jpg]
小仙女：[太开心 .jpg][太开心 .jpg][太开心 .jpg]
林呢喃被她感染，心情轻松了许多。
崔缨兮从后视镜里看到，暗暗松了口气，想问问是谁，被戴云韬拦住。
"给妮妮一些空间吧！"戴云韬用口型说。
崔缨兮到嘴的话又吞了回去。

剧组租的别墅在郊区，开车要一个多小时。
刚下环线，林呢喃就看到一辆熟悉的红旗H7停在路边。
车头倚着个人，墨镜、黑T恤、牛仔裤、白球鞋，就像他们重逢的那天。
巧了，林呢喃今天也是这样的打扮，说不是情侣装都没人信。
"不是说了戴叔叔送我吗？"林呢喃摇下车窗，一脸嫌弃。
"我也说了来接你。"顾羽笑笑，冲戴云韬和崔缨兮弯了弯腰。
"那我就纡尊降贵坐坐你的小红旗吧！"林呢喃笑盈盈地推开车门，换到他车上。
顾羽撑着车窗，逗她："要先检查一下，有没有黑眼圈。"
"来！"林呢喃把墨镜一摘，漂亮的脸蛋凑到他跟前。
当着两位长辈的面，顾羽忍住了，没捏她的脸。
今天的林呢喃表现得稍显热络，像在掩饰昨晚的事。
这是她想出来的策略，只要顾羽不挑明，就像从前一样相处。毕竟还要合作，不能弄得太尴尬。
她也不觉得顾羽会挑明。
蠢蠢欲动谁都会有，演员容易入戏太深，合作结束，各自忙碌，自然而然就淡了。她想，这个道理她都懂，顾羽更懂。

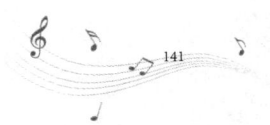

顾羽察觉到了，没挑明，不想给她压力。

崔缨兮也察觉到了，一路都在念叨："顾羽这孩子是不是也喜欢妮妮？不应该啊，人家可是大明星，多少人追。"

"咱们妮妮也不错。"戴云韬微笑。

"不合适，真不合适，我还是觉得那个叫木清扬的小男生好。"崔缨兮一个劲地摇头，"你说，他们白天黑夜待在一起，会不会有什么事？妮妮才二十岁。"

"放宽心，这是妮妮的事，她会处理好的。"戴云韬握住她的手，"你忘了，我十六岁就喜欢上你了……不对，是爱。"

崔缨兮目光一黯："韬哥，对不起，说好了妮妮考上大学就结婚，谁知道……"

"现在这样，我已经很知足了。"

戴云韬拍拍她，幽默道："你没听见吗，妮妮刚才说'戴叔叔来送我'，而不是'妈妈来送我'，或者'有人来送我'，这说明什么？说明她眼里有我了。"

崔缨兮扑哧一笑："你还真容易知足。"

"知足常乐。"

"你怎么不说'家和万事兴'呢？"

"这句也对。"

两只手握到一起，彼此看着，各自庆幸。

林呢喃踏进别墅大门，足足愣了三秒。

原本乱放的器材、成山的资料、七零八落的剧本全都不见了，从茶水间到会议室整洁得"卜灵卜灵"的。

绿植摆放在每一个角落，壁纸换成了养眼的天蓝色，屋顶做成了星空的图案，一抬头就能看到一颗圆溜溜的冥王星……

木清扬从窗帘后跳出来："Surprise（惊喜）！"

"欢迎林导归队！"小伙伴们大笑着撒花。

林呢喃捂着嘴,眼泪狂飙。

木清扬环住她的肩,拍了拍。

林呢喃抱住他,欣喜地哽咽:"谢谢,谢谢,辛苦了……"

顾羽酸溜溜地扒拉他俩:"出主意的是我,花钱的也是我,抱也得是抱我!"

"我家妮儿就稀罕抱我,'醋'死你。"木清扬大笑着,抱上林呢喃就跑。

顾羽迈着大长腿去抢人。

小伙伴们嘻嘻哈哈地起哄,宣传摇着摄像机录视频,欢乐极了。

今天是感恩节,阿姨做了一桌子西餐,长长的餐桌中间摆着一只肥嫩的大火鸡。

午后跑过来和大家一起过节,穿了身感恩节特别款公主裙,金黄色的裙摆,层层叠叠,像个大南瓜,可爱又喜庆。

"不白吃啊,鸡尾酒是我调的。"

杨杨强调:"火鸡是我买的。"

"土豆是我削的。"摄影小哥笑嘻嘻。

李伟举手:"意大利面是我煮的。"

小伙伴们极力调节着气氛,尽力照顾着林呢喃的情绪,林呢喃反倒不自在了,她不希望自己是特殊的一个,不想让大家处处照顾,不想给周围的人添麻烦。

这也是为什么许多抑郁症患者不愿意透露自己的病情,比异样的眼光更难以招架的,是过分的关怀。

"行了,行了,戏过了。"顾羽摆摆手,"该怎么着怎么着,和平时一样。"

就像木清扬事先叮嘱的,不刻意,就是最好的关照。

林呢喃拿起一杯鸡尾酒,说:"这一年过得确实有点难,但也得感谢这个契机,让我遇到《少年时》,遇到清扬哥,遇到你……们……"

午后拍桌子:"这可疑的停顿是怎么回事?这个'你'到底指谁!"

林呢喃笑着拽拽她的裙子:"你,指的就是你。"

"信你才有鬼。"午后暧昧地瞄瞄她,又瞄瞄顾羽。

林呢喃撞上顾羽含笑的目光,心虚地移开:"我敬亲人们一杯,感恩!"

"感恩!"小伙伴们齐齐举杯。

林呢喃喝了一杯,又拿起第二杯,还没送到嘴边就被顾羽抢走了。

"医生没说吗?服药期间戒烟戒酒。"

"就这一顿,不吃也没事,难得高兴。"林呢喃抬手去抢。

顾羽一口喝光,说:"乖乖吃药,把病治好,以后高兴的日子多着呢。"

"小气。"

林呢喃踩了他一脚,转身倒了一杯杨枝甘露,一口喝光,赌气似的。

顾羽看在眼里,觉得可爱极了。

他抖了抖雪白的球鞋,没话找话:"丫头,你知道限量款球鞋不能洗吗?"

林呢喃瞄了眼上面的灰脚印,眯着眼笑:"所以我才给你留个纪念品啊,不用太感谢。"

"来,让哥瞅瞅,嘴里长着几颗伶牙、几颗俐齿。"顾羽捏她的脸。

林呢喃笑着,侧身一躲,却撞进了他怀里。

顾羽把人一搂,笑得像是捡了一吨金子。

木清扬切了火鸡肉,想拿给林呢喃吃,转身看到这一幕,也笑了,以后小妮儿有人照顾了。

借着酒劲，林呢喃给所有朋友发了感恩信息，给崔缨兮发了感恩红包，顺便也给戴云韬发了一个。

她还发了条朋友圈，破天荒地附上美美的自拍，分分钟点赞过百。

顾羽笑她："只喝了一杯，就醉了？"

"是，醉了。"林呢喃笑。

自己想醉，就醉了。

顾羽弹弹她脑门："疯成这样，明天还能好吗？"

"明天会好的。"林呢喃眯着眼，轻声说。

【呢喃日志21】
2019年11月28日 感恩节 晴 西南风1～2级

明天会好吗？
明天不会好的。

明天还会有明天的问题。
但是，明天的问题和今天的问题是不一样的。

比如，昨天还在为去医院忐忑，今天就为得到太多关爱惶恐。

只要今天比昨天进步一些，明天比今天更好一些，就足够支撑我们一天接一天，勇敢地过下去了。

02

11月的最后一天，刚好是周六，小仙女来到了林呢喃的城市。

"姐姐，我给你带了贝壳……就是上次赶海时捡的，画着路飞的那个。"

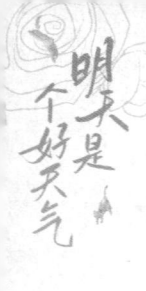

小仙女上了车，有些羞怯地掏出一个四四方方的小盒子，还细心地包了彩纸，打了个蝴蝶结。

林呢喃逗她："不带礼物也不赶你回去。"

小仙女吐吐舌头，圆溜溜的眼睛盯着林呢喃："姐姐，你比照片上还漂亮，怪不得网友都喊你出道。"

林呢喃捏捏她肉鼓鼓的脸："你也比我想象的更可爱。"

还有，更害羞，和隔着网线表现出来的样子完全不一样。

网络上的小仙女是群里的气氛担当，小段子随口就来，回复标配三个感叹号，永远不缺"沙雕"表情包，像个挥着翅膀发着光的小精灵。

现实中的她呢？

个子小小的，很瘦，非常瘦，只有脸上带点婴儿肥，因为瘦，眼睛显得很大，黑漆漆的，却又缺了些这个年纪该有的神采。

林呢喃从她的眼睛里看到了疲惫、茫然和躲闪。

她很紧张，背一直绷着，却又刻意表现出放松的样子，开着有点尬的玩笑。

"你看看，认识前面那位司机师傅吗？"为了让她放松些，林呢喃指了指李伟。

李伟回头，冲小仙女笑笑。

小仙女眼睛顿时瞪大。

她当然认识！顾神所有的物料她都看过！这是顾神的助理——小伟大大呀！

她激动地抓着林呢喃的手，说："不认识……"

来之前她就想好了，不让顾羽知道自己是他的粉丝，怕他不开心，也不想打扰他。

林呢喃忍俊不禁，小仙女是个很棒的粉丝，也是个柔软敏感的女孩子。

尽管做足了心理建设，真正见到顾羽的时候，小仙女还是紧张得步子都迈不开了。

顾羽素着一张脸，穿着宽松的卫衣，头发洗了没吹，胡乱抓了抓，逮住林呢喃，一通念叨。

"吃饭了吗就跑出去？也不怕坐车犯晕。阿姨做了姜撞奶，赶紧暖暖胃。"

林呢喃推了他一把："注意形象，有客人。"

顾羽回头，冲小仙女笑笑："欢迎，小仙女。"

小仙女差点晕过去。

顾羽出道十年，她就喜欢了顾羽十年。她年轻的生命中，那些孤独的、难熬的、迷茫的日子，那些仿佛被全世界抛弃的时刻，是顾羽支撑她挺过来的。

与其说她喜欢的是顾羽这个人，不如说是自己内心塑造的一个形象，一个毫无瑕疵的、闪闪发光的偶像。

原本以为，此生都只能藏在心里，默默珍爱的人，突然就出现在眼前，离她这么近，还笑着叫她的名字……

小仙女哭了，"粉籍"到底没瞒住。

剧组众人善意地笑了。

即便是粉丝，像小仙女这么走心的也不多见了。

杨杨举着拍立得，笑呵呵说："来，顾神，给你们拍张合影，别让小妹妹白来一趟。"

顾羽没拒绝，不过，拉上了林呢喃。

小仙女已经超级满足了，紧张地抱着林呢喃的手臂，脸都笑僵了。

她拍完还对着李伟强调："我不会放到网上的，不会向任何人炫耀。"

"好说好说。"李伟笑嘻嘻地把笔塞给顾羽，来了个热乎乎的签名。

在陌生人面前，小仙女话不多，很文静，走路都小心翼翼的，生怕碰坏了器材，又很细心，一直跟在林呢喃身边，认真地听着林呢喃说话。林呢喃想要的东西，助理还没找到，她就不声不响地放到了林呢喃手边。

林呢喃喜欢她，又心疼她，不过是个十六岁的小女孩，是什么样的环境让她变成了这个模样？

小仙女一直陪林呢喃工作到下午四点。

开了一天会，所有人都口干舌燥，累得气都不愿意喘。

突然，门口传来外卖小哥中气十足的声音："谁点的奶茶？签收一下！"

众人面面相觑。

小仙女怯怯地站起来，举手说："我……"

她给全剧组点了奶茶。

所有人都惊呆了。

林呢喃踢顾羽："你好意思让小妹妹请客吗？"

顾羽笑："晚上我请，火锅大餐，成不成？"

"就这？"

"烤全羊走一波。"

"再不济也得来个龙虾宴。"

一众不满的嘘声中，小仙女猛地站起来，九十度鞠躬："谢谢顾神！"

全体爆笑，所有人都喜欢上了这个可爱的女孩子。

他们约定，《少年时》杀青的时候，小仙女还过来玩。那时候刚好是元旦，可以一起跨年。

他们还约定，小仙女高考完就写一本符合顾羽形象的小说，让他演男主角。

晚上，小仙女和林呢喃住一个房间。

小仙女终于放松了些，抱着枕头倒在床上："顾神瘦了，比镜头里瘦好多。"

"角色需要。"林呢喃略心虚。

顾羽先前说，她长几斤，他就减几斤，还真不是玩笑话。

起初林呢喃不好好吃饭，体重一直掉，顾羽就往上增，丝毫不在意形象，直到林呢喃扛不住了，认真增重，他才开始减。

到现在，林呢喃增了十斤，他也减了十斤，一斤都不肯多。幼稚又好笑。

小仙女敏锐地说："是姐姐让顾神减的吧？已经很瘦了呀，再减就该脱相了。"

林呢喃挑挑眉，玩笑道："你站他，还是站我？"

小仙女抱着枕头笑："姐姐，这个问题就像'你选爸爸，还是选妈妈'。"

林呢喃笑着打她。

她问小仙女："你为什么喜欢顾羽？"

小仙女说："他就像路飞一样，乐观自信，永不言弃。"

林呢喃拆开礼物盒，拿出那个被花瓣和丝带包裹着的粉色贝壳，轻轻摩挲着路飞的画像。

每一个喜欢路飞的孩子，都希望像他一样永远乐观自信，永远不说放弃吧。因为自己常常做不到，才会格外向往。

睡前，小仙女看到林呢喃吃药，突然说："这个药，我也吃过。"

林呢喃一怔，听懂了小仙女的意思。然而，她宁愿自己的理解是错的。

小仙女抱着枕头，轻声说起了自己的事。

她是独生女，奶奶不喜欢她，爸爸也想要个儿子。可是，爸妈都是公职人员，那时候还没有"二孩政策"，要不了。

妈妈要强，把她当成男孩子一样教，希望她将来有出息，让所有人看看，女孩不比男孩差。

从小她压力就很大，没看过动画片，没玩过滑板车，就连偶尔去一次动物园，都是考了一百分的奖励。如果哪次没考一百分，就要受罚，差一分扣一个星期零花钱。

除了学习，还要报各种兴趣班。

"兴趣班不是感兴趣才学的吗？我一点都不感兴趣，为什么还要学？"

"光学还不行，还要参加各种各样的比赛。

"姐姐，你知道吗？我们家是没影视墙的，原本应该装影视墙的地方，被我妈妈弄成了'荣誉墙'，专门放我的奖杯和奖状，谁来了领谁参观。

"我都要窒息了，真的窒息。"

小仙女抱着膝盖，缩成一团。

林呢喃拍拍她的肩，这时候，什么样的安慰都是苍白的。

"除了姐姐，同桌是唯一理解我的人。"

那个白皙温和的男孩子，仿佛照进她生命的一道光，给她十六岁的生命增添了一抹色彩。

她把同桌写进日记里，被老师看到了，老师又告诉了她妈妈。

"姐姐，我没敢跟你说，这次我能来找你，不是学校放假，而是我被停课了……

"老师怀疑我早恋，让我回家反省。

"我确实喜欢他，只是放在心里偷偷喜欢，从来没敢告诉过任何人……

"为什么啊，那些大人为什么要那样？为什么全世界都把我们当成罪人？"

小仙女把脸埋在手臂上，压抑地哭着。

林呢喃抱住她，紧紧地抱着。

"不管那些大人说什么,我一直相信,爱情本身是美好的,喜欢一个人没有罪。但是,任何事都要受到规则的约束,比如,在世俗眼中,三十岁应该忙于事业,十六岁就要好好学习。但凡生活在世俗中,就不得不遵守这些规则。"

林呢喃不确定这样说是不是对的,会不会变得和那些"大人"一样,腐蚀少年的棱角,把她捏成千篇一律的模样。

她自己日子都没过明白,就仗着年长几岁,充当"姐姐"的角色,灌输一些不知道有没有用的"鸡汤",还挺好笑的。

小仙女抽泣着睡着了。

林呢喃起身,拿过三个人的合影,看着小女孩紧张又羞涩的笑,看着她眼睛里难得燃起的星星点点的光,心一阵阵发疼。

林呢喃在合影背面写了一句话。

【呢喃日志22】

2019年11月30日 星期六 多云 西北风3~4级

生活的真相,就是腐蚀少年的棱角,把他们捏成千篇一律的模样,少年们还要面带笑容,不屈不挠。

这样,才会成为大人口中"别人家的孩子",而不是懦夫,不是失败者。尽管,每个人心里都住着一个失败者。

"生命还是好的,活下去单是为这太阳为这风便是充分理由。"(亦舒《喜宝》)

这是写在照片背面的话,送给小仙女,也送给我自己。

03

小仙女的状态不大好,林呢喃不放心,专门请了一天假,打算开车送小仙女回家。

不是没想过联系她父母,然而每次提起来,小仙女都是回避的

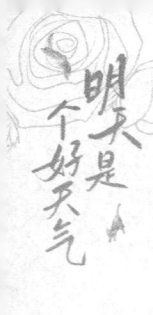

态度，反应很激烈。

林呢喃理解她的心情，不想强迫她。

车子刚启动没多久，就被一辆车截住了，车上下来一男一女。

小仙女看到他们，第一反应是往林呢喃身后躲。

"认识吗？"林呢喃警惕地护住她。

看到小仙女害怕的样子，她甚至想到对方是不是坏人，她该怎么应付，怎么带着小仙女全身而退。

"是我舅舅，还有……妈妈。"小仙女颤着嗓音说。

林呢喃愣住了，一个高中生，即将成年的人，居然被她的亲生母亲吓得浑身发抖……

关键是，小仙女的妈妈并不是凶神恶煞的人，相反，她戴着眼镜，穿着得体，看上去知性又体面，说起话来也和和气气的。

"这孩子不懂事，一声不吭就从家里跑出来，给你添麻烦了。这是我们那儿的特产，请千万收下。"

林呢喃推拒不过，只得收了。

小仙女站在她舅舅身边，缩着肩膀，耷拉着脑袋，可怜兮兮的。她舅舅低着头正在教育她，表情也是担忧心疼的。

没有一个是坏人，却又处处透着无奈和诡异。

林呢喃犹豫了一下，问："阿姨，能问一下您是怎么找到我们的吗？"

小仙女的妈妈很自然地说："就怕这孩子乱跑，我让她爸爸在她手机里安了定位。"

林呢喃一时语塞。

让她无语的是小仙女的妈妈理所当然、毫不遮掩的态度。

对方委婉地说："她年纪小，想要结交一些优秀的朋友，我不反对。只是，她现在才读高二，还有一年半才能解放，我和她爸爸还是希望她把心思放在学习上。"

"您说的'解放'是指……"

"高考。高考完就解放了。"

林呢喃怔了片刻，点点头："您的意思我明白了，我也希望她能考个理想的大学，不辜负……您的期待。"

她也不知道为什么要加后半句，说出来以后又无比自责，好像背叛了小仙女。

小仙女扒着车窗，一直看着林呢喃，眼睛里闪着泪花，倔强地没有流下来。

林呢喃心塞了一整天。

距离开机不到一周，工作压力陡然加大，抗抑郁药物的副作用似乎也积累到一定程度，一口气爆发了。

最先表现出来的是睡眠时间变少了，精神却极度亢奋。

一整天都容光焕发，滔滔不绝，整场会议根本没有别人发言的机会，都是林呢喃在说，态度极其自信。

刚好这两天顾羽不在，没人管得住她，她就半夜爬起来调试器材，把工作人员都吵醒了，还毫无愧疚之心，反倒笑呵呵地招呼大家一起来，像是变了一个人。

木清扬劝她："歇一歇吧，不用这么拼。"

"行，那就歇一歇。"

林呢喃答应得很干脆，转身就拉着木清扬往外走："走，去看《双子杀手》，趁还没下映再体验一把120帧的绝美视效。"

木清扬指了指黑漆漆的天："现在？"

"午夜场，两张票就能包场，看完再去五楼吃个海底捞，多爽！"林呢喃笑容满面，略显夸张。

木清扬还是陪她去了，他不放心，怕她偷溜出去。

果然，整个放映厅就他们两个人，林呢喃更加肆无忌惮，全程兴致勃勃地讲解着这个镜头有什么深意，那个运镜厉害在哪里。

木清扬配合地点头，微笑，把浓浓的担忧压在心底。

吃火锅的时候，林呢喃依旧没停，边吃边说，眉飞色舞，引得隔壁桌纷纷看过来。

木清扬委婉地提醒："妮儿，你发现这两天你话变多了吗？"

"是吗？"林呢喃往嘴里丢了颗虾滑，"可能是之前太压抑了吧，这几天就想多说点。怎么，嫌我烦了？"

"有点儿。"木清扬笑着说。

"憋着。"林呢喃夹起一颗虾滑，喂到他嘴边，"来来来，贿赂你的，谢谢我哥大半夜陪我疯。"

木清扬悄悄拍了段视频发给顾羽。

顾羽很快回复：她这样几天了？

木清扬回：你走之后就开始了。

顾羽：我明天回去。

木清扬下意识地打出"不用"，顿了一下，又默默地删了。林呢喃这样，还是顾羽亲自管着才能让人安心些。

第二天，顾羽人还没回来，先远程给剧组放了个假。

本意是让林呢喃好好休息一天，她却趁人不注意，跑出去买衣服了。

林呢喃极少逛街，从小到大的衣服都是崔缨兮搭配好的，固定的几个品牌，一季十套，价钱不贵，穿在身上却很显高档。

她起初还会自己买上一两件，无一例外会被崔缨兮从头批评到脚，后来干脆就不买了。

这次，她给自己找了个充足的理由——六号要参加开机仪式，怎么也得有几件体面的衣服穿。

银座三楼，轻奢品牌一家连一家，林呢喃从这家出来，手里拎着几个购物袋，立马进入下一家。

试来试去，她觉得麻烦，有的只是看一眼就让导购包起来了。

想要的款式没有她的号，导购调货的工夫她也等不及，起身就去了下一家,手上的袋子多得没办法横着进门。

导购眼睛直发光,热情推销:"美女办张会员储值卡吧,双十二有活动,仅限会员,生日当天还能独享买一套送一套的优惠。"

林呢喃挥挥手:"办!"

这时候,她脑子里仿佛装了一个"脑门一热程序"——

脑门一热,就出门逛街了。

脑门一热,就看上这套衣服了。

脑门一热,觉得旁边那件也不错。

脑门一热,就全买了。

然而,这个"程序"是有时效的。

走出购物广场,手上提满了购物袋,两只胳膊上还挂着一整排,大大小小的袋子几乎把她淹没。

面对路人异样的眼光,林呢喃发热的脑门渐渐降温。她没好意思回别墅,打车去了家属院。

进了小区,再次引起围观,阿姨们的讨论声不加掩饰——

"开网店的吧?"

"八成是,不然谁买这么多。"

"头一回瞧见进货不打包的,用袋子拎着。"

"现在的孩子啊,跟咱们那时候真不一样了。"

……

林呢喃臊得头都不好意思抬,真心希望她们别记住自己,免得进进出出遇到都不敢再打招呼。

衣服太多,沙发上放不下,还有一半堆在了茶几上。林呢喃坐在地板上,呆呆地盯着花花绿绿的购物袋,大脑仿佛宕机了一般,半晌没反应过来。

她就像忘了这些衣服是谁买的似的,在疑惑它们怎么出现在了自己家。

直到看见手机上一连串短信,看到银行卡可怜兮兮的余额,想

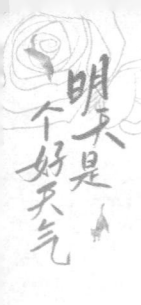

起路人诧异的目光，想起阿姨们摇头叹气的议论，林呢喃才一点点反应过来。

她抱着脑袋，一下接一下地砸。

我不正常……

我这样不正常……

我有病……

我绝对是生了大病……

林呢喃再次被铺天盖地的自责和羞耻心淹没，还为花出去的钱心疼。

林呢喃不是什么有钱人，买药都要在国产的和进口的之间犹豫半天，短短半天的工夫，却几乎花光了奖金，买了一堆可能这辈子都穿不着的衣服。

为了消解愧疚感，她把衣服一件件套在身上，努力安排着，什么场合穿这件，什么场合穿那件，尽量保证每件都能穿在重要的时刻，钱也算没白花。

退是不可能退的，她再也不想去那几家店了，不想被当成神经病看待。

顾羽和木清扬找了一圈，直到看见家属院亮着灯，才确认林呢喃在这里。

一进门，就看到林呢喃呆呆地坐在沙发上，大半个身子被衣服堆淹没。

"怎么关机了？"顾羽蹲到她面前，语气尽量放柔和，一点都没显出找不到人时气急败坏的模样。

林呢喃戳了戳手机，愣愣地说："没电了，扫码太多了。"

木清扬目瞪口呆："都是今天买的？"

林呢喃咬着唇，没吭声。

顾羽笑着捏捏她的脸："行啊，都快赶上我了。"

"比不上你有钱。"林呢喃还是无比心疼。

顾羽笑了笑，说："等你成了国际大导，钱就比我多了，到时候专门买套房子放衣服。"

林呢喃终于笑了："哥哥，我想包书皮。"

"好，哥哥给你拿。"顾羽起身，把书皮和书摞到茶几上。

木清扬打开投影，挑了一部她喜欢的电影。

林呢喃洗干净手，盘腿坐在软垫上，垂着脑袋，一边包书皮一边听着对白，眼神渐渐变得平和。

顾羽和木清扬默契地挤进狭小的卫生间。

"你当初吃药的时候也这样？"顾羽问。

木清扬摇摇头："我没这么严重。"

"是不是药不对？"顾羽又问。

"抗抑郁药吃到一定程度，确实有可能出现类似的反应，明天去趟医院吧，请医生调整一下药量。"

木清扬顿了一下，又说："我担心她这样会转成双向，抑郁和狂躁交替发作，就更不好治了。"

顾羽皱眉："别等明天了，现在就去。"

木清扬拦住顾羽："天都黑了，医生也不在，你先别慌，别刺激她。"

顾羽狠狠拧着眉："怎么偏偏就……"

他踢了下垃圾桶，发泄般戳着手机发信息：预约几个抗抑郁的专家，尽快。

李伟秒回：收到！

木清扬叹气："就小妮儿这情况，预约了她也不肯去看。"

"我看，我替她去。"顾羽咬牙道。

木清扬回了宿舍，顾羽留了下来。

一部电影放了大半，林呢喃还在包书皮。

茶几上的杂物都被清理走了，只放着书，左手边是包好的，右手边是即将包的，都是简·奥斯汀的作品。

在林呢喃看来，《傲慢与偏见》是独立、俏皮的性格，用那卷淡蓝色的绘着简笔画的书皮包正合适。

《理智与情感》理性中有感性，感性中又有面对现实的成长，应该用充满希望的颜色，凡·高的《杏花》款书皮是个不错的选择。

《爱玛》从自负到学会善意和包容，就用那卷温暖的白色独角兽书皮……

先用美工刀把书皮割开，压出折痕，剪掉多余的角，放上书，把需要内扣的地方折进去，用胶条固定，最后用尺子抚平，一本书就包好了。

林呢喃专注地包着，顾羽就坐在旁边看着她。

两个人都没说话，就这么静静地，彼此陪伴着，仿佛一直到天荒地老也不会觉得烦。

【呢喃日志23】
2019年12月3日 星期二 晴 西南风1～2级

终究是人群中的异类。
不管自己有没有察觉，愿不愿承认。

不自知或许更好一些吧。
至少不会在癫狂之后再被羞耻心淹没。

04

第二天，顾羽全副武装，陪林呢喃去医院。单是为着他这股执着劲儿，林呢喃都不好意思退缩。

她跟着护士做检查，顾羽在诊室向医生咨询。

医生中肯地说："药物的副作用不是没有，但概率很小，一般和个人体质以及心态、作息有关。"

言外之意就是，林呢喃本身压力太大了，用工作麻痹自己，所以才会出问题。

顾羽问："这种情况怎么避免？不让她工作？还是住院治疗？"

"能住院当然好，但是，以患者的回避态度恐怕很难实现。"医生顿了一下，说，"她这种情况，我建议配合心理疏导。"

顾羽已经让李伟联系了几位诊疗师，约好了下午见面。不过，他不想放弃任何机会，问："您这边有合适的专家推荐吗？"

"我有一个师妹，师从陈教授，学了一套'箱庭疗法'，主要针对回避态度比较明显的抑郁、焦虑人群，效果不错，可以试试。"

医生递给他一张名片，说："不过，她在厦门，不知道你们是不是方便。"

"方便，只要能治好，横穿地球都行。"顾羽毫不犹豫地说。

医生笑了一下，低头去看林呢喃的检查单。

她根据检查单调整了药物和用量，顾羽追问了几句日常注意事项，郑重地记在备忘录上。

顾羽把林呢喃送回别墅，没下车，直接去见了那几位心理专家。他瞒着林呢喃，想自己先看看，选个合适的出来。

结果，都不合适。

李伟也跟着着急："不是，哥，这都第五个了，一个都不成？"

顾羽摇头："都挺专业的，但不合适，小丫头不会接受。"

李伟好奇道："林导还没见，你就知道了？"

是的，他就是知道。

林呢喃喜欢什么、讨厌什么、坚持什么、逃避什么，他一清二楚。

李伟挠着方向盘，暗戳戳地嘟囔："哥，你不是说就欠林导一

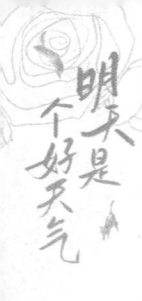

个人情吗？怎么还越陷越深了？"

顾羽闭着眼仰在后座上，没吭声。

连他自己都没想到，会越陷越深。

最初帮林呢喃，确实是因为对当年那件事的愧疚。只是，这份人情在他出资《少年时》并顶着压力主演的时候，算是还完了。

他以为自己可以功成身退，给这段少年往事画上一个圆满的句号。

恰恰就在这时候，他看到了那场直播。

林呢喃的脆弱、无助、苍白、慌乱，如狂风骤雨撕扯下的稚嫩花蕾，就这么闯进了他眼底，让他毫无防备。

珍藏在心底的如月季花般的小丫头，他连多喜欢一点都舍不得，怕自己特殊的工作会伤到她，怕一时冲动叼回窝里又没办法承诺一生，珍惜到足以压抑住本能的欲念，却看到她被别人欺负。

那一刻，顾羽知道，自己没办法放手了。

他不放心，也舍不得把她交给除了自己之外的任何人。

顾羽睁开眼，丢给李伟一张名片："厦门的黎老师，预约一个线上咨询，尽快。"

黎老师很忙，李伟费了极大的力气才约了一个小时的线上咨询。

黎老师很亲切，也很专业，通过视频的形式为顾羽介绍"箱庭疗法"。

"这套疗法是我老师的老师从日本引进的，到了国内经过大量实验又加以改进，更适合咱们国人的情况。

"尤其是那些不善表达的少年儿童，以及性格相对含蓄，或者有回避态度、不愿吐露真实想法的成年人。"

……

顾羽越听越觉得，这套疗法很适合林呢喃。他把林呢喃的情况大致说了一下，希望能预约面诊。

黎老师点点头,说:"这样看来,你的朋友确实比较适合箱庭疗法。但是,有一点,她连和我交流都要让你代劳,会愿意来诊疗室吗?"

"会的。她很坚强,比她自己以为的还要坚强。"明显的护短语气,"只是作为'监护人',我总要为她多考虑一些。"

黎老师笑了:"我很期待见到她。"

距离开机还有两天,顾羽突然宣布了一个消息——开机仪式和外景地选在了厦门。

小伙伴们一点都不惊讶,朝林呢喃开玩笑:"林导,有没有闻到大海的味道?"

林呢喃笑:"我只闻到了钱的味道。"

小伙伴们嘻嘻哈哈:"没事儿,羽哥有钱!"

林呢喃把顾羽揪到小隔间,问:"怎么回事?不是说好了在北京吗?"

"这不心疼我自己嘛。厦门最近天气好,比北京暖和,拍外景能少受点罪。还是说,你真想让我零下十度穿短袖?"顾羽挑着眉眼,吊儿郎当。

林呢喃满脸怀疑:"也不是没拍过,以前没见你这么娇气。说,是不是又想搞事?"

"傲慢和偏见不可取啊,林大导演。"顾羽勾起嘴角,"我就不能单纯是觉得自己年纪大了,学会心疼自己了?"

林呢喃送给他"一筐"大白眼。

她最近失眠加药物副作用,心跳过快,血压也偏高,顾羽担心她坐飞机不舒服,专门订了高铁票。

剧组主创二十多个,全部是商务舱,林呢喃的座位"恰好"和顾羽挨在一起,其余人在后面,和他们隔了好几排。

"巧了不是?"顾羽嬉皮笑脸地坐下。

林呢喃冷飕飕地一笑:"是啊,小伟选座的时候一定把眼闭得紧紧的吧?绝对不是受了某人的指派吧?"

"小伟伟能有什么坏心思呢!"顾羽笑眯眯。

"小伟伟没有,小羽毛有吗?"

顾羽一口水喷出来。

林呢喃嫌弃地远离他。

顾羽把人拉回来,从兜里掏出一副墨镜,给她挂到耳朵上:"来,开机礼物,女士款。"

林呢喃摘下来,瞅了瞅。

她喜欢的品牌,她最心仪的蓝粉渐变色,和被顾羽踩坏的那副一模一样。

全新的,吊牌还没摘,官网早就下架了,也不知道他怎么搞到的。

"确定是礼物,不是赔偿?"

顾羽又将墨镜给她挂上去,还往鼻梁上推了推:"赔偿不是已经给你了吗?这个妥妥的是礼物。"

林呢喃翘起嘴角:"不用谢。"

顾羽笑:"从我家丫头嘴里听个'谢'字,不容易啊!"

"我说的是'不用谢'。"

"嗯,别客气。"

林呢喃无语。

乘务员忍着笑意,问:"请问两位想喝点什么?"

顾羽抬头,回以微笑:"我来一杯可乐,加冰,给她一杯杨枝甘露,常温。"

林呢喃不满:"你怎么就知道我一定喝这个?"

顾羽抬手:"来,你说。"

林呢喃闷了一会儿,不甘不愿地说:"杨枝甘露,常温。"

她有强迫症,每次在外面都要喝杨枝甘露,没有的话,宁可喝白开水。

顾羽毫不客气地笑出声，林呢喃气得掐他胳膊。

乘务员迈着端庄的步子回到员工间，一秒变脸："啊啊啊，他俩绝对在谈恋爱！"

对面的小姐姐狂点头："小羽毛好宠啊，戴墨镜那一幕好'苏'，我偷拍了一张，又秒删了！"

"你不是顾神粉丝吗？也嗑CP？"

"我是'亲妈粉'啊，小羽毛能给妈妈找个这样的儿媳妇也是出息了，至少比那些个上赶着倒贴的十八线强！"

"是啊，有颜值又有才华，还很会撒娇呢！"

……

整个乘务组激情讨论着，直到乘务长一脸严肃地走过来，小姐姐们齐刷刷忙碌起来，假装无事发生。

乘务长转过身，透过帘子的缝隙看向顾羽和林呢喃，低调地把"姨母笑"藏进眼底。

一上午的时间，乘务组每个人都到两人跟前转了一圈，问他们喝什么，吃什么，需不需要小零食。

顾羽礼貌地配合着，时不时来点小幽默，很好地扮演着明星的角色。

直到林呢喃吃了药，戴上眼罩休息，乘务员们便默契地不再打扰她。

整个旅途，林呢喃得到了特别关照——点餐由顾羽代劳，拿东西也是他，她该吃药了他会提醒，她闭着眼睛装睡他还不忘帮忙盖毯子。

顾羽靠过来的时候，清淡的沐浴液香气萦绕在鼻尖，属于成年男人的、略显侵略性的气息把她整个包裹住。

林呢喃的心漏跳一拍。

她猛地站了起来。

顾羽一怔:"没睡着?"

林呢喃点了点头,红着脸往外走。

顾羽跟着站起来。

"我去洗手间,你也跟着?"林呢喃和他拉开距离。

"我我我,我刚好要去,一起吧!"杨杨笑呵呵地跑过来,挽住林呢喃的胳膊。

顾羽这才满意地坐下。

林呢喃无语,他这是买通了多少人?她心里酸酸涩涩的,还有点儿自己都不想承认的甜。

早上出发,足足坐了十一个小时才到厦门,迎接他们的是厦门热情的雨水。

有工作人员订了酒店、租了车,等着接他们。其他人咋咋呼呼上了房车,把红旗留给顾羽和林呢喃。

顾羽把人往车里一塞:"走,带你去看大海。"

林呢喃目瞪口呆:"哥哥,下雨呢!"

顾羽笑:"雨中的大海。"

"下大雨呢!"

"严谨点,明明是中雨。"

林呢喃摸摸他的额头:"这是疯了吗?"

"嗯,疯了。"顾羽借着疯劲儿,一脚油门开到了观音山。

下车的时候,顾羽还十分心机地把伞藏起来,只拿了一把。

两个人就这么迎着厦门的中雨,撑着一把伞,摸黑上了观景台。

林呢喃原本准备了一万句吐槽的话,看到浪花翻滚的大海,突然就原谅了他。

长到二十岁,这是她第一次看到南方的海,还是这么特别的雨中的海。

　　风有些猛，浪花一波接一波地翻滚着，雨丝被风吹得歪斜着，无声无息地融入了海水中。

　　不像她想象的那般，会发出噼里啪啦的响声，也没有溅起水花，有的，只是大海的包容。

　　"我第一次来厦门。"林呢喃说，"原来，海也没有很大，对面可以看到人家。"

　　有星星点点的光闪烁着，仿佛离得很近，撑一条小船就能跨过去。

　　"对面是金门，确实不远。"顾羽把伞往她那边挪了挪，自己淋湿了大半肩膀。

　　偶像剧不是骗人的，给暗恋的女孩撑伞，真会把自己淋湿。

　　原因是，伞不够大。

　　"下回藏伞之前，记得藏小的那把。"林呢喃把人往自己身边拉了拉。

　　顾羽毫不客气地贴上去，遮雨又挡风。

　　"谢谢。"很轻的声音，被雨声淹没。

　　顾羽也许听到了，也许没听到。他没说什么，只是抬起手，帮她把衣领拉拢。

　　"我准备好了。"林呢喃再次开口，"明天无论你带我去哪里，无论做什么，我都愿意。"

【呢喃日志24】
2019年12月5日　星期四　中雨　北风3～4级

　　有人为了你，布下这么大一个局。
　　所有人都小心翼翼，怕你反感，怕你抵触，怕你不乐意。
　　有人比你更关心你的身体，为此千方百计，不遗余力。

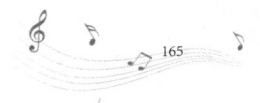

你又有什么理由不领情呢？

05

有那么一瞬间，顾羽险些说出"民政局也去吗"，话到嘴边，又吞了回去。

这样的玩笑不能开。

小丫头很聪明，已经觉察到了他的心意，之所以装作若无其事，是因为他没挑明。

顾羽毫不怀疑，他一旦挑明，林呢喃一定会躲得远远的。

她不会利用他的喜欢，只会和他划清界线。

有时候，顾羽宁愿她普通一些、世俗一些。可是，如果那样，他也就不会心动了。

为了不把人吓走，还得继续装。

回到酒店，两个人身上都蒙着一层湿气。

顾羽把林呢喃送到房间，胳膊撑着门框，头微微低着，喝醉了一般："洗个澡，好好睡一觉。"

林呢喃也像醉了，低垂眉眼，脸颊绯红，轻轻地嗯了一声。

"我走了。"他嘴上这样说，脚却像生了根般，钉在林呢喃门口。

林呢喃弯了弯唇："快去睡吧，明天还要忙一天。"声音轻软，神情柔和，跟平时不大一样。

顾羽揉了揉她的头，嘴里说着反话："明天镜头多，再不收拾收拾自己，就成丑丫头了。"

洗澡的时候，林呢喃还想着这句话。

这是嫌弃她不讲究吗？一个导演要那么精致做什么？

她嘴上不服气，手却没闲着，对着镜子涂涂抹抹，化了个全妆。

到底是在意的，希望在他面前展现出好的一面，希望给他留个好印象。

"女为悦己者容"大概就是这么个意思了。

就是吧……这妆化得也太吓人了。林呢喃对着镜子，把自己逗笑了。

"神经病啊！"果断洗掉脸上的妆容，林呢喃爬上床准备睡觉。

睡不着，林呢喃忍不住想起顾羽。

她对他，不是不喜欢，只是很清楚他们之间不可能。但是谁能拒绝一个深情优秀、自带光环的大帅哥呢？

正因为太好了，不是每个女孩都要得起的，至少，林呢喃觉得，她要不起。

就好好相处吧，认真合作，就当是给自己二十岁青春的尾巴留个纪念，以后回想起来也是轻松愉快的，而不是充斥着躲闪和尴尬。

翻出刚刚录的视频，墨色的天幕，白浪翻滚的海，鹅黄色的伞沿，顾羽强势入镜，冲她挤眉弄眼。

林呢喃犹豫了一下，还是删掉了顾羽的镜头，发了条朋友圈。

林间燕呢喃：雨中的海，开机顺利。

三分钟后，刚刚安回来的微博收到特别提醒，顾羽更新了动态：雨中的海，开机顺利。

下面跟的视频刚好是被她截掉的那一段。

无奈失笑，这个人啊……

林呢喃把手机放在枕边，吃了药，不知不觉地睡着了。

雨夜过后，碧空如洗，阳光和暖。

《少年时》开机仪式和顾羽代言的汽车品牌联动，场地定在了户外，全程直播。

前期流程非常顺利，天气也很好，是个好兆头。

到了最后的群访环节，突然刮起一阵风，天气阴沉下来，看样子像是要下雨。

"羽哥，要不要转移到室内？"宣传问。

顾羽看着林呢喃身上单薄的衣服，点点头："挪到下午，给媒体订好餐，红包也准备上。"

"不用，群访就半个小时，站一会儿就完事了。"林呢喃拉住他，"下午不是约了老师吗？"

顾羽顿了一下，把风衣脱下来披到她身上。

林呢喃脱也不是，不脱也不是，背过身给他使眼色："直播呢，你想虐粉吗？"

顾羽笑笑："他们只会夸我绅士。"

直播镜头框的是大全景，听不到他们说什么，只能看到顾羽给林呢喃披上衣服，两人还说悄悄话。

弹幕一下子炸了，观望已久的黑粉倾巢而出。

顾羽对家不少，想取代他的也不少，暗戳戳地使了一把力，当即叫上水军炒话题。

扮演女一的演员许璐和顾羽关系不错，无奈地翻了个白眼，暗戳戳地戳男二季佳杭："别愣着了，救救场吧！"

季佳杭早准备好了，当即脱下风衣披在许璐的身上，宽大的衣摆遮住许璐的小短裙。

许璐展颜一笑："别说，真挺暖和。"

旁边，木清扬也把外套脱下来，往杨杨身上披。杨杨下意识就要躲，木清扬把她抓回去。

"忍忍吧，为了小妮儿——来，笑得甜一点儿。"

杨杨假笑着，磨着牙嘟囔："弹幕一定在说，咱俩搞反了，应该我给你披。"

木清扬拍拍她的肩，冲着镜头眨眨眼，美得像漫画。

宣传团队立马支棱起来，炒起了"《少年时》剧组绅士瞬间"的话题。

顾羽的"女友粉"们还是挑刺：就不能多准备几件外套吗？非

让男演员当场脱?

宣传大哥也是调皮,暗戳戳地回了一句:穷啊!

粉丝回怼:穷到只有一件风衣吗?

宣传大哥玩梗:少年们还在读书呢,一件风衣够穿了。

粉丝们都给气笑了,拉帮结伙嘲讽剧组。

结果,剧组花钱买的热搜没冲到前排,"少年只有一件风衣时"的话题,愣是被神通广大的粉丝刷出圈。

热度有了,四舍五入也算正向宣传,公司和平台都挺满意,凑到一块商量着拿下首页推荐位。

也算是无心插柳,意外之喜。

顾羽用大号发了个九宫格,第一张是单人照,后面的都是活动抓拍。

巧了,每张都有林呢喃——有他低着头和她说话的;有一个回答问题另一个帮忙拿话筒的;有两人侧着身子低头笑的;有一个看左边一个看右边,却偏偏有种说不出来的默契的……

每个角度的林呢喃都很漂亮。

刚刚自我安慰好的"女友粉"们又炸了。

李伟哭唧唧道:"哥,你是真要抛弃广大女粉了吗?你不在乎她们了吗?"

在乎,当然在乎。

但是……

"我也不小了,她们总要适应。"

入行十年,起起落落,确实有点累了。他想转型了,也该转型了。接下来,他想以演员的身份在这个行业重新开始。

他幸运地遇到了想要相守一生的女孩,就想坦诚地介绍给在乎的人——排在第一位的,就是陪他一起走过十年星路的粉丝。

风衣,九宫格,都是铺垫。

林呢喃给顾羽发微信,翻脸无情:知道什么叫"no zuo no die why you try"吗?你自己想糊没关系,别连累我好吧?

顾羽:[微笑.jpg]

林呢喃:[炸弹.jpg]

林呢喃前脚骂完人,后脚就把九宫格一一下载,保存到了私密相册。

【呢喃日志25】
2019年12月6日 星期五 小雨 东北风3~4级(厦门)

怎么可能不喜欢?
只是很清楚,不会有结果。

终归舍不得。
即便没有结果,也想留下些什么。

等到满心疲惫,等到年华老去,等到不再相信爱情,至少还有点滴回忆,想起来就会满含笑意。

/第六章
不被庇护的孩子,就像没有刺的刺猬/

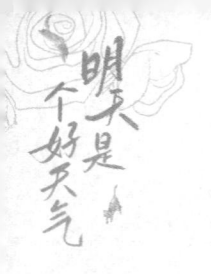

01

下午，顾羽带林呢喃去了黎老师的诊疗室。

诊疗室设在一所大学里，在教学楼顶层的拐角处，一片安静的小天地。地方不大，分成内外两间，外间是茶水间，摆着沙发、饮水机和绿植。

顾羽在外间等着，林呢喃跟着黎老师进了里间。

里间很空旷，墙壁涂成了浅蓝色，让人不自觉地放松。靠墙放着书架，没有书，而是各种各样的小摆件。书架旁放着一个木制沙盘，长方形，由橡木色的架子托着，这就是"箱庭"。

黎老师看上去很年轻，比林呢喃大不了几岁，戴着眼镜，皮肤很白，不干练锐利，也不故作亲切，很容易让人放下戒心。

林呢喃还是紧张。

"这里有一个沙盘，你可以从架子上挑选喜欢的玩具，摆出喜欢的形状，什么都可以。"黎老师说。

林呢喃愣了一瞬，惊讶道："不用描述……病情吗？"

不是来做咨询的吗？她已经做了一路的心理准备，把自己剖开来，给人看。

黎老师说："如果你愿意先和我聊一下的话，当然可以。不方便也没关系，先玩玩沙盘，静静心。"

"我摆沙盘。"林呢喃毫不犹豫地做出选择。

不得不说，这让她大大松了口气。

不用面对诊疗师的声声诘问，不用把自己最私密、最不愿启齿的事说给一个陌生人听，不用面对对方面无表情、司空见惯的模样,或者听到对方搬出一大堆理论,为了让她知道,她这样不正常,得改。

林呢喃当然知道自己不正常,如果能轻易"改好",也就不用遭受这些对她来说几乎可以称得上"羞辱"的事了。

箱庭疗法给了她喘息的机会。

视线在书架上睃了一圈,林呢喃看到一个白色的玩具房子,毫不犹豫地选中它,摆在沙盘正中。

这个房子和她原来的家很像,那个虽然是租来的,却有着爸爸的家。

放下房子后,林呢喃就无从下手了。

黎老师等了一会儿,温声提醒:"房子周围有没有其他建筑,或者绿植、桌椅?"

有的,有月季花园,还有爬满花藤的篱笆墙。

林呢喃从书架上找到类似花藤的玩具,环绕在房子周围。

她的本意是摆一个温馨的篱笆墙,只是,把花藤放下之后,又觉得不安全,转身拿了十几棵树,环绕在房子周围。

不是枝繁叶茂的绿树,而是光秃秃的老树,枝干弯曲,泛着苍白的颜色。

林呢喃也不知道为什么会这样选择,只是心里的声音告诉她,这样才是对的。

接下来,她摆得很快。

花园里不是干净平整的,而是一片泥泞,只有一条窄小的石子路,被落叶覆盖。

"这是一个苍凉的家,就像黑暗童话里囚禁公主的城堡。"黎老师缓缓开口。

不,不应该是这样的,十六岁以前的日子,本该是她最好的回忆。林呢喃摇摇头:"不是囚禁,而是……"

而是什么,她说不上来。

"为什么是枯树呢?"黎老师语调缓缓的,带着南方人独有的温软尾音。

不像探究,更像好奇,出于朋友间的好奇。

这就是箱庭疗法的魅力,无形中打破问诊者的戒心,让他们用独特的方式,把自己的内心世界"说"出来。

林呢喃也不例外。

她想了一下,说:"我对冬天印象很深,上完舞蹈课回家,总会经过这样一片白杨林。很奇怪,我一点都不记得它们春天的样子。"

"是你喜欢的舞蹈课吗?"黎老师没有追问树林。

"不,我不喜欢,妈妈喜欢。"林呢喃垂下眼,目光晦暗。

她不仅不喜欢,还很讨厌,甚至可以说厌恶。从四岁到八岁,每周一次的舞蹈课就是她的噩梦。

她继承了妈妈完美的肢体比例,却丝毫没有继承妈妈的舞蹈天赋,长手长脚舞动起来,堪称滑稽。

直到现在,她都忘不了那间镶满镜子的教室里,老师摇头叹气、同学们捂着嘴偷偷笑的画面。

她不止一次地说过,不想上舞蹈课了,可妈妈坚持认为,她是小孩子心性,吃不了苦。

直到八岁那年,她下腰受伤,又发了高烧,在医院住了足足一个月,爸爸发了好大的火,妈妈才不得不中断让她继承自己"衣钵"的念头。

那是林呢喃记忆中爸爸第一次发火,也是唯一一次。其余时候都是妈妈不满地唠叨,爸爸冷静而克制地据理力争,或者干脆转身躲进影音室。

黎老师问题不多,不像要了解病情,只是顺着林呢喃的话闲聊。

林呢喃不知不觉就说了好多，也想起了很多从前的事。

她猛然意识到，二十年的人生中，原来她的世界里只有爸爸妈妈。

妈妈常常抹着泪，或声声抱怨，或严厉地要求；爸爸会温和地笑，会无奈地摇头，也会黑着脸转身。

很少有一家三口和和美美坐在一起的画面，更别提开心地做游戏、畅快地笑。

走出诊疗室，林呢喃的表情说不上轻松还是沉重，顾羽虚虚地揽住她的肩。

林呢喃没拒绝。

这个时候，她无比需要这个人，让她依靠一下。

顾羽什么都没问。

反倒是林呢喃主动说："黎老师说，一周去一次是最好的。"

"好，下周再去。"顾羽镇定地点点头，很好地把欣喜藏了起来。

红旗 H7 汇入车流，平稳地滑行着。

悦耳的钢琴曲缓缓流淌，两个人都没说话。

快到酒店了，林呢喃突然问："你试过'扫房子'吗？"

"什么？"

"'扫房子'，一种……心理游戏吧，黎老师说有助于睡眠，长期坚持还能缓解压力，可以试试。"

顾羽笑："那你教教我。"

林呢喃复述着黎老师的话："穿一身舒适的睡衣，盖一床柔软的被子，闭上眼睛，放缓呼吸，尝试想象自己有一个房子，把它清理干净，用什么方法都可以，也可以用工具，按照你想的去做就好……"

睡前，林呢喃自己尝试了一下。

第一次，她没进到房子里面，一出现就是在篱笆墙外，有横生的枝杈拦住她，还有泥泞如沼泽般的院子，无法通行。

林呢喃只得从房子外围开始清理。

把拦路的枯枝剪掉，在泥泞的地面铺上白色的碎石，雪白的颜色，和白色的房子融成一体。

近看的时候，墙面很粗糙，不是想象中光滑的样子。房子很单薄，像是纸片做的，仿佛风一吹就会倒……

林呢喃来不及做更多，就睡着了。

一觉睡到早上七点，全剧组的小伙伴都默契地没有打扰她。

七点半，林呢喃匆匆忙忙赶到拍摄场地。

工作人员搭好了景，演员们化好了妆，大家三三两两地坐着，吃着早餐聊着天，丝毫没有急切或责怪的模样。

导演助理塞给她一碗热腾腾的豆腐脑，笑呵呵地说："林导趁热吃。"

她突然很感动，已经不知道是第几次感动了。自己何德何能，可以得到这样的眷顾？

开机第一场戏，为了讨个好兆头，没安排重头戏，只有一个长镜头，主要拍顾羽的背影。

几个年轻学生在街头嬉闹，长长的老街走下去，一直带到十字路口，顾羽转身，看镜头。

顾羽情绪到位，一条就过了，来了个开门红。

林呢喃很高兴，充满心机地说："羽哥真棒，再保一条吧！"

顾羽挑眉。

林呢喃讨好地帮他理了理衣领："这个镜头很重要，以防万一嘛！"

她细软的手指不经意碰到他的下巴，讨好的语气像是在撒娇，顾羽哪里说得出拒绝的话？

"多保几条吧！"他玩笑般说。

林呢喃缓缓笑了，如厦门的海风，温软缱绻，裹挟着阵阵花香。

中午吃饭的时候，林呢喃问顾羽："你昨天试了吗，那个'扫房子'？"

顾羽往嘴里丢了朵水煮西兰花，顺便给林呢喃塞了块红烧肉，不甚在意地说："没法扫，一片废墟，尘土飞扬，我选择躺平。"

林呢喃开玩笑："你这种幸福家庭出来的小孩，精神世界不该是窗明几净吗？"

顾羽笑了下，嘲讽道："哪个营销号又给我编织'幸福家庭'的身世了？后面是不是还跟着家里有矿，有个大八岁的哥哥继承家业，万事不用我操心，进入娱乐圈只是玩玩票？"

林呢喃挑眉，这反应有点大呀！

突然反应过来，她还真没关注过顾羽的身世，圈子里也很少有人提起。

吃完饭，顾羽去补妆了。

林呢喃拿着手机搜"顾羽身世"，倒也不是为了窥探隐私，只是觉得顾羽的反应不大对劲，怕自己触犯了他的忌讳，想多了解一些。

百科上只有他的作品，丝毫没提及个人生活，倒是营销号有各种猜测，"家里有矿"是其一，"书香门第"是其二，还有"知情人士"透露，顾羽的父母也是知名演员，所以他才能早早出道，一路顺风顺水……

林呢喃越看越觉得奇怪。

顾羽成名这么多年，还真没在公开场合提及过父母，媒体也没挖到确切消息。

只有一次，顾羽拿到影帝的时候，曾对着镜头说，感谢父母，因为他们自己才走上了演员这条路。

事后采访，无论媒体怎么问，顾羽都没透露丝毫关于父母的消

息。曾有"私生粉"好奇，试图深挖，顾羽直接发了律师函。

父母，似乎是他的禁忌。

【呢喃日志 26】
2019 年 12 月 7 日　星期六　晴　东北风 4～5 级

我被囚禁在过去。

本该是最温暖的回忆，却不知什么时候变了质。

明明怀念十六岁以前的日子，为什么想起来的都是不好的事？

是回忆本身就糟糕，还是我太过沉溺于它的不好，而忘了好？

02

《少年时》讲了一个灰色的故事。

木子生在一个贫穷的山村，村里除了老人就是留守儿童，他是第一个考上县重点中学的。他背负着荣耀，来到向往已久的圣殿，没想到迎接他的会是笼罩半生的阴霾。

起初，一切都很好。

因为入学成绩是年级第一，他被指定为班长。他学习刻苦，不骄不躁，各科老师都喜欢，和同学相处得也不错。大家都是住宿生，每天朝夕相处，彼此照应的地方很多。

改变源于一次"通报批评"。

临近期末，宿舍里的三名室友时不时爬墙出去打游戏，半夜三更才回来，影响其他人休息。木子作为班长，说过他们，却被嘻嘻哈哈地混了过去。

直到有一天，年级主任亲自查寝，把他们抓了个正着。叫家长、写检查、通报批评，让三个少年丢尽脸面——对于这个年纪的男生来说，丢脸可比成绩倒数严重得多。

不知道从哪里传出的消息，说，他们仨之所以被抓，是木子打的小报告。

木子的灰暗生活就从这里开始了……

木子选择了隐忍。每每想要反抗的时候，他就会想到父母粗糙的双手，想到奶奶佝偻的背影，想到即将到来的作文比赛，他豁不出去。

然而，他的隐忍并没有息事宁人，反而让对方变本加厉。

直到有一天，木子的底线被触犯，彻底爆发……

电影在这里戛然而止。

李伟捧着剧本，撞了撞木清扬："哎，木哥，后续怎么样？这不像结局啊，会不会拍个彩蛋？"

"这样刚好，观众想要什么样的后续，可以尽情想象。"木清扬说。

李伟啧啧两声："那个小报告，是木子打的吗？"

"是不是又有什么区别？"木清扬垂着眼，声音低沉，"就算是，也不能成为他被霸凌的理由。"

"对对对，确实。"李伟连连点头，"怪就怪那几个孩子太坏，就算没有这事，也会有其他机会让他们欺负人。不是木子，也会是别人。"

孩子……

木清扬嗤笑，他们用自己肆无忌惮的青春，毁了别人的青春，最后用一句"还是个孩子"抹平一切，真讽刺。

今天拍的是"砂糖橘事件"。

室内昏暗，顾羽从尘土和汁水里捡出破碎的砂糖橘，一个挨一个，摆在桌子上。那些碎得只剩一两瓣的也没放过，他把完好的部分剥出来，放到搪瓷缸里。

他的表情看似平静，眼神却是麻木的，指尖隐隐颤抖着，并不明显，又足够让人察觉到。

旁边，舍友们鼾声四起，月光下，他虔诚地捡着橘子……

工作人员都感动到了，个个屏住呼吸，努力抓住每一个细节。

林呢喃湿了眼眶。

原本，她空出了一整天的时间拍这一幕，因为她担心顾羽揣摩不好人物状态，毕竟那种贫穷的、小心翼翼的、隐忍愤懑的生活离他很远。

她没想到，他能诠释得这么精准。

除了精准，还有惊喜。

月光洒在他身上，侧影显得那么单薄，有一滴水珠从下巴滑下来，无从分辨是泪还是汗，只有一滴。

这种共情能力，不是单凭演技就能有的。

他经历过什么？

"咔——"

林呢喃起身，拍了拍顾羽的手臂："演得真好。"

"是导演调教得好。"顾羽逼退眼底的湿意，开着玩笑。

工作人员都笑了，心情却没办法立即从戏里压抑的气氛中脱离。

顾羽真的很好，比林呢喃想象中的还要好，不仅是演技，还有工作态度。

他聪明通透，配合度高，工作起来从不会端着顶流的姿态，林呢喃想要什么样的状态，他立马就能给到。

导演和主演配合默契，没有什么比这个更让人愉快的了。

但也有令人困扰的时候。

前期经过几轮讨论，最终决定用方言。木清扬录好了全部台词，一句句教给顾羽。

然而顾羽京腔太重了，剧本围读的时候还好点，一旦沉入表演里，口音不知不觉就变了味。

几次翻车之后，林呢喃显得有些焦躁。

顾羽捏她的脸："不然林导出去溜达一圈，回来我就拍好了。你盯着我，我紧张。"

林呢喃打开他的手："都什么时候了，还开玩笑。"

顾羽叹气："人和人之间的信任就这么脆弱吗？我说实话你都不信了。"

林呢喃没好气道："有耍嘴皮子的时间，你能不能好好背背台词？"

"能啊，你教我，我肯定学得快。"

林呢喃无语。

最后，还是教了。

她念一句，顾羽跟一句，仿佛小学生。

工作人员嗑着瓜子，围观制片人哄导演。

其实，一直NG，顾羽比任何人都焦躁，但他把自己的情绪藏起来，照顾着林呢喃的情绪。

林呢喃的心情渐渐平静下来，喝了杯奶茶，继续拍。

顾羽习惯正式开拍之前自己走一遍戏。

正是黄昏，光线很好，林呢喃看着他的背影，突发奇想，悄悄打开摄影机。

她亲自运镜，抓拍到一个长达三分钟的镜头，顾羽背对摄像机，默默捡起破碎的眼镜片，和同学对戏，向老师解释。

监控里看不到他的正脸，只能从对手戏演员的表情中判断他当下的反应，这种感觉很奇妙。

最后，顾羽转身，目光下意识地寻找林呢喃，刚好被镜头捕捉到那一瞬间的茫然。

"绝了！"摄影指导直拍大腿。

顾神就是顾神，光是一个背影都这么有表现力。

林呢喃有着同样的想法,她甚至产生了更大胆的想法——有没有可能,全程长镜头,只拍背影……

压抑的宿舍空间,灰暗的教室,各怀心思的同学和老师,一次又一次的愤懑和压抑、屈辱和抉择……

顾羽的行动就是观众的视角,顾羽的背影就像观众自己,观众会跟着顾羽身临其境地去体验。

如果能实现,这将是一个绝佳的创意,顾羽说的"未来之狮"也许真有希望。

唯一受委屈的是顾羽,他将全程没有正脸。

林呢喃回放了三遍,盯着顾羽最后的眼神,低声说:"不行,用不了,删了吧。"

说完就快步走开了,她怕自己会改主意。

摄影助理小声问:"师父,真删吗?"

摄影指导抽了根烟,说:"先留着吧!"

拍摄持续推进,作息混乱,林呢喃状态越来越差,就连工作都不能麻痹她了。

她极力掩饰着,尽量微笑,还是被顾羽看出来了。

他找她聊天:"还有两天,预算充足,别太累。"

林呢喃不想让他担心,随口扯了个别的理由:"小仙女把我拉黑了。"

这事是真的。

上次分开之后,小仙女一直没跟她联系,林呢喃给小仙女发过几条微信,都没回,今天再发,发现被拉黑了。

"她不会主动拉黑我,也许是家人要求的,也许被没收了手机。"

无论哪一种,都足够击垮一颗脆弱敏感的心。

"上次见面她状态不好,我很担心。"

顾羽看了下行程表，说："这边拍完有两天假，去看看她——你能找到她吗？"

"应该能，我知道她的学校和班级……如果可以的话，我想跟她妈妈谈谈。"

林呢喃不是多管闲事的性格，或许是拍《少年时》让她变得更敏感，也或许是从小仙女身上看到了从前的自己，她做不到袖手旁观。

【呢喃日志27】
2019年12月9日　星期一　阴　东北风3～4级

不是所有的童年都是单纯快乐的，不是所有的少年都是青春洋溢的。

没有翅膀的少年更要迎着风奋力奔跑，即便现实灰暗，即便遍地泥泞，都不要停下，不要回头。

阳光是公平的。

总有属于你的那一束。

03

随着《少年时》拍摄的推进，林呢喃的状态越来越差。

她拍戏太靠情绪了，状态跟着角色走，不断地沉入故事的情境中，每天都要经受愤懑、压抑、无奈等重重负面情绪的煎熬。

没人敢劝她，也劝不动。

如果让她停止工作，她会真的撑不下去。

12月12号是她的生日，剧组原本想给她开个派对，让她放松一下，被顾羽阻止了。

十六岁之后，林呢喃就不过生日了，熟悉的亲友也不会祝她生日快乐，因为，她生日这天也是她爸爸的忌日。

四年前的今天，《乾旦坤生》杀青，林间路赶回去给林呢喃过生日，还没到家就出事了。

没人知道林间路为什么把车开进了湖里，外界的说法是，疲劳过度。

上午结束拍摄，厦门的戏份就杀青了，下午工作人员乘飞机回京，顾羽带林呢喃去了黎老师的诊室。

是林呢喃主动提出来的，她比任何人都想尽快康复，尤其是今天。

过了零点，看到日历的那一刻，她的脑海就被爸爸的身影填满了。她控制不住地想，如果爸爸不急着赶回家给她过生日，是不是就不会出事？

明明看着监视器，眼前却时不时闪过梦里的那片湖，惨白的芦花，染着血色的芦苇，黏稠的湖水……

水里仿佛伸出千百只手，把她往下拉，往下拉……

一阵阵恍惚，分不清梦境还是现实。

结束拍摄，林呢喃勉强支撑着到了箱庭室，状态却很差，神情呆滞，坐在沙盘前好一会儿没反应。

但她自己意识不到。

感受不到时间在流逝，忘记了这个空间还有别人，身体和头脑仿佛被封印，失去了对外界的感知。

黎老师轻声提醒："箱庭不一定要自己摆，也可以和信任的人一起。林同学，你要邀请同伴一起吗？"

林呢喃眼珠转了转，看向顾羽。

顾羽问："会有影响吗？"

"会，但也是真实的。"黎老师点点头，解释，"我们生活在人与人组成的大集体中，相互之间都是有影响的。你对林同学的关心，林同学因为工作产生的情绪，都会影响她此刻的状态。"

"想让我加入吗？"顾羽问林呢喃。

他语气郑重，似乎不只是在问摆沙盘这件事，还有她后续的治疗，还有……她的人生。

林呢喃沉默了好一会儿，缓缓点头："好。"

顾羽抱了她一下，紧紧地抱了她一下。

两个人决定摆一个"家"，依照的是林呢喃"扫房子"的结果。

这一周，林呢喃每天睡前都会"扫房子"，她已经成功把外面的枯枝落叶清理干净，泥泞的院子铺上了洁白的石子，沾在台阶上的泥脚印也擦干净了，进入了房子里面。

意外的是，房子里很整洁，有林呢喃喜欢的壁炉，有大到覆盖了一整面墙的书柜，有圆弧形的落地窗，还有许多柔软的垫子。

"再来一个厨房，开放式的怎么样？"顾羽从玩具架上挑了一个白色的小餐桌，摆到沙盘上。

林呢喃愣了一瞬，突然把餐桌抓起来，远远地扔开。

"不要餐桌，不要！"她反应很大，情绪激动。

顾羽环住她的肩，没有纵容她的逃避，而是和缓了语气，问："为什么不要餐桌，没有餐桌怎么吃饭？"

林呢喃只一味地摇头，什么都不肯说。

这一次的箱庭治疗，以失败告终。

回到车上，换了一个环境，林呢喃才渐渐冷静下来，继而是愧疚："对不起……"

顾羽说："你没有对不起任何人，包括你自己。"

林呢喃鼻子一酸，干涩的唇微微颤抖，却仰起脸，不肯让眼泪掉下来。

她把衣领拉到下巴上，兜帽扣到脑袋上，整个人往宽大的卫衣里一缩，把自己缩进了壳子里，又一次拒绝全世界。

顾羽手肘撑在膝盖上，头埋得很低。他突然感觉自己很挫败，

不能替她痛苦，不能带她走出来，甚至没有立场，也没有能力让她打开心扉，一切的一切都无能为力。

"林老师走的那天，我和他一前一后出的门……"

他依旧埋着头，声音低沉。

一旦开了头，就没那么难说出口了。

"我在路上碰到了林老师，看出他状态不好，想让司机帮他开车，林老师拒绝了。那天剧组杀青，连续拍了二十个小时，所有人都很累。

"他说，如果不放心就在后面跟着，免得他一不留神开到湖里。我当成了玩笑话，打了声招呼就和司机先走了，没想到……"

他真开进了湖里。

顾羽搓了把脸，哽咽道："如果那天我再坚持一下，或者谨慎点，真在后面看着林老师，他就……"

不会死了。

就算车子冲进湖里，也能及时救上来。

顾羽歪头看着林呢喃，眼圈泛红。他终于把埋藏在心底的愧疚说了出来。他自己先做到坦诚，才有资格让林呢喃敞开心扉。至于说出来的后果……林呢喃怪他也好，恨他也罢，他都受着。

意外的是，他预想的情况并没有出现。

林呢喃只是呆呆地问："是这样吗？爸爸真的是因为疲劳过度……不是……自杀？"

顾羽顿了一下，反问："你听谁说的？"

林呢喃指了指自己的头，说："这里有一个声音，告诉我……是从元旦开始的，我跟我妈回老家，见了许多人，听着他们说话，突然想起了一些事……爸爸，妈妈，还有戴叔叔……"

她说得断断续续，语无伦次，但顾羽还是听懂了。

她认为，林间路的死和情感纠葛有关。在林间路的葬礼上，她听到了亲戚们的闲言碎语。

"小戴也不容易，等了缨兮这些年。"

"如果早点离婚就好了，小林也不至于想不开。"

"缨兮可说了，这事千万不能让呢喃知道，那孩子心思重。"

"唉，幸亏有小戴前后张罗，不然单靠她们母女俩，可怎么好？"

……

四年来，她一直没回过老家，没见过这些亲戚，直到今年元旦，看到熟悉的家具，听到熟悉的声音，脑子里突然多了许多零散的画面。

"我不确定这些是真实存在的，还是我臆想出来的。这一年，我努力地想，努力地寻找证据，努力地验证……"

面对崔缨兮和戴云韬还不能露出一星半点，所以，她才把自己折磨成了这个模样。

顾羽握住林呢喃的手，还没说话，指尖就不受控制地颤了颤。他碰到了林呢喃冰凉的表带，想到了这条表带遮掩下的那道疤。

林呢喃下意识地扣住表带，转了转。

"关于这道疤，我也忘了，只隐隐记得医院消毒水的味道，还有我妈的哭声。窗外好像有一棵很高的树，叶子掉光了，弯弯曲曲的树枝伸到玻璃上，到了晚上，风一吹，啪啪响……

"应该是我十六岁那年的冬天，爸爸去世后不久——不，过完生日，就是十七岁了。

"哥哥，你说，我是不是被催眠了，忘记了一些事？"

顾羽握紧了她的手腕，问："你想记起来吗？哪怕是痛苦的。"

林呢喃缓缓地点头："我想记起来，哪怕是痛苦的。我准备好了，接受一切真相。"

做主给她催眠的人，只能是想要保护她的人。可是，这种"保护"是存在隐患的,就像一颗自动储能的炸弹,压抑的时间越长,爆发的时候越可怕。

不找到症结,问题永远不会真正解决。

林呢喃望着顾羽,眸光闪烁:"哥哥,如果我中途反悔了,想退缩了,请你拦住我,让我坚持下去,好吗?"

"好。"顾羽握紧她的手。

"我想起来了,我不喜欢餐桌,不喜欢全家坐在一起吃饭,以至于一到饭点就反胃,好像是因为爸爸在的时候,经常和妈妈在饭桌上谈事。"

林呢喃沉默了一会儿,再次开口,仿佛今天的勇气值达到顶峰,要把埋在心里的话一口气说干净。

"他们平时很少碰面,只有周末吃饭的时候才会聚齐,一坐下必然谈事,关于爸爸的工作,关于家里的收入,关于我的学业、兴趣班……然后,就是谈崩,大吵一架,不欢而散,毫无例外。

"我现在闭上眼,就能记起当时的味道,落地钟摆动的声音,厨房坏掉的水龙头啪嗒啪嗒的滴水声,还有阳光下的灰尘……"

实在不是什么美好的记忆,所以,她才会下意识地抗拒在房子里摆餐桌。

"没事,以后咱家不买餐桌,直接趴在吧台吃。"顾羽逗她。

林呢喃配合地扯了扯嘴角,倚着车窗说:"明天回京,我想去看看小仙女。"

顾羽点头,说:"已经安排好了,买的直达秦市的票,我陪你一起。"

林呢喃动了动嘴,到底没拒绝,反而觉得踏实。

习惯真的很可怕,依赖一个人久了,就越来越难戒掉了。

意外总在没有准备的时候给人当头一棒。

第二天,林呢喃刚上高铁,就接到了小仙女的视频邀请。

视频那头不是小仙女本人,而是一个眼睛红肿的年轻女孩。

"我是樱樱的堂姐,不好意思,之前把你拉进了黑名单……有件事或许应该告诉你,我想,这也是樱樱的意思。

"樱樱她,走了……"

林呢喃脑袋里嗡的一声,张了张嘴,几近失声:"走了?离家出走吗?你跟我说,是想让我联系她吗?"

小仙女的堂姐摇摇头,泣不成声:"樱樱她……去世了,送到医院,没救回来……就在昨天……"

林呢喃的心狠狠一颤。

仿佛坠落无底深渊。

【呢喃日志28】
2019年12月13日 星期五 晴 东风3~4级

死神啊,能不能请你高抬贵手,放过这些年轻的生命?

04

小仙女是昨天走的,12月12号,林呢喃的生日,林间路的忌日。林呢喃去了小仙女的家乡,送她最后一程。

一路上,林呢喃都很平静,一滴眼泪也没掉,脸上也没有多余的表情。

顾羽寸步不离地守着她,他原本不该出现在这种场合,但实在不放心林呢喃,也想亲自送送小仙女,毕竟,小仙女是他的粉丝。

林呢喃神色木然地打量着小仙女的家。

就是很寻常的模样,有米白色的地板,深紫色的布艺沙发,缀着流苏的格子窗帘,丝毫没有灰暗可怕的模样,甚至可以称得上温馨。

三室一厅的房子,里里外外站满了人。

小仙女的妈妈坐在小仙女的床上,来一个人就要哭一通。旁边围着不少人,有陪着哭的,也有唉声叹气的。

林呢喃看到了那面"荣誉墙",一半是博古架,摆满了竞赛的奖杯,一半是白墙,挂着小仙女从小学到高中的奖状和荣誉证书。

林呢喃看到了小仙女的名字——夏樱。

夏樱。

夏樱。

夏樱。

多么明媚热烈,却过早地凋零了。

2019年的冬天太冷了,从昨夜就开始下雪,她匆匆忙忙地离开,会不会冻僵在北方的风雪中?

小仙女留下了一封信,写给顾羽和林呢喃,用粉色的信封装着。

顾神,对不起,没办法写出可以让你主演的小说了。但我很开心,有生之年见到了"活的"你,我此生的三个愿望,至少实现了一个。

顾神,你真的很棒,比我想象中的还要好。能成为你的粉丝,是我这辈子第二幸运的事。

第一幸运的,是认识了姐姐。

姐姐,对不起,我还是食言了。我送你礼物,你原谅我,好不好?

我有一套泡泡玛特,是用压岁钱偷偷买的,放在地下室东南角的箱子里。

还有一盆多肉,就在阳台上,是姐姐提过的"乙女心",粉嘟嘟的,很可爱,名字就叫"粉嘟嘟"。

姐姐,请替我照顾它,好吗?

悄悄告诉你哦,"粉嘟嘟"很神奇,可以长成一棵树那么大,但是，要养五十年。姐姐，请帮我养它五十年好吗？

  姐姐要亲自养，不能交给别人。这是我最后一个愿望了，请姐姐务必答应。

林呢喃憋着眼泪，双肩颤抖。

  想写一首歌送给姐姐，最近脑袋太木，只写了一半，还是送给姐姐吧，这是属于我们的歌。

  少数人的歌

  你说，操场上人好多。
  我说，是啊，人好多。
  每个人都笑着。
  是啊，都笑着。

  礼堂里排着《雷雨》，
  广播里放着 rap。
  我发着沙雕表情包，
  面具下的脸却哭着。

  不是所有心情都能被读懂，
  有的旋律注定小众。
  悲伤总是不能感同身受，
  还是渴望有人侧耳听。

  你说，周末去唱歌吧。
  我想说，我好累，就不了，

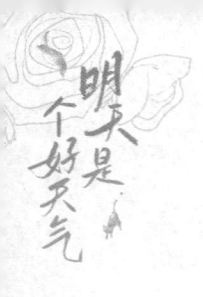

开口却变成，好的。
是笑着说的。
……

只有一半，后面写不下去了。

姐姐，你要好好的。
即使很辛苦，也请不要放弃。

信纸皱皱巴巴，洇着泪痕，有小仙女的，也有林呢喃的。

【呢喃日志 29】
还是 2019 年 12 月 13 日　坐标秦市　飘着雪，刮着海风。

小仙女的歌，我补全了。
她想说的，我都懂。

你说，操场上人好多。
我说，是啊，人好多。
每个人都笑着。
是啊，都笑着。

礼堂里排着《雷雨》，
广播里放着 rap。
我发着沙雕表情包，
面具下的脸却哭着。

不是所有心情都能被读懂，

有的旋律注定小众。
悲伤总是不能感同身受,
还是渴望有人侧耳听。

你说,周末去唱歌吧。
我想说,我好累,就不了,
开口却变成,好的。
是笑着说的。

有没有哪一天,
不用再笑着活着?
可不可以有一天,
不用再说好的?

世间的面具大同小异,
人类的悲喜并不相通,
年轻的灵魂千疮百孔,
旁观的人们无动于衷。

未来很远,阳光很暖,
路还很长,破碎的灵魂闪着微光。
你听,她在笑着说,好的。
你听啊,她在笑着说,好的。

——这是"少数人的歌",是我们的歌。

05
林呢喃和顾羽参加了小仙女的葬礼。

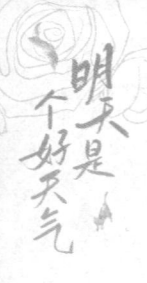

那张三个人的合影被小仙女贴身放着,和她一起火化了。

下葬的时候,小仙女的妈妈几次哭到晕厥,却不肯离开,被人架着走完了全程。

小仙女的爸爸前一秒还在感谢亲友,一转身滚下台阶,磕了满头满脸的血。

这个严肃沉稳的中年男人,看着手上的血,突然号啕大哭。

"她会不会疼啊!"

"我的樱樱,会不会疼啊!"

林呢喃捂着嘴,泪流满面。

或许小仙女的父母不是不爱孩子,只是不懂得怎么正确地爱孩子。

林呢喃带着小仙女的礼物回了京。

泡泡玛特星座系列放在了书架上,叫"粉嘟嘟"的多肉被她随身带着,白天放在阳光下,晚上摆在床头。

林呢喃崩溃了。

她没有放声大哭,而是无声无息地,信念崩塌。

一直以来,不只是小仙女在依赖她,她也在依赖小仙女。能够帮助小仙女,成为她的力量支撑,让林呢喃看到自己存在的意义。

小仙女的死是这种意义的崩塌,对林呢喃来说是无法形容的打击。

她仿佛看到了自己的未来,幸好还有工作支撑,她才没立刻倒下。

可是,她的状态令人担忧,不说不笑,不眠不休,甚至没有过多的表情,像一台没有感情的工作机器,偏偏还没办法改变。

让她吃饭,她会乖乖吃;让她去睡觉,她也不会拒绝,只是偷偷带着平板电脑,钻在被子里润色第二天的分镜,被抓到了就闭眼装睡。

就这样持续了一个多星期。这天是冬至，剧组提前收工，打算吃顿饺子。

林呢喃把自己关在剪辑室，回看这一天拍摄的素材，木清扬敲门她都没听见。

"这么专注，连口水都不知道喝了？"木清扬在她身边坐下，敲了敲杯子。

林呢喃飞快地拿起水杯喝了一口，然后警惕地看着他。

木清扬捏捏她的脸："这是什么眼神？把我当大灰狼了？"

其实，林呢喃这样的反应他并不陌生，她对顾羽反应更大。怕他们劝她，怕他们管她。

"你想说什么？"林呢喃闷闷地问。

"说工作。"木清扬决定从她最在意的事情入手，"我刚刚想到，是不是要加一场戏。"

果然，林呢喃坐正身子，问："哪一场？"

"丢鞋之后木子的处理，以及父母的反应——他不是没想过求助，因为求助没用，才不得不选择隐忍，这样最后的爆发才会更合理。"

他并非生来就是"包子"，球鞋被舍友丢掉后，他去质问，听到了舍友亲口承认，并录了下来，交给班主任处理。

他的目的很简单，让舍友赔钱。那双雪白的球鞋花了妈妈半个月工资，只是为了让他可以舒舒服服上体育课，不被同学看不起。

爸爸在工地做泥瓦匠，妈妈在纸盒厂钉鞋盒，他们拼死拼活挣来的钱，不该白白浪费。

班主任把双方家长叫到一起，处理这件事。

木清扬万万没想到，拒绝赔偿的不是对方家长，而是自己的父母。

面对老师，面对舍友的家长，他的父母谦卑至极，丝毫没有考虑自家孩子受了什么委屈，而是口口声声说着：

"多大点事，不好麻烦老师。"

"一个屋住着就是缘分，说不着赔钱不赔钱的。"

"一个巴掌拍不响，清扬这孩子也有错。"

……

木清扬缓缓说着，林呢喃静静听着，她明白了木清扬的意思。

如果没有这场戏，《少年时》这部电影就只会流于批判，而没有更深层的反思。

无论是现实中的木清扬，还是电影里的木子，之所以会一步一步走上"少年犯"的道路，表面是被舍友欺负后的爆发，实则还有一个不容忽视的原因——父母的忽视。

如果父母给了他足够的安全感，让他足够信任，他一开始就会求助父母，父母也会保护他，而不是让他独自面对，隐忍压抑，走向极端。

不被庇护的孩子，就像没有刺的刺猬，被别人的刺扎在身上，要么生生受着，要么以命相搏。

"哥，好难呀。"林呢喃埋着脸，哽咽道。

木子不容易，木子的父母也不容易，没有话语权的人，已经习惯了对这个世界卑躬屈膝。

木清扬摇摇头，说："这不是最难的。"

"我是不是从来没跟你说过，我住过精神病院？"这是他最难以启齿的一段经历。

"我见过一个十几岁的小姑娘，和你一样留着又黑又长的头发，说话温声细语，笑起来眉眼弯弯。

"她有严重的强迫症，起初只是无法忍受笔记本上的涂改，如果有一个地方涂上了修改液，她会忍不住把所有地方都涂上，一条又一条，排列得整整齐齐。

"如果手上出现一道划痕，她会把另一只手也划伤，一道不对称就划两道，最后，要把两条胳膊上的皮都扒掉……

"有一个男生，长得白，发育晚，被人骂'娘娘腔'，父母送他去做电击，吃雄性激素，扒光衣服在阳光下暴晒……

"还有一个小男孩，眼睛又黑又大，水汪汪的，肉乎乎的脸蛋，比电视上的童星还可爱。

"他有认知障碍，以为自己是一只老鼠。他每天会趁护士不注意去翻垃圾桶里的剩饭，偷病友的零食，窝在杂物间的角落睡觉。

"我第一次听他开口说话，是他翻垃圾桶被护士发现时，抖着小小的身体说'别打我'……"

林呢喃压抑着哭声："不该是这样，不该是这样！"

他们才是最难的人啊！

局外人编都编不出来的各种匪夷所思的事，是他们的日常。人们却轻描淡写地说着，太脆弱，气性大，一时冲动，不顾及父母……

顾羽靠在门的另一边，咬着拳头，眼圈通红。

他也曾翻过垃圾桶，被野狗追过，被亲戚当成皮球踢来踢去，也曾寄人篱下，每天睡前都会想，不知道第二天还能不能有学上……

狗血吗？电影都不敢这么编，怎么随便一个男主女主，不是孤儿就是得了白血病？

可是，这就是生活。

生活的真相，就是一地鸡毛，满头狗血。

我们并不知道，在别人光鲜亮丽的皮囊下，在他们甜美的笑容后，藏着怎样伤痕累累的心。能够没有"故事"地长大，是一件多么幸运的事。可是，没有这份幸运的人，才是生活的大多数。

"那个'男生',就是我。"木清扬帮林呢喃擦着眼泪,目光温和。

"如果那时候我放弃了,生命就会永远停留在那一刻——贫困山区的无知少年,死后被人提起来,大概只是满含鄙夷的一句'哦,老木家那个娘娘腔啊'。

"可是,我没有。

"我考上了研究生,学了喜欢的专业,认识了志同道合的朋友,见过大海,坐过飞机,听过学界大牛的讲座。

"以后,我还有机会去俄罗斯看极光,去埃及看金字塔,去康河划船,躺在马尔代夫的沙滩上喝鸡尾酒……对了,还要陪你去威尼斯走红毯。

"生活确实很难,放弃比坚持容易太多。

"可是,妮儿,你扬起头看看,这个世界这么大,阳光和青草这么好,是不是可以给自己一个机会,迈出心里的小世界,重生一回?"

外面传来工作人员喊他们包饺子的声音,三个人各自洗了把脸,遮去眼上的红肿,出现在人前的时候,露出如出一辙的笑。

没人看出,他们一刻钟前还泣不成声。

宣发组的小姐姐组织了一场"包饺子大赛",演员一队,幕后一队,一对一,车轮战,输的在群里发红包。

这个规则包藏着幕后人员的小心思,他们认定了演员队不能打,自己这头稳赢,坐等收红包。

结果出乎意料,全员惨败,最后的赢家是顾羽。这位看上去连韭菜和大葱都分不清的顾神,居然可以同时擀十个皮,十秒钟包八个饺子!碾压全场。

幕后团队现场表演"哀鸿遍野"。

顾羽端着胜利者的微笑,在群里丢了个大红包,大伙顿时支棱起来。

饺子出锅,是林呢喃最喜欢的三鲜馅,虾仁有拇指那么大,顾羽给她包成了刺猬的模样,小刺猬背上的刺根根分明。

这个冬至,饺子和人心都是温暖的。

有那么一刻,林呢喃发自内心地笑了。

她对这个世界,终究是不舍的。

【呢喃日志 30】
2019 年 12 月 22 日 冬至 晴 北风 1～2 级

从淤泥里爬出来的人,更懂得珍惜阳光和青草。

如果实在没有力气,就这么陷在淤泥里也不可耻。可是,请不要拒绝阳光的温暖,青草的馨香。

冬至过后,白天就要变长了。

一切都会好的。

一定会的。

/ 第七章
你担负不起,我的人生 /

01

　　救赎主题，一直是木清扬主张的。

　　起初林呢喃并不认同，从现实的角度考虑不实际，从故事层面而言太俗套，她不想让《少年时》变成一个和稀泥的故事，更不想给它安一个充满说教的主题，她只想展现生活的真相。

　　小仙女的离开让她改变了想法。

　　生活的真相就在这里，哪怕那些经历过的人都不一定知道如何改变。很少有人可以像木清扬那么果决而勇敢，《少年时》的主题，不该只是揭露，更不能变成抱怨，还要在浓雾之上，透出一丝天光。

　　她希望，每个遭受过不公的少年都可以成为木清扬，即便曾经被推到太阳底下暴晒，依然向往阳光。

　　带着这份使命感，林呢喃重新投入工作。

　　距离杀青还有一周，剩下的戏份都在室内，多是近景，只要不出纰漏就算有功了。大家都不自觉地放松下来，群里已经开始讨论杀青宴定在哪儿了。

　　只有三位主创异常认真。林呢喃和顾羽更有默契了，林呢喃只需要给几个形容词，顾羽就能呈现出她想要的感觉。但同时她的要求也更高了，为了拍一个面部特写，顾羽NG了三十次。拍到最后，场务小哥都被感动哭了。

　　顾羽还是摇摇头，说："再来一条吧。"

　　林呢喃点头："再来一条。"

　　摄影助理小声嘟囔："我觉得挺好的呀。顾神和林导怎么越来

越较劲了,还真想拍个奥斯卡出来吗?"

摄影指导夹着烟,没吭声。

木清扬也不再"佛系",重新梳理了高潮场次,把深埋在内心的遗憾、愤怒、期待,毫不保留地挖出来,明晃晃地晾在观众面前。

三个异常年轻的核心支柱,相互搀扶着摸索前进。

在他们的带动下,整个剧组都积极起来。所有人都坚信,他们会做一个精品出来,或许不能拿奖,或许上不了院线,但绝对不会有人摸着良心骂它烂。

对新人来说是幸运的,刚一入行就能参与到这样的创作中;对于那些摸爬滚打许多年,险些忘记初心的"老腊肉"来说,也是可遇而不可求的。

最后一场戏,也是全片的最后一个镜头,顾羽要把美工刀捅到舍友肚子上,伴随一声惨叫,给他一个面部特写。

为了防止顾羽束手束脚,道具准备的是一个橡胶模具,只拍肚子,足以以假乱真。

开拍之前,林呢喃鼓励顾羽:"别紧张,放开了拍,反正还有一整天,足够磨好这一场。"

顾羽点点头,自己走了一遍戏。

板一打,摄像机一开,人物状态顿时出来了。

林呢喃原本懒洋洋地靠在椅背上,看到监视器里顾羽的眼神,不由自主坐直了。

那一瞬间,除了舍友的惨叫,还有另一个悲壮的吼声。

——来自顾羽。

一号机抓到他的特写,监视器后的人都被他的眼神震撼到了。

不是反抗之后的痛快,也没有丝毫凶狠,而是绝望,就像那声嘶吼。

因为他很清楚,这场爆发不仅报复了室友,也撕碎了他长久以来的隐忍,还断送了自己的前程,所以,他是绝望的。

"咔！"

林呢喃哽咽着喊出这一声。

她激动地冲过去，抱住顾羽，毫无顾忌地呼喊："太棒了，哥哥，太棒了！"

顾羽紧紧地回抱她，头埋在她颈侧，高大的身体隐隐发颤。他哭了，这是继《乾旦坤生》后，他再一次在片场哭。

好在，没人注意，所有人都在哭。

杨杨哭着问："林导，杀青了吗？"

"杀青。"

"《少年时》，正式杀青！"

小伙伴们哭着欢呼。

拍大合照，整理装备，配合宣发做后采……一切都是混乱的，一切都是欢喜的。

林呢喃抱着"粉嘟嘟"，慢慢地走过每一个角落，回忆着两个月来的点点滴滴。

短短两个月，发生了太多太多。

不经意回头，对上顾羽含笑的目光，林呢喃也笑了。

总归，是幸运的。

杀青宴定在了12月31号，一个圈里人开的量贩式会所，顾羽大方地给所有人订了酒店，喝高了上楼就能睡。

林呢喃刚到，就被杨杨拖进了房间，呼啦啦冲过来一群小姐姐。

化妆，做头发，涂指甲，换礼服，一通捯饬。

最后，往镜子前一站，林呢喃自己都惊呆了："长这么大，我都没这么精致过。"

造型组长对着她咔咔一通拍："这是我2019年最满意的作品，没有之一！"

有类似想法的还有化妆组长、美术组长，以及所有和美有关的小姐姐。

杨杨抱着手臂，连连摇头："怎么办，不舍得给那帮大老爷们看了。"

小姐姐们把林呢喃围在中间，"趾高气扬"地推开宴会厅大门。

一群男人看过来，眼中无不惊艳。

没日没夜工作了两个月，谁不是整天忙里忙外灰头土脸，突然看到这些精明干练的女强人穿上华丽的裙子，化上精致的妆容，简直不敢认了。

"当当当当！"

小姐姐们四散开来，晃着手掌，手动配了个"blingbling（闪闪发亮）"的特效。

林呢喃惊艳亮相。

她纤白的手指扶在脑门上，一脸无奈。即便如此，也无损她脱俗的气质，这比单纯的容貌漂亮更让人惊艳。

顾羽抬起手，好一会儿没落下去。

杨杨调侃："这就舍不得碰了？放心吧，抱一抱也坏不了。"

顾羽一笑，大大方方地揽住林呢喃，在她耳边说："今天，很美。"

林呢喃微微仰着脸，看着他完美的五官，玩笑道："我就不夸你今天很帅了，毕竟每天都是帅的。"

"喊！"

小伙伴们翻着白眼，离他们远远的。

今天只是内部聚餐，没有媒体，没有商业活动，大家喝喝酒，唱唱歌，吃吃美食，兴致来了跳段广场舞，怎么开心怎么来。

林呢喃喝了两杯红酒就不行了，懒懒地歪在卡座上，歪着头，迷离着眼神，一次性的大波浪长发披在雪白的肩头，一开口，软绵绵的。

像嫩嫩的小猫爪，挠在顾羽心头。

"这是醉了？"他低沉的声音，比82年的红酒还醉人。

林呢喃弯起嘴角，慢悠悠地说："脑袋清醒着呢。"

顾羽敲敲她脑门："还'呢'，这是几？"

"一根小羽毛，两根小羽毛，三根小羽毛。"林呢喃掰着他的手指，一根根扣起来。

林呢喃十指纤细，骨肉匀称，比寻常女孩的手指要长一些，和顾羽的一比又显得小得可爱，软得过分。

柔软与硬实，细嫩与粗糙，白皙与小麦色，就是女孩子和成年男人的对比了。

林呢喃动动指尖，学着林间路的口气说："小羽毛长大了，是个男人了。"

顾羽的心跳一下快过一下。

这是他们第一次"正式"牵手。

之前所有的肢体相碰不是出于礼貌，就是情绪失控时的安慰。只有这次，没烦恼，没眼泪，没发病；有美酒，有烛光，有音乐，有一切适合谈情说爱的气氛。

"你确定要和我谈论'男人'的话题吗？"

林呢喃纤长的睫毛颤了颤，一脸无辜："哥哥，我想回家……回家属院，看电影，包书皮，好不好？"

顾羽能说不好吗？

只能宠着。

被2019年最后一天的小凉风一吹，林呢喃酒醒了一半。

还有一半醉意，纵容着她同意顾羽留在家属院，帮她裁包书纸，和她一起席地而坐，肩挨着肩，看一场《爱在黎明破晓前》。

都怪夜色太温柔，爱情电影都把她看哭了。

林呢喃吸吸鼻子，懒洋洋地缩起身子，头自然而然地枕到顾羽肩上，意识到的时候，连忙退开，还帮顾羽拍了拍。

顾羽看着她,眼底黑沉,让人心惊。

"我去……给你煮个鸡蛋吃……"林呢喃仓皇地找了个烂借口。

她还没站起来,就被扣住了后脑勺。

微颤的唇压过来的时候,林呢喃呆呆地眨了眨眼,居然还有心思去想,咦,这个家伙也会紧张。

顾羽出道十年,和不止一位女演员拍过吻戏,有借位的,也有真亲,却没一次动感情。他原本以为,接吻不过如此。

直到此刻,心跳飞快,双唇微颤,每一个神经元仿佛都叫嚣着把人扑倒,他才知道,不是接吻没意思,而是人不对。

幕布上,浪漫的摩天轮里,杰西正和赛琳娜忘情地接吻。

地毯上,林呢喃正被顾羽困在臂弯中,夺走了呼吸。他的架势很霸道,双唇却是那么温柔。

林呢喃轻颤着,醉得更沉了。

一时间,忘了推开。

【呢喃日志31】

2019年最后一天。

啊啊啊啊啊啊啊啊!

02

林呢喃把顾羽推开了。

顾羽对上她慌乱的眼神,用生平最温和的语气说:"对不起,没有征求你的同意……吓到了吧?请允许我正式问一遍,好吗?"

林呢喃心跳飞快,脑袋里仿佛燃起一团火,疯狂地蛊惑着她。

快说好。

接受他。

你也喜欢他,不是吗?

紧接着又下了一场雨,把火苗扑灭。

不行。

不可以。

不能。

你没有这个资格,接受他的真心。

林呢喃垂下眼,声音含笑:"哥,喝高了吧?"

她叫的是"哥",和木清扬一样的"哥",而不是独属于顾羽的"哥哥"。

顾羽心想自己还是急躁了,果然把她吓到了,他没时间后悔,只能在这个局面上努力为自己争取:"丫头,跟我试试,行吗?"

林呢喃轻轻地摇了摇头,缓慢又坚定。

顾羽下巴紧绷,预想中的答案,带来的是预料不到的失落,比他以为的还要多。

"你在怕什么?"

林呢喃垂着头,声音似乎很远,模糊不清:"我是没有未来的人。"

怎么好意思把你牵扯进来?

"我给你未来。"顾羽扶住她的肩,目光殷切,满脸渴求,仿佛不是在表白,而是在要求什么。

那一瞬间,林呢喃突然很心疼他,这样一位天之骄子,多少人爱慕的对象,却在她面前如此委曲求全。

她舍不得让他这样。

她也喜欢他呀,所以舍不得。

"我的未来,我自己都担负不起,又怎么敢奢望别人?"她面色平静地说着淡漠的话语,心却在滴血。

"丫头——"

"哥哥。"林呢喃打断他,"今天是2019年最后一天,咱们

好好过个年,好吗?"

她抬头,对上他复杂的目光:"我是真的希望 2020 年有个好的开端,而不是……"

和喜欢的人吵得面红耳赤,原因是自己拒绝了他,因为自己有病,不想拖累他。

顾羽就那么把手搭在她的肩上,力道渐渐变轻,又突然加重。

终于,他轻轻地说了声:"好。"

林呢喃听到他沙哑的嗓音,仿佛干渴了许久,她傻傻地抓起一盒牛奶,塞到他手里。

顾羽接过,一口气喝干,把纸盒捏扁,用上了狠劲。

这是他今晚唯一的情绪发泄。

接下来,就像林呢喃希望的那样,他们不再说任何可能引起争论的话题,努力准备好开心的表情,迎接 2020 年。

他陪着她看了一部应景的电影——《亲爱的,新年好》。

在电影里这是一句浪漫又忧伤的表白,说"新年好"的时候,就是在说"我想你"。

他和她一起倒计时,在表针一致指向"12"的那一刻,一起冲到窗前看烟花。

他真的很宠她,宠到即使表白失败,还要装作若无其事,陪她过完 2019 年的最后一天。

2020 年他给她的第一个表情,是微笑,说的第一句话,是"新年好"。

亲爱的,新年好。

亲爱的,我想你……

林呢喃不出所料地逃避了。

接下来是一周的剪辑,林呢喃为了避免遇到顾羽,不惜和剪辑师远程沟通。

为了让她安心工作,顾羽主动退让了,不再去剪辑室。

林呢喃还是每天都能看到他,每一个镜头都有他的身影,每天的工作餐都是他亲自点的,每天都能从剪辑师的电话里听到他的声音。

做梦的时候,失眠的时候,脑子里满满的都是他。

还有那个炙热的吻。

那是她的初吻。

他有力的手臂,他霸道的气息,他本不需要付出的体贴,她眷恋着,却要不起。

负责情感的那根神经绷到最紧,只需一点点刺激就会断裂。林呢喃任性地逃避着,单方面冷战着,直到剪辑出了问题。

林呢喃和剪辑师意见相左,剪辑师叫来了顾羽。

林呢喃第一反应是逃避。

顾羽抓住她的手腕:"今天只谈工作。"

"我去叫朱老师。"林呢喃执意往外走。

"她和我意见一致。"顾羽说。

林呢喃一愣,猛地抬头看向他。这是他进门后,她第一次正视他的脸。

他似乎刚卸完妆,鬓角还残留着水渍,却一如既往的帅气又闪耀,是让她心动的模样。

"你知道朱老师想要的是哪一版吗?"林呢喃说得有点慢,把心思藏起来。

"朱老师叫我来之前把两版都发给我看了。"

"那你还……"

"可以坐下来聊吗,林导?"

顾羽神色平静,一副公事公办的表情,仿佛回到了两个人刚认

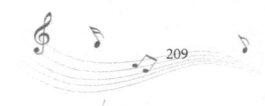

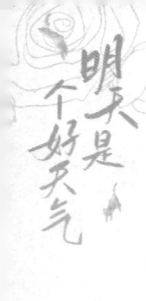

识的时候，客气又疏离。

这让林呢喃松了口气，缓缓地坐回原位，只是身体依旧紧绷，仿佛随时准备着逃离现场。

顾羽假装没注意，拖了把椅子坐到她旁边，中间隔出一个礼貌的空隙，没有多余的话，直切主题。

他太了解她了，知道什么样的模样可以让她放下戒备。

"你为什么要同意朱老师那版？"林呢喃迫不及待地问。

"你也觉得那版好，不是吗？"顾羽看着她的眼睛，说。

林呢喃目光有一瞬间的难堪，她组织了一下语言，说："我觉得那版不合适。"

"是不合适，而不是不好。"顾羽拆穿她。

林呢喃避无可避，只得硬着头皮说："这里面有很多现实因素，那一版过审不容易……"

"你考虑的是现实，还是我？"顾羽镇定又强势。

"也有你吧。"林呢喃移开视线，"《少年时》这个项目能成，倚仗的就是你的人气，如果用那一版，别说你的粉丝，平台都不会买账。"

"林呢喃，请拿出你作为导演的专业态度和我说话。"顾羽表情严肃。

林呢喃一噎。她很清楚哪个版本更好，在无意中拍下顾羽的背影的时候就知道了。

剪辑师剪了两个版本，一个是按照事先讨论好的分镜剪辑的"正常版"，一个是出人意料却又震撼人心的"背影版"。

男主角全程只有背影，就像一个扛着摄像机的人，带着观众的眼睛，去参与整个故事，接触他遇到的人，见识人生百态。

这一版的奇特之处在于，借助剪辑手法做到的"一镜到底"。这个手法并不新鲜，但是配合着片子的基调，能让所有场景发挥出极致的作用。

狭窄的老街，挤满课桌的教室，逼仄的宿舍，老旧的水房，喧闹的食堂，空旷的操场……

每一个场景都让观众身临其境。

每一个镜头都是故事。

每一段故事都透着绝望。

那种静默的，无声撕裂的，不需要刻意煽情的绝望。

其中有一个镜头，林呢喃看了无数遍还是忍不住鼻子发酸。

顾羽的背影被框在画面的右上角，离观众最远的地方；近处，是奔跑着，呼喊着，打着篮球的同学。

他被孤立了。

还有人假装热心地塞给他一本暴力漫画。

他踱了两步，翻开封面又合上，反复三次之后，坚定地将漫画摔到地上。

这一次，他坚守住了本心。

即使遭遇了那些不好的事，他依然坚持做一个"好学生"。

顾羽的表演从头到尾都很克制，直到最后一幕，镜头突然拉近，给了一个侧脸的特写，那双眼睛里透出的绝望浓重暴烈，又理所当然。

没人不震撼。

"用这一版吧。"顾羽的语气并不强硬，但也没有商量的余地。

"不行。"林呢喃还是摇头。

不只是她想拿奖，顾羽也指着《少年时》成功转型，木清扬希望这个故事有更多人看，小伙伴们两个月的辛苦不能白费，她不能太自私。

"我承认'背影版'确实很好，但也没有那么好，不值得冒这个风险。"林呢喃理智地分析，"我们首先要考虑的是顺利过审，让更多人看到，这原本也是我们的初衷，不是吗？"

"交给我。"顾羽说,"我是制片人,这些问题交给我考虑。你是导演,理应把视角放在片子的内容上。"

他顿了一下,放缓语气:"丫头,我希望你能有底气,坚信自己做出来的故事足够说服评审,说服观众。至少现在,在我这里,你值得这份底气。"

不知怎的,林呢喃就点了头。

直到顾羽带着片子走了,她才迟钝地反应过来,最后还是被顾羽牵着鼻子走了。

所以,真要拼口才耍心眼,她根本不是顾羽的对手。从前占的那些"上风",不过是因为,他宠着自己。

【呢喃日志32】
2020年1月7日 星期二 多云 北风3～4级

说什么不想拖累他,说到底是不够信任,不敢去赌,怕输得一败涂地,怕让自己本就破碎不堪的人生履历雪上加霜。

与其去冒失去的风险,不如一开始就不曾得到。圆满之后再撕碎,她承受不起。

终究,还是自私的。

03

自从小仙女走后,林呢喃的状态就很不好,是工作一直支撑着她。

片子送去过审,工作告一段落,她身体里的那根弦突然放松,整个人一下子就垮了。

顾羽在家属院找到林呢喃的时候,她已经昏迷了两个多小时。

叫救护车,送医院,预约病房,办住院手续,顾羽不知道自己是怎么撑下来的。

没有时间去想林呢喃万一再也醒不过来会怎么样，不敢想她是不懂得照顾自己才会昏迷，还是……

"没吃安眠药，只是疲劳过度。"

医生的话险些让他喜极而泣，他跑到吸烟区，狠狠地抽了三根烟。

林呢喃不知道是被顾羽身上的烟味呛醒的，还是被崔缨兮哭醒的，睁开眼看到头顶的吊瓶，一点都不意外。

她拍拍崔缨兮的手，露出笑脸，说："妈，我刚刚睡了饱饱的一觉。"

崔缨兮扭身埋进戴云韬怀里，呜呜地哭。

这里是戴云韬工作的医院，他刚好在值班，请了假过来看她。

这是林呢喃第一次看到他穿着白大褂的模样，很儒雅，很可靠，和妈妈站在一起很般配。

她想说两句俏皮话，哄妈妈开心，可话到嘴边还是说不出来，仿佛和戴叔叔混得很熟就会背叛爸爸。

戴云韬主动化解了尴尬："妮妮，你现在很虚弱，需要补充营养，有没有想吃的？我去买。"

林呢喃歪头看了看，故作熟稔地说："这里有水果，还有牛奶，等我吃完了跟叔叔说。"

"好，这几天我和你妈妈都会在医院。"戴云韬温和地笑了笑。

顾羽坐在床边削苹果，刀工实在不怎么样，搞出来一个坑坑洼洼的果子送到林呢喃嘴边。

林呢喃嫌弃地扭开脸："你好臭。"

"妮妮，怎么说话呢！"崔缨兮挂着泪珠，瞪她，"多亏了小顾把你送到医院，跑前跑后忙了这么久。"

林呢喃夸张地叹了口气："妈，你刚刚还说不能失去我呢，转脸就又骂我。"

崔缨兮扑哧一笑。

顾羽切下一块苹果，不由分说地塞到林呢喃嘴里："再敢这么吓人，臭的也吃不上了。"

林呢喃嘎嘣嘎嘣嚼得欢快。

吃完苹果还有葡萄，葡萄太甜了，用牛奶压一压。一个喂得尽职尽责，一个吃得心安理得，还要你来我往地斗斗嘴，根本看不出来两天前还在冷战。

崔缨兮私下对戴云韬说："妮妮比她爸爸幸运，如果她爸爸当初遇到的不是我，是不是就不会……"

戴云韬把爱人揽进怀里，无声地叹了口气。

林呢喃在医院住了三天，顾羽停掉所有工作，全程陪着。

两个人没再提杀青宴那天的事，就仿佛从来没发生过。但是，又有一些东西变得不一样了。

顾羽照旧宠着她，比从前更霸道、更亲密，颇有一种"人不要脸天下无敌"的架势。

林呢喃整个人纠结成了一根小麻花，一边努力劝说自己不要冲动之下把关系搞僵，一边又觉得自己瞻前顾后像朵白莲花。

就在她下定决心要把顾羽赶走的时候，突然接到了许淼的电话。

"朕的美人，你怎么样？"熟悉的咏叹调，熟悉的御姐范儿。

林呢喃差点哭出来："我还是你的美人吗？"

"朕还没亡国呢，你就想改嫁了？"许淼开着玩笑。

林呢喃捂着话筒，压抑地抽泣。

许淼也哭了，生平第一次哭着向林呢喃道歉："对不起，我不知道，我该早点给你打电话。"

头一个月，她接了电视台的任务，天天往深山老林扎，信号都没有。后来又跟着老师世界各地跑，私人手机丢在了酒店，经过复杂的流程才被工作人员寄回国内。

再后来，就没有勇气联系林呢喃了。

原因和林呢喃差不多，因为愧疚，因为尴尬，因为害怕。她太了解林呢喃了，这个眼里不容沙子的家伙，八成已经把她拉黑了。

"你也太小瞧我了。"林呢喃绝不承认，等不到许淼消息的那段日子，她确实悄悄把许淼拖进过黑名单。

许淼笑了一下，说："我已经请好假了，明天就回国看你。"

"不要，你不用请假。水水，你等着我，等我好了去找你。"两个人的"决裂"因她而起，所以理应由她主动奔赴。

"你放心，我会好好治病，等你回国的时候，会有一个健健康康的美人站在你面前。"

电话那头静默了一会儿，传来许淼轻快的声音："好，我下个月回国。妮妮，说话算话。"

林呢喃绽开笑脸，发自内心的。失而复得的友情，值得用最真诚的欣喜去对待。

身后传来一个凉凉的声音："电话那头的兄弟，啥时候有空，约个决斗。"

许淼的惊喜透过听筒传出来："顾神？你真把人拿下了？不容易啊，宝贝，四五年了吧？你惦记人家——"

"该吃药了，下次再聊，爱你哦，水水。"林呢喃不由分说地挂断电话，心怦怦直跳，不敢看顾羽。

顾羽一屁股坐到床上，似笑非笑："丫头，说说呗，'四五年'是怎么回事？"

"不怎么回事。"林呢喃往壳子里一缩，企图蒙混过关。

"嗯，没啥大事，也就是有那么一个人，你惦记了人家四五年，天天跟你小姐妹念叨罢了。"

林呢喃心一横："一个学长而已，又不是你，水水听错了。"

顾羽嘴角翘得老高："哦，原来这世上还有另一个'顾神'。"

林呢喃一噎。

顾羽俯身，轻轻地捏住她的下巴，声音像是浸了蜜："丫头，原来你从那么早就惦记上我了？"

林呢喃破罐子破摔："是，就是看着你帅，惦记你的肉体。靠近了才发现，好看的肉体千篇一律，没什么特别的。"

"这还没试呢，就知道了？"顾羽声音很轻，仿佛带着钩子，绕着丝丝暧昧。

林呢喃脸上发烧，嘴却很硬："你知道什么叫油腻吗？"

顾羽笑："你想知道？"

"你现在就是。"

"我还可以更彻底，想看吗？"

"你脸皮真厚。"

"但凡薄上一微米，你早跑了。"

林呢喃一顿。

顾羽手肘撑在床头，温热的呼吸洒在她侧脸上，惹得她心跳慌乱，仿佛被困住的小毛团，左突右冲，找不到出路。

"不——"

"哥。"

两个人同时开口。

"哥，给我点儿时间，好吗？"林呢喃说。

顾羽没吭声，紧紧抿着唇。他怕惊喜表现得太明显，把林呢喃那根敏感的小触角吓得缩回去。

林呢喃以为他不高兴了，认真地解释："我想先把病治好，不然我自己都不确定能不能有以后。我现在一点憧憬都没有，每天早晨睁开眼都觉得很艰难，从床上爬起来很艰难，从卧室走到客厅很艰难，喝口水都很艰难……我不希望我们的爱情是以这种状态开始的，哥……"

"叫哥哥，叫哥哥我就答应你。"顾羽不敢让她说下去了，眼前的这个人太可人疼了，他怕自己把持不住。

林呢喃轻轻地叫:"哥哥。"

难得有点乖,睫毛轻轻颤着,苍白的脸陷在浓黑的发丝间,招得人心口发烫。

顾羽情不自禁地靠近,吻在她单薄的唇上。

林呢喃瞳孔微颤,苍白的脸染上红晕,恼了:"你有没有听到我说话?"

"没听清,再说一遍。"

"我想先把病治好。"

"不是这句,后面,'我们的爱情'那句。"顾羽勾着唇,眼底晶亮。

林呢喃脸一红,把这个让无数人喊老公的家伙推开:"爱听见没听见,换你了,你刚刚想说什么?"

顾羽顺势靠在床头,慢悠悠地剥橘子:"忘了,给点好处兴许能想起来。"

林呢喃一把抢过橘瓣,丢在嘴里用力嚼。

顾羽的笑从眼角漫到唇畔。

他原本想说,不逗你了,还是继续做朋友吧,如果这样让你更自在的话,或者你可以把我当成哥,亲哥。

他没想到,会有这样的惊喜,他放在心上的人也暗恋着他。

他们的爱情在他们还没觉察到的时候,已经悄悄发生了,只有这个呆呆的小丫头,还一本正经地说着,治好病再开始。

那就从治病开始吧!

林呢喃给了许淼承诺,给了顾羽愿景,给了妈妈希望,她不打算再消沉被动下去了,她要再主动一些,再勇敢一些,驯服那条名叫"抑郁症"的大黑狗。

出院之后,她自己联系了一位催眠老师,试图找回丢掉的记忆。

这位催眠老师很厉害，据说可以帮助人找回遗忘的记忆，这并非玄学，只是一种特别的情绪体验。

当然，收费也很高。从前林呢喃还会心疼、会犹豫，现在不会了，她愿意拿所有钱换回健康。

催眠室很温馨，杏色的墙壁，杏色的桌椅，浅蓝色的地毯，颜色柔和又单一，让人不自觉地放松。

林呢喃躺在按摩椅上，头上有一个黑色的罩子。催眠老师坐在她身边，用轻缓的语调引导她调整呼吸。

房间里回荡着舒缓的音乐，和老师的声音触碰，缠绕，汇成一道道荡漾的波纹。

林呢喃的眼皮渐渐变得沉重，意识迷离。

老师继续用轻缓的声音引导她："你看到脚下有一个楼梯，楼梯很长，周围很安静，没有人打扰，对，先迈出你的左脚……"

老师用"深呼吸法"和"下楼梯法"引导林呢喃进入催眠状态——不是真的睡着，更像是对自己潜意识的整理。

林呢喃配合度很高，也很信任老师，所以很快就进入了状态。

老师和她提前沟通过，知道她的诉求，慢慢地引导着她去寻找丢失的记忆。

那片梦中的芦苇荡……

水里伸出的手……

温暖的湖水……

腕上的疤……

林呢喃是哭着被唤醒的，她不知道自己哭了，直到老师把纸巾递到她面前。

林呢喃木然地擦了擦脸，走出催眠室。顾羽去开车了，她站在出口等着，这么两分钟的工夫，就差点被车撞到。

一路上,林呢喃恍恍惚惚,就像丢了魂儿。

顾羽寸步不离地守着,带她回家,哄着她睡下。

林呢喃睡得并不安稳,眼皮一直颤着,像是在做梦,不像是美梦。

顾羽没走,洗了个澡躺在林呢喃的身边。

半夜,突然听到一声尖叫,顾羽猛地惊醒,看到林呢喃高高地扬着胳膊,仿佛想努力抓住什么。

她苍白的脸上爬满泪痕,嘴里模模糊糊地喊着:"爸爸,爸爸……"

【呢喃日志33】

2020年1月10日 星期五 晴 北风1~2级

终归是舍不得。

那就勇敢些吧!

用自己可以接受的状态面对爱情。

让自己有资格对未来负责。

不用做到最好,甚至不用比别人好,只要比现在的自己再好一些,就够了。

04

从去年元旦开始,林呢喃就断断续续想起来一些事,她不敢确定,也不敢深想,怕自己分不清梦境和现实。

那些记忆被她压制了太久,早已蠢蠢欲动,单等着一个契机破土而出。

这次的催眠刚好成了这个契机,她想起来了,爸爸为什么会死,她手腕上的伤是怎么来的。

在真相面前,她无所遁形。

这个没有星光和月亮的深夜,她埋在顾羽怀里,大哭了一场。

顾羽没有追问,等着她准备好了主动跟他说。只是,她什么都没说,那样的事,她难以启齿。

身体状态又回到了原点,前一天还雄心勃勃决定好好治疗,转眼又缩回了壳子里。

她很无奈,每次扬起头想要迎接阳光的时候,现实都会给她当头一棒。

差点失去的友情,问诊的不愉快经历,药物的副作用,《少年时》的一筹莫展,小仙女的死……这些对别人来说或许可以靠时间淡化的伤痛,却足以压垮她。

她没敢跟任何人说过,最近这半年,她从来不敢靠近窗口,不敢去看水面,不敢抚摸手腕上的疤,脑子里时不时就会蹦出一个声音,诱惑着她,跳下去就好了,湖水很温暖,你不想再试一次吗?

那种腥热的,很快就能解脱的体验。

大多数时候又很清醒,很想活着,健健康康地活着。尽管,活着比放弃难多了。

突如其来的刺激,让林呢喃病情全面爆发,诱惑的声音越来越频繁,清醒的时间越来越少。

顾羽觉察出不对劲,打算带她去医院。

林呢喃反应很大:"不去,我不去,我绝对不会再去。谁都别想再电我!"

她的声音很冰冷,眼神却是恐惧的。

"好,不去,别害怕,没人要电你。"

顾羽伸出手,想要抱抱她,林呢喃却吓得抱住头,尖叫起来。

顾羽心疼得眼圈泛红。

不能再这样下去了,既然林呢喃不想去医院,他就替她去,她不想面对医生、陈述病情,他可以替她面对、帮她承担一切。

于是,顾羽找了个脱身的借口:"丫头,我下午要工作,请崔阿姨过来……"

"不要!我不要见她!不许让她过来,我怕我控制不住,不要让她过来好不好?"

林呢喃小声求着,像只受惊的小兽一般窝在顾羽怀里,脸埋在他胸膛,眼睛紧紧闭着,耳朵用手堵住,单薄的身体轻颤着,恐惧又固执地坚守着这片唯一的避风港。

顾羽眼眶赤红,额头青筋毕现。他心疼、担忧,却又无能为力。如果剖出他的心、抽出他的骨可以让林呢喃摆脱痛苦,他一定毫不犹豫。

"我可以答应你,今天好好休息,哪儿都不去……"

"也不能让别人过来!"林呢喃失声道。

"好,也不让任何人过来。"顾羽顺着她有些毛躁的头发,"你也得答应我,如果明天还是不行,就必须去医院。"

"我答应。我睡一觉就好了。"林呢喃答应得很快。

只是,病人的保证并不可信。

顾羽守了她一整夜,直到天亮才打了个盹儿,猛地醒过来发现怀里是空的。他下意识地冲到厨房,发现林呢喃拿着水果刀,看着手腕上的疤发呆。

那一刻,顾羽浑身的血液都僵住了。

他不知道自己是怎么走过去,夺过她的刀,锁死厨房的门,把羽绒服套到林呢喃身上,扛着她往外走的。

林呢喃踢他打他,他仿佛没有感觉。

林呢喃哭着叫他哥哥,求他不要去医院,他脚下没停,却有大颗的泪珠沿着紧绷的侧脸滑下来,重重地砸到老旧的楼梯上。

这是顾羽成年后第一次在戏外掉眼泪。他别开脸,没让林呢喃

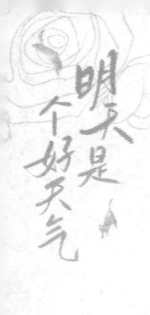

看到。

林呢喃浑身上下都在抗拒，看着顾羽的眼神像是在看仇人。

顾羽不可能不难受，可还是要狠着心，往她在意的地方戳："你想小仙女吗？你还记得答应过她的事吗？"

林呢喃狠狠一震。

是了，她答应过小仙女的，要帮小仙女照顾"粉嘟嘟"，一直照顾五十年。她还要努力，去活，五十年。

好难啊！可不可以反悔？挨过一天都这么艰难，更何况是五十年？

这一刻，她居然很羡慕小仙女。

林呢喃捂着脸，汹涌的泪浸湿了指缝。

顾羽不敢看她，不敢看到她哭泣的模样，也不想让她看到自己眼里的湿意，皮质方向盘，被他握出深深的凹痕。

他空出一只手，拉过林呢喃的手，有力的指节扣住她被泪水浸湿的指缝。

林呢喃无声地哭着，从抗拒到顺从，到反客为主，和他十指相扣，密不可分。

生病的人往往是这样，一旦有人推着她迈出第一步，后面的路她也会乖乖去走。

进了医院的林呢喃，很安静很配合，顾羽办理住院她也没反对。

和上次一样幸运，他们排上了 VIP 病房。

一张单人病床，一个可以陪床的宽大沙发，还配有微波炉、热水器，以及没多少人的电梯。这让林呢喃抗拒的情绪缓解了许多。

只是，即使住下来似乎也没什么帮助，没有外伤，五脏六腑也不疼，护士连葡萄糖都不会给她输上一瓶。还是照样吃那些对林呢喃来说副作用很大的药，按照医生说的，先观察两天。

顾羽想要求个安心，林呢喃就配合他。

她还主动解释:"我不是催眠忘记的,是电击,不止一次。我讨厌电击。"

顾羽握着她的手腕,紧紧的。

他手腕上有一串小叶檀,戴了好些年,绳子磨损得厉害。沿着指尖褪下来,套到林呢喃手上,需要多绕一圈,古朴的珠子刚好挡住泛白的疤痕。

"原本想换根绳再给你……就这么戴着吧,看到它,想起我,就不要做傻事了。"

林呢喃怔怔地看着,说:"我听小伟说,这是阿姨留给你的。"

"嗯,我爸送我妈的求婚礼物,那时候穷,买不起大钻戒,我妈居然也同意了。放心,我比我爸有出息,求婚的时候不会这么寒酸。"顾羽笑着说。

林呢喃也弯了弯唇,又很快收拢笑意,轻轻碰触着圆润的珠子,褪了下来:"既然是阿姨留给你的,我不能……"

"不是留给我的,是留给儿媳妇的。"顾羽给她戴回去。

"我还不是。"话一出口,林呢喃恨不得吞回去。

顾羽笑意加深:"先戴着,等你确定不要我的时候再还我。"

"剧本里不都是说,不想要就扔了吗?怎么到了你这还兴还回去的?"林呢喃打起精神,和他开着玩笑。

"哥要转型了,拿的不是霸总剧本了。"

林呢喃终于真心实意地笑起来。

檀木珠串到底没有还回去,代替手表遮住了她手腕上的疤。

"这是我自己弄的,十六岁那年,因为……我爸爸。"一旦开了头,也就不再那么难以启齿。

"我爸爸不是疲劳过度驾驶失误,他是故意的,故意冲进了芦苇荡,故意结束了生命。"她的语气平静得出奇,就像在说一件十分久远的事。

"十六岁的时候,我不能理解,甚至怪他,怪他抛下了我,怪他想不开。"一行泪从她眼角滑下来,还是不够平静。

顾羽抬手,帮她擦掉,却惹出来更多。

"你知道吗?我去过那个湖边,尝试过像他一样跳下去。我想看看他的灵魂是不是留在湖里,会不会出来见我,我想问问他,那天他踩下油门的时候,有没有一瞬间想起过我……"

"好了,不说了,今天不说了。"顾羽揽住她的背,抚着她乌黑的发,亲亲她的额头,亲亲她的眼角,试图温暖她。

林呢喃没舍得推开,她怕仅有的这个人,这个还没有正式属于她的人,也会离她而去。

"你知道我爸爸为什么要那样做吗?"这样问的时候,林呢喃并不确定自己会告诉顾羽答案。

"你想说吗?"顾羽看出她的犹豫,反问道。

林呢喃缓缓摇头。也许,她永远不会说。

顾羽送林呢喃进医院的时候,被狗仔拍到了,狗仔和公司谈价钱,没谈拢,便公布到了网上。

顾羽解约已成定局,又因为《少年时》的送审版本和老总闹了不愉快,公司已经不想在他身上下本钱了,任由绯闻发酵。

最后,是经纪人徐一航看不下去,联合《少年时》剧组发了一条声明——

林呢喃导演彻夜工作,身体透支,顾羽先生只是本着朋友之义以及制片人的责任把她送进医院……

顾羽没承认,也没反驳。

跟网上的舆论相比,他更在意病房里的两位"访客",此时林呢喃的表情不太自然,明显在压抑着什么。

顾羽已经从她先前的只言片语里猜到了林间路自杀的原因,看到崔缨兮和戴云韬一起出现,心里也是戒备的。

他起身，想把戴云韬叫出去，却被崔缨兮拦住。

崔缨兮是唯一一个没有觉察到林呢喃不对的人，自顾自唠唠叨叨。

"你说你，这才几天，又把自己折腾进来了。如果不是妈妈自己看到热搜，你是不是还不打算告诉我？"

"妈妈说什么来着，你一个人根本照顾不好自己，还不如回家让妈妈照顾你——韬哥，你别走呀，帮妮妮收拾起来，接她回家。"

"不用，医生说要住院观察几天。"林呢喃的视线始终没往戴云韬身上看，"我也不是一个人，这不还有羽哥呢。"

崔缨兮一笑："他也是个孩子呢，哪里懂得照顾人？我都问医生了，你就是累的，回家妈妈给你做些好吃的，好好补一补。"

"我说了我不走！"林呢喃突然拔高声音，"你能不能让我自己做回主？"

崔缨兮一愣，也恼了："我说什么了，你怎么说翻脸就翻脸？我什么时候不让你做主了？从小到大，什么时候不是你想怎么样就怎么样，有一次听过我的吗？哦，你生病了，我想好好照顾你，也有错了？"

"我不需要。"林呢喃深深地无力，好想尖叫，想发脾气，想大哭一场。

然而，她还是努力压制着，用商量的语气说："妈，咱们就听医生的，安安生生地在医院住三天，好吗？"

"那你答应妈妈，出院之后就跟妈妈回家，把你的那个破破烂烂的出租屋退了。"

林呢喃徘徊在崩溃边缘。

顾羽连忙打圆场："阿姨，我觉得这事咱们可以之后再说。"

崔缨兮白了他一眼："小顾，你是个优秀的孩子，阿姨知道你的心思，但是妮妮还小，又有这个病……"

"缨兮，别说了。"戴云韬连忙打断她。

然而已经晚了。

林呢喃冷笑着，毫不留情地说："这是我们俩的事，跟你有什么关系？你有什么资格对他说这种话？是，我是有病，连你都觉得我不配跟人家谈恋爱是吧？"

"呢喃。"顾羽冲她摇摇头。

戴云韬也把崔缨兮往外拉。

然而，母女两个都不领情。

崔缨兮委屈极了，根本无法理解为什么林呢喃把她当仇人："你说我没有资格，你又有什么资格？你是我妈吗？动不动就把我当个孩子训，我欠你的吗？"

"你就是欠我的！我爸爸就是被你们气死的！如果不是发现你出轨，我爸爸也不会自杀！"林呢喃冲动地喊出这句话。

崔缨兮眼中划过一丝惊愕。

【呢喃日志34】
2020年1月13日 星期一 晴 北风3～4级

深埋在心底的伤，就像一块腐肉，一旦挖出来必定鲜血淋漓，不挖，就永远不会彻底痊愈。

秘密压在心里太久，如果总是忘不掉，不如说出来，说出来，面对它，也就不是难以启齿的秘密了。

总有那么一个时刻，我们会控制不住，大声喊出压抑许久的愤怒，甚至恨意。

/第八章
还没告诉你,我爱你

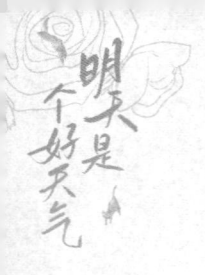

01

这是一切问题的根源。

至少,林呢喃是这样认为的。

她在爸爸的葬礼上,亲眼看到戴叔叔忙前忙后,把本应该妈妈做的事一力承担了起来。

她窝在小隔间,没人注意她,说起话来也就没人避讳了。

她亲耳听到妈妈的朋友们感叹,妈妈和戴叔叔多般配,也算是守得云开见月明了,其中至少有一半也是爸爸的朋友。

这时候,林呢喃心里已经埋下了怀疑的种子。

直到一周后,她从派出所拿到了林间路的手机,看到了他和崔缨兮的聊天记录。

那天是她十六岁的生日,林间路刚好杀青,从片场往家赶。崔缨兮给他发微信,说带着林呢喃在海市过生日,让他不用着急。林间路反而着急了,接连发了好几条语音质问。

"你是不是和戴云韬在一起?"

"崔缨兮,咱们还没离婚!"

"你想走我不拦着,你不能带走妮妮。"

……

除了聊天记录,还有备忘录。

林间路习惯用备忘录写日记,里面记录着看电影的感悟、和林呢喃相处的点滴,以及更多的是对婚姻和生活的绝望。

最后一篇日记,刚好写在他出事之前,像是一些诀别的话。

就是这些,让林呢喃以为,林间路的死是因为崔缨兮。

可是，她没有勇气质问崔缨兮，也许是不确定，也许是不想伤害妈妈，也许是担心一旦捅破这层窗户纸，她连唯一的亲人都会失去。

可她又痛恨这样的自己，怪自己懦弱，痛恨自己自私，责备自己不敢为爸爸讨回公道。

自责与怨恨交织的煎熬，让她整夜整夜地失眠、厌食，直到有一天，身体仿佛被恶魔控制，做出了伤害自己的事。

不止一次。

崔缨兮接受了医生的建议，对林呢喃用电击治疗，每周一次。

电击疗法确实会短暂地影响记忆，正常情况下，十来天就能恢复，林呢喃却彻底忘了。她不仅忘了那三个月发生的事，还忘了在医院的记忆。

医生说，是她求生的本能迫使她在逃避，她不想记起来。

然而，终究是隐患。就像一座活火山，多年之后的现在，爆发起来更可怕。

林呢喃喊出那句话，并没有多好受，反而各种情绪涌出来，狠狠地戳着她的心脏。

崔缨兮也在发抖，她死死盯着林呢喃，颤着声音说："我去死，我替他偿命，可以吗？"说完，她就哭着跑了出去。

"妮妮，很多事不是你想的那样。"戴云韬深深地看了林呢喃一眼，没有多解释，转身去追崔缨兮。

顾羽留在病房，抱着林呢喃颤抖的身体，任由她把眼泪蹭在自己肩头。

林呢喃听医生的话，老老实实地住了三天院。

也许是新换的药物起了效，也许是压在心底的怨气终于发泄了出来，她的情绪平稳了许多。

在此期间，崔缨兮没再出现。

顾羽会主动给崔缨兮发微信,汇报林呢喃的情况。除了礼貌地道谢,崔缨兮没有说过多余的话。

戴云韬每天都来,送来一日三餐和营养品,只是没进过病房。

林呢喃不知道怎么面对他们,本能地选择了最安全的方式——逃避。

直到出院这天,戴云韬执意跟到了家属院。

林呢喃垂着脑袋窝在软垫上,浑身上下写满了"拒绝沟通"。

戴云韬坐在沙发上,依旧是那副斯文的模样。

顾羽避到了卧室,开着门,一旦林呢喃情绪不对,他会第一时间冲出去。

"妮妮,你妈妈一直很自责,不想跟你说当年的事。我想,你已经是大人了,有自己的评判标准,理应让你知道。"

戴云韬把一份文件放在茶几上,往前推了推,刚好推到林呢喃的视线之内。

"在你爸爸签署这份协议之前,我和你妈妈没有做过任何出格的事。"

那是一份分居协议。

薄薄的一张纸,写明了财产分割和正式办理离婚的时间,在林呢喃年满十六岁之后。

还有一个补充条款:协议生效之后,崔缨兮女士随时可以提出正式离婚申请,林间路先生无条件同意。

"你看这里。"戴云韬点了点落款。

林呢喃瞳孔一震,发起人是……爸爸?!

"签完协议之后的那段时间,你妈妈心情很不好,身体也不好,刚好在医院遇到我,我们才重新在一起。"

他们,原本就是彼此的初恋。

"你爸爸想离婚,你妈妈不同意,才有了这份协议。"

那一年，林呢喃只有六岁。

林呢喃难以置信："我爸爸为什么要离婚？"

戴云韬犹豫了一下，拿出第二份文件，表情不大自然："我从你妈妈那里偷的……"

林呢喃更加惊愕，迫不及待地打开，一眼就看到熟悉的字迹，是爸爸最爱用的魏碑体。

这是爸爸的……遗书。

林呢喃看得很慢，舍不得看完。

原来，爸爸也有抑郁症，很早就有了。他之所以要跟妈妈离婚，是不想再拖累她。他把所有的东西都留给了妈妈。他一直都很爱妈妈，即使妈妈后来爱上了别人。

遗书的前半部分是写给崔缨兮的，除了表达歉意，还拜托她，如果发现女儿林呢喃情绪不对，就把这封遗书交给女儿。

林间路是个敏锐的人，很早就在林呢喃身上发现了和自己相似的抑郁气质，所以他一直很担心。

崔缨兮没将遗书给林呢喃。

"你妈妈就是怕你多想。"

这封遗书写在林间路出事的两个月前，拍摄《乾旦坤生》期间，角色的情绪和工作的压力让他状态很不好。

"但他不是自杀。"戴云韬说。

"没有任何一位疼爱孩子的父亲，会在女儿生日这天自杀，哪怕他和全世界吵了架。"

林呢喃惊愕地抬起头来。

也就是说，爸爸的死只是一场意外，和那几条微信无关，和妈妈无关，和她也无关？

戴云韬直视着林呢喃的眼睛，目光笃定。

林呢喃不由得信了，她再次把信读了一遍，尤其是结尾写给她

的那几句话:

> 每年你过生日,爸爸都会蹭你的蜡烛许一个愿,希望我能活到一百岁,看到我女儿七十岁的模样。
> 如果实现不了,也不会懊恼。
> 妮妮,爸爸追求过梦想,拥有过爱情,享受过成功,无愧于自己的初心,还得上天恩赐有了一个比精灵还要可爱一万倍的女儿。
> 爸爸这一生过得值了,即使下一秒钟就死去也不会觉得遗憾。
> 唯一放不下的,就是你。
> 妮妮,如果你的生命中还没有足够多的快乐的日子,请不要轻易放弃,人生的苦吃在前面,后面就都是甜了。

【呢喃日志35】
2020年1月15日 星期三 多云 西南风1～2级

如果能和妈妈亲近一些,对她信任一些,不把那些恶劣的念头憋在心里,和她开诚布公地谈一谈,是不是就不会经历这四年的折磨?

这个世界不是非黑即白,真实的故事往往掰扯不清孰是孰非。

真正会被我们伤害到的人,恰恰是在乎我们的人。

02

这天,戴云韬自相识以来,第一次对林呢喃说了严厉的话。

他说:"婚姻自由,我和你妈妈如果想要结婚,不需要征求任何人的同意,哪怕是她的女儿。"

他还说:"你妈妈多期待能有一场盛大的婚礼,你是知道的。但她一直不愿意和我领证,不是因为怕你,而是因为爱你。"

戴云韬走后,林呢喃久久地坐在沙发上,愣愣地出神。

不是不怨妈妈。

——问都不问一句就把真相隐藏起来,让自己日日活在自责中,直接诱发了抑郁症,险些丢了命,而她却也隐隐明白妈妈的苦衷。

爸爸的抑郁症一直是妈妈心里的一根刺,妈妈不想让自己知道,宁愿背下黑锅。

崔缨兮自认为作为妻子,作为母亲,所付出的并不比林间路少,甚至更多。当初为了照顾林间路的心情,她坚持不离婚;后来又为了林呢喃,她辞去歌舞团的工作,跟着来了北京。然而,却没人领情。所以,崔缨兮也很委屈。

可是,崔缨兮似乎从来没想过,这样的"为了你好",林呢喃并不需要,她宁可自己的妈妈能像爸爸那样,把她当成朋友,平等交流,听听她的想法,理解她的诉求。

给予与需要的偏差,造就了一对各自委屈的母女。

"哥哥,你要有时间的话,再陪我去一次厦门吧。我想把病治好,彻底治好。"林呢喃说。

"有时间,一直有。"顾羽毫不犹豫。

林间路的死是林呢喃心里最大的结,如今知道了真相,这个结已经开始松动了。

再见黎老师,林呢喃彻底打开了自己,谈避不开的原生家庭,谈单纯中夹杂着酸涩的童年,谈对父亲的自责,谈对爱情的顾虑……

黎老师更多时候扮演的是倾听者的角色，不会说教，也没有摆出条条框框的建议，只专注地听着，林呢喃便觉得自己是被尊重的，愿意继续说下去。

愿意诉说，敢于把自己剖开给别人看，往往是自愈的第一步。

这次问诊，黎老师只给了一条建议。

"李玫瑾教授在节目上说，人的心情和身体一样，需要不同的'营养'。就像我们每天要吃不同的食物身体才能健康，心情也是这样。

"不能一天到晚窝在床上，也不能连续看十几个小时电影，其余都不做。你要让自己习惯每天至少做三件事，最好在不同的地点。比如，看看电影、散散步、和朋友约个下午茶……"

顾羽将这些奉为金科玉律。凡是有可能让林呢喃好起来的尝试，他都愿意执行。

午后书店"心晴专区"的书已经被他搬空了，林呢喃休息的时候，他就打着小夜灯画重点，并且拍照截图存进备忘录，有空的时候就温习。

手机内存被挤爆，他干脆买了一整年的扩容包。

用午后的话说，他已经是半个专家了。

《少年时》被送去过审，顾羽和公司正式走起解约流程，没有其他通告，有大把时间赖在家属院陪伴加监督林呢喃。

起初林呢喃表现很好，严格按照黎老师说的，每天看看电影、散散步、喝喝下午茶。

还和顾羽约定好，如果哪天自己偷懒了，顾羽就要担任"锦衣卫"，强制她执行。

比如现在。

"今天想做什么？"

顾羽前脚把人从床上拽起来，后脚就开始安排一整天的计划。

他和木清扬的区别就在这里。

木清扬对林呢喃总是呵护备至，时时刻刻照顾着她的心情，说话措辞都是小心翼翼。

顾羽则不然，私底下心疼得不行，当着林呢喃的面却从来不把她当病人，该宠宠，该强势也会强势。

这和亲疏远近无关，只是相处模式不同。

也只有顾羽这样的，才能管住林呢喃，和顾羽相处的状态，也是林呢喃最真实、最放松的状态。

尽管，林呢喃有时候气得想咬他。

"就在家睡觉，什么都不干。你又不是不知道，我天快亮了才睡着。"林呢喃趴在沙发上，软软地耍赖。

顾羽不为所动："不行，黎老师说了，每天至少做三件事。"

"那就睡觉、看电影、看帅哥。"林呢喃讨好地朝他抛了个媚眼。

顾羽并没有被贿赂到，毫不留情地强调："不同地点的三件事。"

"床、沙发、地毯，不同地点。"林呢喃狡辩。

"成，既然有人言而无信，那我就要不客气地行使'锦衣卫'的权利了。"

顾羽扭了扭脖子，转了转手腕，把人往胳膊下一夹，明晃晃一个大美人，就这么被他像个洋娃娃似的夹出了门。

满楼道都是林呢喃刻意压低的求饶声："我错了，哥，哥哥，放我下来，咱别丢人成不成？"

"晚了。"顾羽向来不会心软。

直到下了楼，一路走到停车场，赶在林呢喃彻底耍毛的前一秒，顾羽精准地把人塞进副驾驶。

林呢喃恼他，气哼哼地爬到后座，顾羽又把人给拎回来，扣上安全带。

林呢喃到底没忍住，一口给他咬了个"腕表"。

"嗯，牙口不错。"顾羽美滋滋地拍下来，发了个朋友圈。

小伙伴们挨个点赞。

就连许淼都来凑热闹，在底下评论：女大不中留。

——许淼的微信是顾羽主动加的，美其名曰，打入林呢喃的闺蜜圈。

林呢喃默默"自闭"。

对于"万年宅"来说，最欣喜的时刻莫过于对方主动取消约会计划，最艰难的往往是出门的那一瞬间。

可一旦跨出房门，看到房子外面的蓝天绿树，感受到阳光和微风，也会很开心。

他们会比天天走在大街上的人更善于发现日常生活中的美，比如锈迹斑斑的铁栅上挂的一把青铜锁，比如石阶阴影处悄悄生长的一簇青苔，再比如流浪猫毛茸茸的头顶长的三个圈……

这些小小的发现，足以温暖他们的心。

"去看话剧吧！"林呢喃被流浪猫的三个圈治愈，开始主动提要求。

顾羽勾唇，确实差不多了，红旗车已经绕着老街走了三趟了。

工作日上午，剧院没有合适的场次，倒是学校，本科生已经放假了，研究生晚两周，汇报演出一场接一场。

两人进了礼堂，刚好赶上一出舞台剧。是个无厘头的穿越故事，林呢喃看了一大半，都没看懂这出剧想表达什么主题，演员的表演也有些稚嫩，唯一的优点就是好笑。

旁边的同学说，这是他们第二次表演，观众席几乎满座。

林呢喃试着跳出创作者思维，仅从普通观众的角度去欣赏……还是欣赏不来。

但是，这不妨碍她看到好玩的地方，和大家一起哈哈大笑。旁边，顾羽也是笑着的。

林呢喃突然有种顿悟的感觉。

戏剧创作为什么非得是"说教"的呢？像这样不讲究工整的艺术手法，不追求深刻的内涵，就是单纯地让观众大笑一场，不行吗？

谁规定了所有人都要活得"有意义"？凭什么不可以稀里糊涂地过日子？为什么不可以毫无理由地大笑一场？

无论生活还是做艺术，随性而为，没什么不好。

"我想去逛超市。"林呢喃随性地决定。

"好。"顾羽没什么不能陪的。

上午逛超市的年轻人不多，两人特意选了个郊区的小超市。顾羽戴着帽子和口罩，没有引起围观。

腊月底，超市里年味十足。两个人置身于花花绿绿的货架之间，两脸蒙。

"买什么？"

"你说呢？"

一个走红后就没进过超市，一个不是叫外卖就是吃食堂，怎么看都格格不入。

"是不是要挑肉？你们年轻人不是讲究那个高钙低脂吗？这块里脊最合适了。"

旁边一个热心的阿姨笑呵呵地搭讪，完了还要跟他们说，里脊肉怎么做才好吃。

到了蔬菜区情况也差不多，两个阿姨就"小油菜和小菠菜哪个更补铁""南瓜用砂锅炖还是高压锅炖更软糯"给他们上了足足半个小时的课。

林呢喃莫名觉得很感动，居然有人愿意浪费自己的时间去教导两个毫不相干的人。

她以为自己永远不会过这种琐碎的、毫无效率的生活，没想到，真正沉下心思去体验，竟在这分烟火气中享受到了生活的真实和温暖。

工作和奖项不能抚平心底的浮躁和焦虑，超市里热心的阿姨可以。

结账的时候，他们碰到了一个熟人——辅导员安静老师。

安静是林呢喃大学里最喜欢的老师。

"安老师今年快四十了，单看外表是不是只有二十多？她一直没结婚，也没小孩，每天就写写诗，带带学生，活得从容而优雅。

"你不觉得这种做法很聪明吗？把结婚和生子两项'任务'从人生规划中剔除，可以省出大把的时间充实自己，日子顿时就轻松多了。"

林呢喃最后总结："我也要成为这样的人。"

顾羽清了清嗓子，一脸严肃："我不反对你写诗带学生，也不反对你从容又优雅，但是，不能不结婚。"

林呢喃歪着头笑："你管我？"

顾羽也笑："我也允许你管我，多公平。"

林呢喃没理他，拎上购物袋，大步往前走，嘴角止不住地往上扬。

顾羽追上去，把购物袋抢到手里，林呢喃再要抢回去的时候，被他牵住了手。力道不大不小，刚好是她怎么甩也甩不开的那种。两人就这么一路牵到了停车场。

结果他们又碰见了安静老师，她身边还跟着一个意想不到的人。

"安心？"

林呢喃看看对方，又看看正在往后备厢放购物袋的安静："你们……这是约好的，一起逛超市？"

安静和安心对视一眼，双双笑了。

安心推了推眼镜，笑着说："反正快毕业了，不用瞒了——正式介绍一下，这是我姐，一个妈生的。车里那个是我小弟，上次过生日你还送了他一套乐高。不好意思，今天才让你见到真人。"

林呢喃蒙了。

安心是她的舍友。一次偶然的机会，她知道了安心的身世——父母双亡，有一个比她大十岁的姐姐，还有个患有孤独症的弟弟，为了赚学费，她每天写小说到深夜。

她姐姐更惨，为了养弟弟妹妹硕士肄业，谈了七年的男朋友也分手了，还放弃梦想考了事业编，除了正式工作还要做两份兼职……

所以，林呢喃想象中那个"更惨"的姐姐，是她喜欢又崇拜、从容而优雅的安静老师？

【呢喃日志36】
2020年1月20日 星期一 晴 北风1～2级

从前我只活在自己的世界里，觉得自己就是这个世界上最委屈、最艰难的人。

后来睁开眼，看到了别人的委屈和艰难，又觉得，谁的生活不是一地鸡毛、满头狗血？

原以为就要这样在委屈与艰难中挣扎求生了，猛地发现，即便上苍把牢笼扣到了每一个人头上，还是有人冲破枷锁，活出了不一样的味道。

面对委屈与艰难，不灰心、不抱怨，或许只有圣人才能做到。

委屈、抱怨之后立即行动起来，怀着改变现状的劲头过好眼下每一天，即便成不了圣人，也会成为生活的强者。

这样的强者，纵使面对一地鸡毛，也能活得从容优雅。

03

安静的人生经历很传奇,却又不带任何玄幻色彩,她得到的一切,都是通过双手和头脑一点一点地挣回来的。

经历变故之后,她也抱怨过、绝望过,也曾在漫长的暗夜蒙着被子号啕大哭过。只是,第二天洗了把脸,就迎着太阳重新出发了。

扛着所有亲戚的反对,她毅然决然地卖掉了父母留下的房子,支付完弟弟在特殊教育学校的昂贵费用,又把妹妹送去寄宿中学,同时申请了贫困助学金。

而她自己,白天在培训机构上班,晚上做家教、写小说、指导别人写论文……凡是能用知识和专业技能赚钱的工作,她都做过。

直到妹妹高中毕业,也开始写网文赚钱,她才重新拿起书本,短短两个月就成功"上岸",考上了大学辅导员。

当时,在几位面试者中,她是年龄最大、学历最低的一个,原本机会渺茫,是她说的一段话打动了面试官。

"叛逆、肄业、家庭变故,这些我都经历过。我想,我或许比那些一路顺风顺水的高才生更适合做一个'辅导员'。

"在将来的工作中,我们会遇到各种各样的学生,一个和他们有着相似经历的老师可以更理解他们,更心疼他们,更愿意掏心掏肺地帮助他们。

"我或许不能向他们展示怎样才能成功,但我可以用自己的亲身经历告诉他们,如何少走弯路。

"我不会放弃任何一个学生,就像当初,我没有放弃我自己。"

就这样,她应聘上了这个岗位,同时也熬过了人生中最艰难的阶段。

在校工作期间,她攒够了足够五年的房租和生活开销,推掉了所有兼职,读完了在职硕士,今年正努力发表SSCI,准备申请教育博士。

她是个女强人吗?从性格上来说,不是。

她的为人就像她的名字一样，安安静静、温声细语，就连走路都是不慌不忙的。

从经历来看，似乎又是。

她把别人刷剧、玩游戏、看小说、谈恋爱、睡懒觉的时间用来做兼职。

当别人抱怨生活的不公，哀叹付出得不到回报，焦虑论文难搞、工作不顺的时候，她在埋头行动。

开学第一次班会，她就对学生说过："人之所以会焦虑，大抵是因为想得太多，做得太少。这种人往往会产生一个错觉，以为想完了就是做到了，当付出和回报不成正比的时候，就会更加焦虑，如此恶性循环……倘若把焦虑的时间拿来行动，就会发现，这世上就没有什么事是你做不到的。"

这段话被林呢喃记在备忘录里，成了她大学四年的座右铭。

正是因为经历过这些，安静老师才成了学生眼中会写诗，会教课，从容又优雅的人。

"我会像她一样。"林呢喃说。

"你会比她做得更好。"顾羽微笑道。

"我会的。"林呢喃重复。

她能感觉到，湖面上的迷雾正在消散，只要再从容一些，多爱自己一些，总有一天会走出这片沼泽，重新拥抱阳光和青草。

下午要去医院复查。

林呢喃有些紧张，如果身体指标还是不行，就得住院治疗，这是她先前答应顾羽的。

医生看过检查单，欣慰地说："这周恢复得不错，如果能继续保持的话，用不了多久就能停药了。"

顾羽比林呢喃还高兴，当着医生的面就把林呢喃抱住，亲了一大口。

外面等着叫号的患者都蒙了：确定这是精神科，不是妇产科之

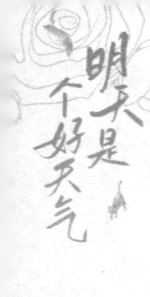

类的吧？

回家路上，顾羽接了个电话。

他的脸色有一瞬间的凝重，又很快恢复正常。如果不是林呢喃一直专注地看着他，一定发现不了。

"公司打来的？"林呢喃问。

"嗯。"顾羽含混地应了一声。

林呢喃没再追问，转而跟他商量起"团建"的事。

《少年时》虽然拍完了，工作群却没解散，小伙伴们打算趁着过年敲顾羽一笔，公款旅游，提名最高的就是丽江、三亚、马尔代夫。

"今年情况特殊，南边肯定是去不了了，挑个近点的。"顾羽面色如常地说。

"那就去保定吃驴肉火烧，够近吧？"林呢喃配合地开着玩笑。

"顺便去狼牙山滑个雪？"

"这个可以有。"

林呢喃把消息发到群里，小伙伴们嗷嗷直叫。

——帝王蟹级别的火烧吗？

——阿尔卑斯级别的滑雪场吗？

——有温泉桑拿大保健吗？

……

林呢喃脸上始终挂着笑。顾羽也发挥出影帝级演技，完美地藏起了满心的担忧。

晚上，两人破天荒没点外卖。

顾羽下厨，一边百度一边手忙脚乱地做了里脊肉和南瓜汤。别说，味道还不错。

林呢喃还邀请了木清扬，三个人的晚餐，过程还算和谐——如果忽略两个男人争宠式投喂的话。

下了饭桌，就要谈正事了。

林呢喃手臂一抱，二郎腿一跷，下巴朝顾羽扬了扬："现在可以说了。"

顾羽叹了口气，她把木清扬叫来的那一刻，他就猜到她知道了。

木清扬也猜到了，想到林呢喃，到嘴边的话又吞了回去。

反倒是林呢喃，干脆地问："是不是没过审？"

顾羽沉默了片刻，方才点了点头。

木清扬心头一紧，下意识地扶住林呢喃。

林呢喃却很平静："意料之中，并不奇怪。"

顾羽和木清扬的表情堪称惊奇，两人一个憋了一路，反复组织着措辞，一个小心翼翼，想问又不敢，无非是担心刺激到她，到头来，她反倒成了最镇定的那个。

林呢喃自己也没想到。

就在一周前，《少年时》还是她唯一的动力、全部的希望、最大的精神支柱。有那么一瞬间，她甚至想过，倘若《少年时》没办法做出来，她会不会彻底崩溃。

直到此刻，坏消息来了，预想中"天塌下来"的感觉并没有出现。相反，她很理智，第一反应不是难过，而是理性地分析原因。

这一次，她没有被无法自控的情绪左右，那种心脏漏跳一拍，失去五感，宛如灵魂出窍的撕裂感也没找上她。

林呢喃终于真真切切地感受到，她的病在好转。

顾羽松了口气，安慰道："其实问题不大，加几个生活化的镜头，突出一下正向价值观，未必没有机会。"

接下来，话题就围绕着《少年时》展开了。

聊着聊着，他们决定趁着过年的机会去趟木清扬的老家，补拍几个镜头，顺便团建，小伙伴们全票通过。

两辆大巴车，十几个工作人员，就这么任性地出发了。

温荣给顾羽透了底，就算"背影版"过不了，还有"普通版"兜底。毕竟，主创们的付出和用心所有人都看在眼里，平台不会让这么好的一个作品夭折。

所以，名义上是补拍镜头，实际就是借机放松。

一路的风景就像《少年时》的拍摄历程，从拥挤的闹市，到破旧的拆迁区，再颠颠簸簸地拐过一个个弯道，突然豁然开朗，沃野千里。

还看到了黄河。

河水果然是黄色的，河面很宽，远远看着十分平静，静静地展现着母亲河的温柔气韵。

小伙伴们宛如郊游的小朋友，一个个好奇地趴在车窗上，大声唱着："风在吼，马在叫，黄河在咆哮！黄河在咆哮！"

调都跑到河南去了，丢脸，却快乐。

木清扬提前给家里打了电话，全村的老少爷们都跑到村口迎接，那阵仗，把一群"没见过世面"的城市娃吓了一跳。

村支书刚好是木清扬的三爷爷，一见顾羽，紧紧地握住他的手："恁放心，俺们清儿早专门开会嘞，不是要用老房子昂，凡是木住人滴，都给恁腾出来嘞！"

顾羽也用方言回："那就谢谢嘞，给叔叔大大们添麻烦啦！"

村支书一听，更热情了。

小伙伴们七手八脚地把礼物搬下车，大多是送给村里的老人和小孩的。

村里人投桃报李，张罗着给他们准备席面，足足摆了十几桌，标准跟娶媳妇生娃一个样儿。

当地的席面讲究八凉八热八大件——八道凉菜、八道热菜，鸡鱼肘肉四样，外加四个扣碗，一张大圆桌盛不下。

小伙伴们傻了眼："头一回见这么实诚的。"

最后，个个吃得肚皮圆鼓鼓——不吃不行啊，旁边有专门陪席的，一个劲儿往你碗里夹！

林呢喃受到的关注最多，没别的，就因为好看。离席的时候，她差点没站起来。

顾羽憋着笑，把她拉到身边护着。

老族长喝了二两小酒，粗大的手啪啪地拍在木清扬背上："扬子出息了，给俺们老木家长脸嘞！"

木清扬的爸爸含蓄地笑着，脸上透着红光，不知道是因为酒气还是喜气。

木清扬的妈妈背过身，悄悄抹眼泪。

听说他们晚上要去住酒店，老族长顿时拉下脸："村里这么多空屋，还盛不下几个客人昂？早给你们准备好嘞，被窝铺盖都是你妈新买滴，一次没盖过。"扭头又对顾羽说，"就是吧，俺村条件差，房子盖滴粗糙，恁别嫌恶。"

众人心头热乎乎的。摄影指导多喝了两盅，当即扛着机子穿梭在人群中，拍下这真实的众生相。

林呢喃不禁红了眼圈。这，才是真正的人间烟火。

木清扬跑了趟县城，把预订的酒店退了。

酒店对面就是他曾经就读的中学，临走前，他让李伟停下车，走到校门口，也不进去，就那么看着。

"哥，对面有家奶茶店，我去买几杯。"李伟看似大大咧咧，实际机灵得很，这是故意走开，把空间留给他。

木清扬感激地点点头。

这是出事后，他第一次回到这里，望着学校大门。学校已经不是他记忆中的样子了。旧了，也小了。

曾经以为高不可攀、每每揣着敬畏之心迈入的地方，这时候再看，矮小又简陋，和他读过的大学、见过的景物相比，毫不起眼。

木清扬心里出奇地平静。

曾经的愤懑和不甘似乎成了十分久远的事，伤疤还在，却不再怨恨，反而有种时过境迁的感慨，甚至感激。

没有曾经的伤害，他不会是现在的他。因为满意现在的生活，所以感激曾经的过往。内心的底气和满足，让他变得宽容。

宽恕了别人，也放过了自己。

一辆气派的奔驰停在路边，下来一个年轻男人，中等身材，啤酒肚微凸，单看脸和木清扬年纪差不多，身材气质却像两代人。

"扬子？"对方试探般叫了声。

木清扬回头，目光一怔："徐佳？"

徐佳挺高兴："远远瞧着像你，没想到真是！"

看着他眉飞色舞的模样，木清扬一阵恍惚。

记忆一下子回到了十年前，那间昏暗狭小的宿舍里，自己孤零零站着，和对面的三个舍友对峙……

眼前这位，就是当年的"三剑客"之一。虽然不是带头欺负他的那个，却也没少下黑手。

徐佳似乎也想起了当年的事，笑得有些尴尬："仔细瞅瞅，你变化其实挺大，高了，也壮了，倒是还跟上学那会儿一样帅。"

木清扬笑了一下，语气冷静克制："你还挺好的吧？大奔都开上了。"

"嘁，瞎混呗！你呢，这些年可还行？"这话问得有些艰涩，也很客气。

"还行吧，去了北京，别的不会，就念了几年书，明年研究生毕业。"他语气淡淡，"凡味"十足。

徐佳松了口气，笑容放松许多："挺好挺好。你本来就是学习的料，不读书了才可惜。"

木清扬眼底划过一丝诧异，他这是在担心自己？

徐佳想说什么,张了张嘴,到底没开口。

彼此沉默了片刻,淡淡的尴尬在蔓延。

这次,换木清扬主动开口:"李浩也挺好的吧?那一尺子有没有给他留下后遗症?"

"放心,壮着呢,孩子都生了仨。"徐佳呵呵一笑。

"那就好。"哪怕放在昨天,木清扬都想不到自己能如此平静地谈论那个曾经带给他无数噩梦的人。

看来,是真不在意了。

徐佳顿了顿,低声说:"当年的事,对不住了。"

木清扬心头一松。

当年搭上前程都没听到的话,十年后的今天,在这个地方,就这么始料未及地等到了。

【呢喃日志37】
2020年1月21日 星期二 晴 南风1~2级

时间冲淡伤痛的前提,是我们没有放弃自己。随着时间的流逝,我们变得强大了,自信了,有底气了。

而不是一味消沉,怨恨,堕落,以至于有那么一天,重新站在昔日的对手面前,连淡淡地说上一句"还行吧"的底气都没有。

04

林呢喃是23号回的北京,刚好是腊月二十九,高速收费站都挂上了红灯笼。

小伙伴们陆陆续续在中途下了车,转高铁回家过年。回到北京的时候,两辆大巴空了一半,林呢喃心里挺不是滋味。

这些天，她时不时就要给崔缨兮发个微信，崔缨兮一次都没回过。可她又拉不下面子回家，道歉的话也说不出来。也不知道为什么"面子"就那么重要。

顾羽依旧寸步不离地陪着她，丝毫不提回家过年的事。

林呢喃问起来，他就吊儿郎当地说："有你在的地方，不就是我的家吗？"

"我可真是太感动了。"

"那就明天去扯证吧，再晚民政局该放假了。"

林呢喃给了他一脚。

外面传来敲门声，十分急促。

林呢喃狐疑地打开，意外地看到崔缨兮泛红的脸，破天荒没化妆，鼻尖沁着汗珠，呼吸粗重，像是一口气跑上来的。

"你刚回来？"

"你怎么来了？"

母女两个就这么僵持在门边，哪个都不肯先说句软话。

顾羽关了视频，站到林呢喃身后。

戴云韬也搂住崔缨兮的肩，温声说："你前天不是发微信说去朋友的老家玩吗？你妈妈刚才看了新闻，说那边高速上出了事故，吓坏了，生怕你回不来。"

林呢喃愣了愣神。

崔缨兮推开林呢喃，进到屋里，拉过她的行李就往外走："回家吧！回来了就好！"

林呢喃表情愕然，她张了张嘴，哑声叫："妈……"

崔缨兮怔了怔，突然抱住她，放声大哭。

妈妈，大概是这世上最没有骨气的"物种"，一声"妈"就那么轻而易举地抵消了所有的误解和愤懑。

顾羽和林呢喃一起回了家。

"你真要在我家赖到大年初一吗？不用回你的大别墅和家人一起过？"这是林呢喃第一次正面提到顾羽的家人，她尽量说得幽默些。

"我有大别墅，但没有可以一起过年的家人。"顾羽也是第一次正面回答。

"我是孤儿，爸妈在我六岁那年就去世了，因为山体滑坡，我刚好下车小便……"

加上爷爷奶奶、外公外婆，全家七口人一起出去旅游，只有他一个人活了下来。

"我去山下找人帮忙，走了很远的路，差点被人贩子拐走，不敢相信任何人。"

被野狗追，翻垃圾桶，就是他那时候经历的。

"去过几个亲戚家，都没待下去。直到被后来的爷爷奶奶收养……去年，他们也去世了。"

老两口是大学教授，对顾羽很好。顾羽十岁之后生命中一切的温暖和修养都是他们给予的。只是，二老都已年过七旬，病痛缠身，一年前先后去世。

漫长而复杂的经历，三言两语就说完了。

顾羽的表情意外地平静，似乎这些话已经在他心里反反复复咀嚼了好久，就像台词一样背得滚瓜烂熟，这样说出来，仿佛在演绎别人的故事。

林呢喃不敢当着他的面掉眼泪，只是紧紧抱着他，把湿红的眼睛藏在他颈侧。

"没事儿。"顾羽拍拍她的背，反过来安慰，"其实我一直过得都挺好。爸妈在时，家里六个大人宠我一个。后来的爷爷奶奶脾气更好，我都十几岁了，奶奶还给我读睡前故事，用法语。

"再后来，我就遇见了你。"他的声音更加温柔。

林呢喃眼泪却流得更凶:"我都没听过法语的睡前故事。"

顾羽指腹轻柔地抚在她眼下,笑着念:"Aime moi un peu moins,mais aime moi un peu plus longtemps."

这是法国电影《巴黎小情歌》中的对白,这么经典的台词,林呢喃自然知道。

她轻声翻译:"爱我少一点,但爱我久一点。"

"好,我会的。"顾羽低下头,轻轻地吻上她泪湿的眼,"爱你久一点,也会多一点。"

林呢喃挑眉看他。

"这时候不该踮起脚尖,亲回来吗?"顾羽垂眼望着她,浓黑的眼底含着浅浅的笑意,还有浓浓的深情。

林呢喃抬起脚尖,踩了他一脚,力气倒是比平时小了许多。

顾羽笑着抱住她,可怜兮兮地问:"所以,我能留下了吗?"

林呢喃骄傲地扬着下巴,勉勉强强地点了下头。

"那我今晚能和你住一个屋吗?"顾羽得寸进尺。

"这就不必了,客房已经收拾好了。"戴云韬不知什么时候站到了门口,礼貌又不失凶狠地说。

顾羽笑容僵住。

林呢喃声音轻快:"叔叔,晚上想吃小羊排。"

"好,我去买。"戴云韬温柔地应着。

林呢喃扭过头,冲顾羽做鬼脸。

顾羽笑笑,狠狠地吐出一口浊气,多年来积压在心头的不甘尽数消散了。往后,这个位置只属于他的小丫头。

除夕下午,顾羽和崔缨兮一起在厨房做年夜饭。

原本没顾羽什么事,这不是他想在未来岳母跟前表现表现嘛,于是拿出背台词的本事,背了一上午菜谱。

"可以啊,小顾,都是硬菜。你这个年纪的男孩子,这么会做饭的可不多。"崔缨兮的态度果然不一样了,"哎,你工作那么忙,居然还有时间学这个?"

"阿姨过奖了,有几年不做了。这段时间想着让妮妮吃得有营养些,就又捡起来了。"

是影帝级的演技没错了。林呢喃坐在沙发上,嗑着瓜子憋着笑,差点被呛到。

戴云韬打来电话。

"小青菜是买哪种来着?架子上有好几种啊,有三丰的,四喜的,还有个什么有机生态园的……

"生姜呢?有分叉的有不分叉的,我看着分叉的这个老一点……姜是老的好吧?"

崔缨兮被问烦了,当着未来女婿的面就崩掉了贤惠优雅的人设:"姐姐我买了这么多年菜,还没听过生姜有分叉不分叉一说!"

"那你过来帮我呗,缨兮姐姐。"戴云韬语气温柔,满含笑意。

崔缨兮扑哧一笑,彻底没脾气了。

"这是搬进这个家以来,最像样的一桌年夜饭。"戴云韬举起酒杯,眼含泪光。

顾羽站起来,双手拿着杯子跟他碰了碰:"祝叔叔阿姨身体健康,祝咱们家一年更比一年好,年夜饭一次比一次更像样!"

"叮!"四只杯子碰在一起。

新的一年,定然顺顺利利。

吃完饭,男人们在厨房刷碗,母女两个坐在客厅看春晚。林呢喃边看边玩手机,玩着玩着,习惯性地躺平,还找了个"东西"枕着。

是崔缨兮的腿。

母女两个都愣了一下。

崔缨兮有一瞬间的僵硬，又很快放松下来，尽量放平双腿，让她枕得舒服些。

林呢喃也梗着脖子，努力支撑着头的重量。她发现了崔缨兮的变化，也一点一点压下头，偎依着妈妈。

自打林间路去世后，这还是母女两个头一回这样亲密。

相似的眉眼，双双泛红。

【呢喃日志38】
2020年1月24日 除夕 阖家团圆

即便整个余生，我和妈妈都不会像别人家的母女那样，黏黏糊糊地牵手、拥抱、对彼此撒娇，也不会一天一个视频，亲亲热热地聊家常。

即便我知道她所有的急躁、强势和不切实际，她更清楚我的敏感、焦虑和清冷自私。

即便我们都改不了，也不想改。

我们依然愿意爱对方。

这还不够。

一生中，能有几件生死大事？

更重要的是未来无数个平凡又琐碎的日子。

关心，陪伴，愿意为对方花费时间。

这是我应该做，也会努力去做的。

毕竟啊，这世上，也只有妈妈才是那个因为一声呼唤，就愿意放下所有不满和怨恨的人。

一次又一次，毫无原则和骨气。

除此之外，再不会有别人。

绝对不会。

05

这个年过得不太平凡。

此前的四年,林呢喃都是独自在家属院过的。

这一次,却跟戴云韬还有崔缨兮一起度过。

戴云韬是医生,过了初三就回去值班了,他们科室每天都很忙,工作量极大。

令林呢喃惊讶并敬佩的是,戴云韬从不把工作情绪带回家,甚至都不会在家人面前露出一丝疲态。

他会在单位洗好澡,换上得体的西装,车子拐进小区之前,会特意在街角的花店停留一刻,为家里的两位女士精心选择一束花。这种周到不是秀出来的,而是源于骨子里的修养以及对家人的爱。

在看到林呢喃捧着满天星拍照发朋友圈的那一刻,戴云韬是真真正正把自己放在了"父亲"的角色里。

这种情绪,林呢喃是可以感受到的。

崔缨兮反倒清闲下来,每天在家做做饭,练练瑜伽,还拉着林呢喃一起学肚皮舞。

林呢喃起初担心过,天天和妈妈朝夕相处会不会忍不住吵架,神奇的是,并没有。相反,她发现了一些曾经被自己忽略的东西。

比如,妈妈做饭很好吃,尤其做素菜的时候,居然可以用很少的油炒出极香的味道,丝毫不亚于那些贵到离谱的"营养餐"。

妈妈还有一双巧手。无论什么样的花束,被她拆一拆、拼一拼,往瓶子里一插,分分钟可以拍照发朋友圈,比林呢喃的脸还没死角。

林呢喃自己暗戳戳地搞过一次……非常之丑。

林呢喃还发现,其实跟妈妈和平相处很简单,只要不跟她犟嘴,顺着她一些,多夸夸她,她就会很温柔,很好说话。

这个寒假,是林呢喃四年来最有意义的一段时光。

她从戴云韬身上学到了敬业、修养,以及正确表达爱的方式。

崔缨兮则给了她动力和勇气,让她生出一种强烈的,想要好好

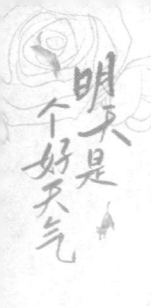

生活的渴望，为了家人，也为了她自己。

开学以后，时间过得很快，大家拍片的、找工作的，难得一聚。
对毕业班的学生来说，这次分开可能以后再也没机会见面了。
徐茜茜给林呢喃发微信：一起吃个饭吧。
当时，林呢喃正在跑步，没看见。
过了十分钟，徐茜茜又发了一条：不光咱俩，还有穗子和安心，就当是毕业前的散伙饭了。
林呢喃被顾羽拉着，不跑完五公里不能停。
又过了八分钟，徐茜茜越等越忐忑，干脆换成发语音。
"对不起，我后来看了直播，我当时说话确实太难听了，现在想想也挺后悔的。"
"不管这顿饭你来不来，反正，别因为我影响心情……我知道那种被人当众羞辱的滋味，我已经尝过了。"
"谁敢当众羞辱咱们班才女？"林呢喃直接拨通语音电话，语气中透着笑意。
徐茜茜也笑了笑："咱们班才女不是你吗？"
彼此都不是那么自然，但还是开心的吧，至少心里轻松了一大截。

散伙饭的地点，四个人毫不犹豫地选择了第一食堂。
当年，新生入学第一天，606室的四个姑娘就是在这里吃了大学生涯的第一顿饭。
同样的位置，同样的麻辣烫，不一样的心情。三年多的大学生活，带给她们太多太多。
讲和的微信是徐茜茜主动发的，见面后换成林呢喃主动。她抱了抱徐茜茜，调侃："恭喜，减肥成功了。"
徐茜茜苦笑："失恋的力量。"

林呢喃一怔:"抱歉。"

"没事,早该分了。"

其实徐茜茜早就知道,肖楠那个人势利眼、野心大,随时有可能因为更大的利益踹了她。

林呢喃把自己碗里的牛肉丸舀给她。

徐茜茜失笑:"你还记着呢?"

"怎么会忘?"

军训那会儿她俩走得最近,每次站完军姿都要买一串牛肉丸犒劳自己。

毕业后,就算做不了朋友,至少能做一对逢年过节发发祝福微信、朋友圈互相点个赞的室友,不至于多年以后回忆起大学生活觉得遗憾。

说到遗憾,就想到了姜晓晓。

那个曾经和她一起北上艺考,一起熬夜刷题,一起窝在群租房谈电影、谈梦想的朋友。

林呢喃得奖的那部《老街》,姜晓晓帮忙做过推广;姜晓晓最初运营营销号的那两年,每一条视频都会找林呢喃提意见。

因为《双子杀手》的争论,她们已经三个多月没联系了,偶尔一起在群里出现也没搭过话。

刚好,姜晓晓在群里丢了个微博链接,求转发。林呢喃点开,想帮她转一下。

不知怎的跳转到姜晓晓的个人主页,林呢喃突然发现,原本的"互相关注"变成了她单向关注……

点开微信,姜晓晓朋友圈也看不了了。

这种感觉有点难受,原本以为能做一辈子的朋友,原本以为是志同道合的朋友。

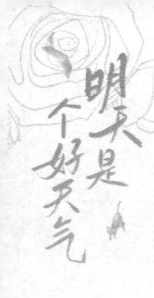

人和人的关系真是奇怪，可以亲近到枕同一个枕头、倾诉心底最灰暗的往事，也可以脆弱到因为一句话、一场争执就变成陌路人。

林呢喃想许淼了。

出于工作的原因，许淼回国的时间多次推迟，两个人的见面计划也一推再推。再也不像前两年那样，想见面了，买张高铁票就能彼此奔赴。

林呢喃：水水，想你了。

林呢喃：水水，爱你！

微信想发就发，不再因为对方几个小时不回而焦虑不安。

三点水：[皱眉.jpg]

三点水：顾羽劈腿了？还是跟哪个十八线传绯闻了？

林呢喃笑倒在沙发上，同样的话也发给了午后和杨杨。

午后：我也爱你！么么哒！

后面跟了张撸猫喝咖啡的美照。

杨杨直接拨通语音："是不是碰到什么事了？羽哥出轨了？不应该啊！"

林呢喃笑得话都说不利索了："你，你该跟水水聊聊，我这就把她名片推给你……"

她推完名片，又给顾羽发消息：你人缘真差。

十分钟过去了，顾羽没回。林呢喃并不介意，转而和木清扬聊起天。

林呢喃：哥，有你真好。

木清扬：我一直都在。

一如既往的秒回，一如既往的温暖。

林呢喃目光柔软：哥，你就是我的"小狐狸"。

木清扬含着笑意：可你成了别人的"玫瑰花"。

小王子悉心浇灌玫瑰，那是让他心动的玫瑰，是无法替代的玫瑰，是他的玫瑰。

小狐狸为小王子擦干眼泪，教会他责任，帮助他成长，然后，送他离开。

少年时怎么都读不懂的《小王子》，读懂时已经成了故事里的人。

林呢喃：哥，你会有属于自己的玫瑰花。

林呢喃：也会有小狐狸。

木清扬：希望他们是同一个人。

会的，林呢喃在心里说，这么好的人，理应由全世界最闪闪发光的灵魂来照亮他。

列表往下翻，看到一个熟悉的头像，林呢喃心头一揪。

三个多月了，小仙女的头像再也没出现过小红点，她也不敢点开，不敢看那一条条带着感叹号的消息，不敢听到小仙女的声音。

今天终于有了勇气。

——泡泡玛特我在好好照顾。

——"粉嘟嘟"长得很好。

——上周去复诊，医生说我很快就能停药了。

——姐姐答应你，会活五十年的。不需要努力坚持，不需要咬牙硬撑，而是轻松愉快地，像大街上每一个普通人那样，平平淡淡地过完五十年。

——宝贝，你在那边，也要好好的。

两个月来，林呢喃每周都会去医院复诊，有时候是崔缨兮陪着，有时候顾羽来接她，也有时候她自己去。

主治医生换了一位，没有响亮的名气，也没有"专家"的称号，林呢喃却喜欢。

或许是这位医生耐心亲切，也或许是林呢喃心态变了。以她现

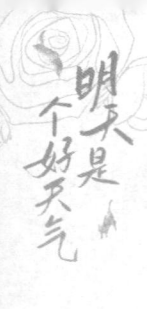

在的状态，就算换回第一次那个面无表情啪啪打字的医生，她八成也会积极治疗。

三月的最后一次复诊，林呢喃坚持自己去。这是一个重要的日子，医生会告诉她，还用不用继续吃药，还要不要回来复诊。

"不需要了。"

看着诊疗单，医生笑得很温暖："每天的运动还是要坚持，有必要的话，心理咨询也可以继续一段时间，医院这边不用来了。"

"看来，你找到自己的'迷榖花'了。"

自从知道林呢喃的导演身份，医生就试着用这种文艺的方式和她聊天。

她对林呢喃说，《山海经》里讲到一种"迷榖树"，长在招摇山上，开的花可以发出照耀四方的光华，戴在身上就不会迷路。

她还说，抑郁症患者就像陷入迷雾中的小神仙，不幸的是，别人脚下或许是土路，是石子路，他们脚下却是沼泽地。

但，也只是沼泽地而已，并非绝境，只要找到属于自己的那朵"迷榖花"，就能平安无事地走出来。

尽管这个过程或许孤独，或许漫长，或许伴随着无数次的号啕大哭和几近绝望，但只要不放弃，就一定会找到。

一定会的。

林呢喃永远不会忘记，这位信奉了四十多年唯物主义的医生，一本正经地给她讲《山海经》的样子。

她本不需要如此。即使她像自己之前遇到的那些医生一样，只是按部就班地做好本职工作，也不会影响她评职称、领工资。

但她没有，她用自己下班后的时间去接触不熟悉的领域，只为能更了解患者一些，能和对方多聊几句，能鼓励对方坚持下去。

而林呢喃，只不过是她的诸多病患之一。

过了今天，她们可能永远不会再见。然而，这位医生的敬业、善意、温暖，已然化成点点光斑，附在了林呢喃的"迷穀花"上，照亮她未来的路。

离开之前，林呢喃对着医生深深地鞠了一躬，医生连忙站起来和林呢喃握手。

林呢喃第一次看清她胸牌上的名字——夏春如。和小仙女一样，姓夏，一个温暖灿烂的姓。

出了医院大门，林呢喃大步向前，没有回头。

她知道，自己或许不会彻底痊愈，抑郁症这条"大黑狗"会一直跟着她，她要做的就是学会跟它和平相处。

突然觉得很幸运，经历过这样一段茫然而又清醒的日子，她变得更平和，更通透，更强大了，学会了换位思考，学会了不为难自己。

更重要的是，她找到了属于自己的"迷穀花"——她生命中的亲情，友情，爱情。

当她陷入迷雾的时候，当她关上心门的时候，当她无意中伤害到他们的时候，他们没有放弃她。

尤其是顾羽。

她陷入迷茫的时候，他清醒又温柔。

她绝望放弃的时候，他执着又强势。

他仿佛从天而降的神明，就那样猝不及防地闯入她的生命中，紧紧抓住她的手，带她走出那片沼泽。

林呢喃一直以来都运气极差，凡是面试抽签绝对是"一号"的那种，现在她知道为什么了。

她攒了二十年的好运，只是为了遇见顾羽。

四年里，他们错过又遇见，或许只是为了成全各自的成长，然后在更好的时间，以更成熟的姿态，许下对彼此的承诺。

从前是他宠着她，从今往后，换成她来宠他，爱他，护着他。

林呢喃偏头,看向驾驶座上的男人:"我是不是还没告诉过你我爱你?"

车子猛地往前一蹿。

顾羽咬牙,既然规定了高速不能停车,为什么不多加一条高速上撩男朋友犯法!抓去民政局的那种!

【呢喃日志39】
2021年3月31日 星期三 多云 东北风3~4级

人生就像坐火车。每个站点都有人上车,有人下车。

一个人能陪你走完全程,是缘分。如果不能,也不必懊恼。

些许的遗憾,会提醒我们更加珍惜现在的人。

/ 番外一
爱自己 /

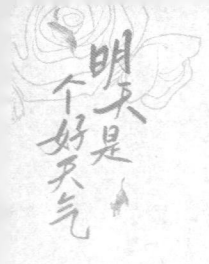

2021年的春天，来得有些晚。

但是没关系，对于耐心等待花开的人，多晚都可以。

去年冬天，顾羽为林呢喃种下的圣斯威辛开花了。大概是因为浇灌了极多的期盼，花朵比顾羽记忆中还好看。

他兑现了当初对自己许下的承诺——等到花开时，带她来看。

这是林呢喃第一次来顾羽家。

城郊接合处的一片老住宅区，长长的巷子走进去，是一栋栋坐北朝南的二层小楼。二十世纪九十年代的建筑，墙面还是那种粗糙的水泥，楼梯在室外，走廊很宽敞，屋子一间连着一间，像高中校园。

院子很可爱，四四方方一小个，东边种着一棵桃树，西边种着一棵李树，南墙根下搭着个葡萄架，枝干还是光秃秃的。剩下极大一片地方，长着两棵娇滴滴的月季花，个头不大，花开得不少。

是林呢喃熟悉的颜色，熟悉的味道，倏忽间仿佛回到十六岁那年，她站在月季花下，拿着一杯奶茶，看着排练室里帅气的男孩，还有玻璃窗上映出的狼狈的自己。

"什么时候种的？"她嗓音温软，心也是暖的。

"去年，拍戏那会儿。"顾羽看似漫不经心，其实紧张得走路都不自然了。

林呢喃记起来了，那天在阳台，他问家里的月季谁在照顾——原来，他一直记得，记得那年夏天，记得月季花架，还有她。

她别开脸，不想让顾羽看到她湿红的眼角，

其实顾羽根本没注意到。从林呢喃踏进小院的那一刻起，他就紧张得失去了正常的判断力。

不像他参演的任何一部电视剧,男主角可以轻松潇洒地搞定一切,还会邀请一大帮朋友烘托气氛,仿佛料定了女主角会接受他。

那不是表白,是耍帅。

今天,顾羽终于亲身体验到了真实走心的表白戏份该怎么演。

其实,林呢喃猜到了。

刚才是李伟开车接的她,把她送到后就飞快地消失了。大早上,在自己家,顾羽穿着西装,打着领带,一脸僵硬。

林呢喃在纠结,她以为,在她说出"我爱你"的时候,他们已经在一起了,彼此爱慕,心照不宣就好,实在不用再来一次。她很担心,以后生活中处处有"惊喜",天天充满"仪式感"地过日子。

她在"做个幸福却睿智的小女人"和"保持不解风情的工作狂"人设之间左右徘徊,直到走进客厅,看到桌上的玫瑰和红酒……

"你别这样。"林呢喃到底没绷住,笑着往门边退。

她真的担心下一刻午后那帮家伙会突然从窗帘后跳出来,再搞一堆气球,洒一盆狗血……哦,不,花瓣。

顾羽揪住她:"我就这样。"

林呢喃也开始紧张了,紧张得口不择言:"有点老土。"

"我本来就比你老。"顾羽咬着后槽牙,"老三岁。"

林呢喃继续后退,冷不丁踩到一块"石头",圆圆的,宝石蓝绒面……她顿时改了主意:"行,那来吧。"

顾羽本能地意识到哪里不对劲,但仅存的理智被瞬间的狂喜赶跑,连忙把手伸进衣兜……

沙发上……

花束里……

红酒杯……

客厅卧室衣帽间饰品柜都翻了,那个他最想给林呢喃的东西像

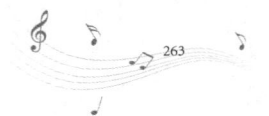

263

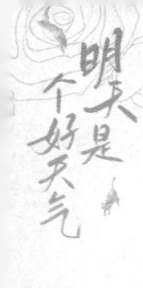

是莫名其妙人间蒸发了。

"我想了想,还是改天吧。"

顾羽僵着脸,表情管理和情绪伪装能力直线下降,仿佛瞬间退回到十九岁,变成了那个连搭讪的勇气都没有的大男孩。

是因为真的在乎,在乎眼前这个女孩,也在乎那样东西。

这下,换成林呢喃心疼了:"这房子是爷爷奶奶留给你的?"

顾羽郁闷地点点头,今天注定会成为一个特殊的日子,所以选在了这个对他来说最重要的地方。

"那就不要留下遗憾了。"

林呢喃笑了一下,突然单膝跪地,手上捧着一串紫檀珠:"顾羽,你可以做我男朋友吗?"

顾羽愣了一下,然后一把将人抱起来,沉声说:"你别这样,你不用这样……"

但他还是感动的。

当他丢了"十世之约",担心喜欢的女孩还是不打算跟他在一起的时候,林呢喃反过来表白了。

更是欢喜的。

再强势的男孩子,也有"孩子"的一面,也是希望有人疼的。

林呢喃把檀木珠套到他手上,一粗一细两个手腕放在一起,一新一旧两串檀木珠彼此挨着,仿佛原本就是一对。

"哪里买的?"

"广济寺……旁边的小店。"

顾羽挑眉:"多少钱?"

"老板说这是在佛前开过光的,求姻缘最灵,给我个优惠价,1888块。我说,88块卖不卖?老板想都没想就说,扫码拿走。"

顾羽终于露出个笑模样。

他知道,不可能是这样。这个小丫头从来都是要么不要,要就要最好的,容不得半点瑕疵。对待工作是这样,对感情更是。

"你刚才想给我什么？"林呢喃看他有些心不在焉，主动问。

"找到再说吧。"顾羽郁闷爆了。

"万一找不到呢？"

"不会，我今天没出门，大早上起来就在这几间屋转悠，八成落哪儿了。"

"是不是这个？"林呢喃从兜里掏出一个圆圆的绒布盒——她刚才单膝跪地的时候顺手捡起来的。

顾羽语塞。

极具年代感的盒子，装着枚极有年代感的戒指，鸽子蛋那么大的红宝石，嵌在略略发乌的黄金圈上，造型是两朵并蒂莲托着一颗赤子之心。

"这是'十世之约'，爷爷留给我的。"顾羽捏着指环，近乎虔诚地套到林呢喃手上。

"十世之约"的含义，就是十世圆满。神奇的是，这枚戒指的前九任主人，无论贫穷富有，每一位都获得了圆满的姻缘。

"当年，爷爷就是用它套住了奶奶，两个人一辈子没红过脸。"

所以，顾羽坚持用它来表白，哪怕有万分之一灵验的可能，他都要为这段感情加码。

林呢喃同样如此。

那串紫檀珠是她亲手磨的，听说广济寺求姻缘最灵验，便拿过去，供在佛前叩了九十九个头。

不过，她临时改了主意，没有求姻缘，而是请佛祖保佑顾羽，余生平安顺遂，一世安稳。

林呢喃主动吻上顾羽，动作生涩。

顾羽瞬间变身，生猛地扑过去，反客为主，林呢喃紧张得指尖发颤，顾羽却浑然不觉。

突然，手机响了。

是那首《桂花树下》，顾羽写给林呢喃的歌，是他最满意的作品，这时候听到却觉得刺耳至极。

他从兜里掏出手机，毫不犹豫地按掉，继续。

林呢喃轻颤："万一是工作……"

"不用管。"顾羽炙热的呼吸洒在她耳畔。

屏幕还亮着，林呢喃用仅剩的理智扫了一眼："是温姐，会不会是《少年时》……"

"不重要。"

林呢喃几乎要被他说服了，手机又响了。

"去接，我担心是《少年时》。"她用力推开他。

顾羽眼睛黑洞洞的，像是要把她一口吞掉。

林呢喃怯怯地缩了缩肩膀，还是暗戳戳地点了绿键接通，放到顾羽耳边。

"恭喜，《少年时》过审了。"温荣的声音满含笑意。

林呢喃腾地坐起来，一下子把顾羽撞到了地上。

《少年时》加了老家的镜头，终于过审了，全剧组的真诚、团结和专业融进了每一帧画面，被看到了。

两版都过了。"背影版"会送到国外评选，"正常版"需要再等等，之后会在电影院播放。

然而，消息刚放出去，瞬间引来一片嘲讽。

一些"专业人士"说：这不是玩嘛！

也有人酸溜溜内涵：砸了不少钱吧？

听到这些消息，林呢喃意外地平静。没有大肆庆祝，没有写篇幅很长的日志蹭热度，也没有借机造势，《少年时》全体主创只是关起门来偷偷开心。

胜利者从来不需要打嘴皮子仗，功夫用在了前头，之后是成是败是好是坏也就看淡了。

这就是全力以赴带来的底气。

《少年时》持续推进，工作邀约纷至沓来。

顾羽正式成立工作室，邀请林呢喃加盟。林呢喃婉拒了，原因是，夫妻店不靠谱。

一句"夫妻店"，成功浇灭了顾大影帝所有的不满。

两个人约定，到顾羽三十岁的时候再"官宣"，不伤害他的粉丝，不影响各自的事业。

之后的工作中，林呢喃没有冒进，而是踏踏实实地做起了李长鸿导演的助手，磨炼导演技能的同时开始接触摄影，对镜头和光影的控制，能让她更精准地具现出脑子里的画面。

李长鸿导演团队里哪怕是一个场务拎出来都是行业内的前辈，大家都很看好这个小丫头，从不吝惜指点她。

这个行业从来不缺认真努力有天赋的年轻人，然而，像林呢喃这种没有私心杂念，单纯致力于专业技能的提高、专注于艺术和作品的却不多。

一切都是因为那段灰色的过往。如果没有经历那些，林呢喃很有可能也会像某些年轻气盛的同行，说的比做的多，野心比能力大，陷入"一心搞钱，反而得不到"的怪圈。

体验过"死亡"的她更懂得珍惜有限的生命，看淡虚荣和浮华，重视内心，追求纯粹，享受快乐。

健健康康地活着，平平淡淡地过好每一天，什么意外都不要发生。

这就是最好的生活。

"傻笑什么呢？"顾羽捏捏她的脸，"手机比我好看？"

林呢喃偏头咬了他一口，撒娇似的："手机里有暖男。"

顾羽醋意横生："有多暖？"

"微信秒回，视频秒接，永远疼我，爱我，理解我，时时刻刻陪着我，永远不会背叛我；还不会跟我吵架，不嫌弃我加班，更不会跑到片场乱吃醋——够不够暖？"

顾羽喷了声："我就不信真有这么个人……让我瞅瞅是谁，回头找这哥们儿单挑。"

林呢喃把手机藏了起来。

顾羽却惦记上了，终于有一天，他看到了"暖男"的头像，用的是林呢喃十六岁时的照片。

他微信列表也有这个人，那就是林间路。

林呢喃有两个手机，一个是顾羽送她的，一个是林间路的遗物。她每天用自己的手机跟林间路聊天，然后用林间路的手机回复。

开心不开心的都会说一说，像是写日记，也像自我开解。

就在顾羽"不小心"发现这个秘密的那天，林呢喃写的是——

爸爸，我好像没有那么想你了。

因为，我的眼睛每天都能看到一个人，是很爱的人，是比工作更重要的人，是天天在一起都不觉得烦的人，心就没有那么空了。

爸爸，我会永远爱你。

我也会很爱很爱我自己。

【呢喃日志 40】

2021 年平凡的一天，天气很好的一天。

微信秒回，视频秒接，永远疼你，爱你，理解你，时时刻刻陪着你，永远不会背叛你——这样的人有吗？

有啊，就是你自己。

/番外二
首映礼/

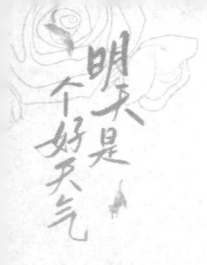

夜晚的银座，霓虹闪烁。媒体、粉丝和众多业内同行齐聚一堂。今天，是电影《少年时》的首映礼。

一年前《少年时》送到国外参加电影节，有幸获得了提名，遗憾的是并没有拿奖。

但林呢喃并没有太过失望，现在的她已经能够坦然地接受失败了。虽然没有拿奖，《少年时》却得到专业评审极高的赞誉，因此获得了国内外媒体的广泛关注。

距离开场还有半个小时，放映厅入口挤得水泄不通，演员们不得不走特殊通道。

此时，林呢喃正站在通道口，神情失落："看来是不会来了。"

"还有半个小时，再等等。"顾羽揉揉她的头，笑着安慰。

手机响起一阵急促的铃声，是李伟打来的，不用接就知道是催顾羽入场。

顾羽果断挂掉，继续陪着林呢喃等。

林呢喃借着袖子的遮掩，悄悄拉住他的手。两个人手上的小叶檀念珠碰到一起，一新一旧，意外和谐。

表针走到最后一格。

林呢喃的目光彻底黯淡下去，转身就走："进去吧，不等了。"

"阿姨，您来了！"顾羽突然热情道。

林呢喃回头一看，崔缨兮穿着时尚的礼服，化着精致的妆容，拎着亮闪闪的小手包，款款而来。

戴云韬轻声对林呢喃说："早上六点就起床了，挑选衣服两个小时，洗澡化妆三个小时，为了穿礼服好看，午饭就吃了一根香蕉。"

"就你长了嘴。"崔缨兮不自在地白了他一眼。

林呢喃眼中染上笑意，挽住崔缨兮的胳膊："进去吧！"

顾羽理了理西装，走在后面，和戴云韬一左一右呈现出守护的姿态。

活动已经开始了，主持人控场能力很强，现场气氛比预想的还要好。

轮到林呢喃讲话，她妙语连珠，逗得台下观众笑声不断。谈到电影，她又十分诚恳，令在座同行连连点头。现场媒体也十分踊跃，问了她许多关于电影本身的问题。

崔缨兮眼中闪过骄傲之色，这是她第一次看到工作状态的林呢喃，终于意识到女儿长大了，早就在她无法触及的领域舒展枝丫，独当一面。

采访环节暂时告一段落，开始播放电影。

总时长一百多分钟，崔缨兮姿势都没换一下。

跟随主人公"木子"的视角，她脑海中时而浮现出往日和林呢喃相处的画面，时而回忆起自己的过往，不知不觉间，泪水模糊了视线。

她这才恍惚记起，在她成为一个妈妈之前，也曾有过少年时光，有过成长的阵痛，有过在别人看来不切实际的梦想。

然而，就在不久前，她还在以一个"过来人"的姿态干涉女儿的选择，险些让女儿和自己一样，留下半生的遗憾。

放映结束,台下啜泣声一片。

主持人为了活跃气氛,采访各位主创的家人。这个环节是提前设计好的,几位主演的父母或幽默或动情地表达了对自家孩子的期许和祝福。

轮到崔缨兮,林呢喃有些紧张。她之前并不确定崔缨兮会不会来,因此没提前告诉崔缨兮准备发言稿。

没想到,崔缨兮面对镜头丝毫没有怯场,她诚挚地对林呢喃说:"我从前不支持你做电影,是因为爱;从今天开始支持了,也是因为爱……"

林呢喃含泪哽咽,顾羽绅士地揽住她的肩,现场掌声雷动。

首映礼结束,林呢喃和顾羽礼貌地推掉了主办方组织的酒宴,找了家私密性极好的西餐厅陪两位长辈用晚餐。

进门的时候,崔缨兮眼尖地发现服务员在往餐车上摆花瓣,还看到一个镶着碎钻的戒指盒,因为符合她的审美,所以一眼就注意到了。

崔缨兮悄悄对戴云韬说:"小顾该不会打算跟妮妮求婚吧?"继而又有些不满,"他俩才多大?我还没点头呢!"

"应该……不会。"戴云韬笑得有些不自然。

吃饭的时候,顾羽和往常一样帮林呢喃切牛排、配甜酒,崔缨兮时不时就要警惕地瞄他一眼。

顾羽承受了不该承受的火力,只有苦笑的份。他趁崔缨兮不注意,悄悄凑到林呢喃耳边,问:"时间差不多了吧?"

林呢喃压着笑意提醒:"小声点儿,别露馅。"

话音刚落,包厢中就响起了理查德·克莱德曼的钢琴曲——《梦中的婚礼》。

穿着燕尾服的工作人员推着铺满玫瑰花的餐车进来,层层叠叠的粉色花瓣中放着一个闪闪发光的戒指盒。

崔缨兮猛地抓住戴云韬的手："我说什么来着，这孩子招呼都不打一声就要求婚！"

"求婚当然要给惊喜了，怎么能提前打招呼？"戴云韬拿起戒指盒，单膝跪到她面前，微笑着问，"兮兮，你愿意嫁给我吗？"

崔缨兮傻掉了。

所以，被求婚的人不是女儿，是她自己？

"嫁给我，好吗？"戴云韬虔诚地举着戒指，又问了一遍。

林呢喃笑盈盈地提醒："妈妈，这个时候应该说'我愿意'。"

崔缨兮眼中蓄满泪水，哽咽着连连点头："我愿意，一千一万个我愿意！"

啪的一声，顾羽拧开礼花。

音乐陡然高昂。

工作人员鼓掌祝贺。

林呢喃趁机送上她和顾羽准备的第二重惊喜——毛里求斯浪漫蜜月旅行套餐。

崔缨兮抱住林呢喃，哭着说："结婚后我想辞掉美容院的工作，开一个舞蹈工作室。"

林呢喃像个大人那样拍拍她的背，说："妈妈尽管去追求梦想吧，以后换我赚钱养家。"

【呢喃日志41】
2022年1月8日 星期六 多云 东北风2～3级

家人之间，就是互相成全。
因为爱你，所以爱你所爱。

/番外三
官宣/

距离两个人的约定整整过去了六年,今年,顾羽三十岁了。

六年前,他离开冯星传媒,成立个人工作室,不再过度消费自己的人气和颜值,而是踏踏实实接拍了几个品质剧,从配角做起,一步步从"流量明星"转型为"演员"。

《烽火长安》剧组。

作为男一,顾羽没有搞特殊待遇,而是和其他演员挤在一个餐车上吃午饭。

"远哥,嫂子又给你准备爱心便当了啊?"男三羡慕地看着男二。

男二挂着一脸已婚男人的幸福感,笑呵呵地把餐盒放到桌面上:"来来来,一起吃。"

以往这个时候,顾羽会和男三一样酸溜溜地羡慕对方。不过今天不一样了,他也带了爱心便当。

只不过,男二家的嫂子准备的是红烧排骨、糖醋丸子、老醋花生,还有满满一盒水果拼盘。

顾羽的是什么?一罐粉嘟嘟的腌萝卜条。

男三扑哧一笑:"羽哥,你这是啥?"

"爱心腌萝卜条,别太羡慕。"顾羽万般珍惜地夹了一根,放到盒饭里,搭配着米饭和鸡腿吃。

男三憋笑憋得很是辛苦:"是挺有爱的,萝卜条都是粉红色的。"

"好吃着呢,不信你尝尝,一般人可做不出来。"顾羽十分大方地给他夹了……半根。

男三嘻嘻哈哈地开着玩笑:"谢谢羽哥,祝羽哥和嫂子百年好合,早生贵子。"

"成,回头请你喝喜酒。"顾羽大方地应下。

餐车内陡然一静,大大小小的演员头顶纷纷燃起八卦之火。

圈子里都在传顾大影帝有个神秘女友,然而内娱狗仔全体出动愣是连张照片都没拍到。如今瞧着顾羽这意思,是要官宣了?

男二体面地帮顾羽转移话题:"下午要去颁奖典礼吧?时隔六年再上林导的戏,不捧个奖杯回来说不过去啊!"

他口中的"林导"就是林呢喃。

六年间,林呢喃也在飞快地成长着,如今已经是圈内排得上号的新锐导演了,口碑票房双丰收,还接连捧红不少新人。

让业内不解的是,自从《少年时》之后,林呢喃和顾羽再也没合作过,两个人甚至不会在同一场合出现。

渐渐地,圈子里就传出一些流言,说顾羽和林呢喃不和,起因就是那个"背影版"的《少年时》。

直到去年,林呢喃和顾羽再次合作《鲜衣怒马》,不和的传闻才不攻自破。

《鲜衣怒马》不负众望,获得了多项提名,顾羽也提名了"最佳男主角"。

"下午的飞机,你们先吃着,我去跟李导打声招呼。"顾羽把装萝卜条的罐子仔细盖好,亲自提着出了餐车。

男三凑到男二跟前八卦:"远哥,你说送羽哥萝卜条的会是谁?就那手艺,呃,不是个女王也得是位公主吧?"

男二笑了笑,慢悠悠地吞下一颗小丸子,说:"也许晚上就知道了。"

三个小时后,顾羽在厦门落地。

如果记者问，有没有一个城市让你想起来就觉得温暖，顾羽的答案一定是厦门。

他带林呢喃在这里看过雨中的大海，他们一起在这里拍了《少年时》，也是在这里，林呢喃的病情开始有了好转。而今天，他们将会在这座城市留下一段终生难忘的回忆。

顾羽掏出私人手机，正要给林呢喃发微信，林呢喃的消息就先来了。

小丫头：别紧张，这次提名的都是很厉害的前辈，你要能拿奖就是幸运，拿不了也不算输。

顾羽笑笑，回复：就算今天拿不下影帝，还有别的大奖等着我。

小丫头：[我怀疑你在憋坏水 .jpg]

大羽毛：[小猫咪能有什么坏心思呢 .jpg]

颁奖典礼现场，林呢喃和顾羽的座位挨在一起。

宣布"最佳男主角"的时候，林呢喃下意识地抓住了顾羽的手。当初，她自己提名最佳导演的时候都没这么紧张。

上一届影帝念着手卡上的名字："最佳男主角，获奖的是——《鲜衣怒马》，顾羽！"

音乐声起，掌声雷动。

林呢喃激动得跳起来，不小心踩到裙摆，好巧不巧跌进顾羽怀里，顾羽顺势抱住她。

镜头给了他们一个特写，大家都友善地笑着，没人想歪。毕竟，这种激动人心的时刻，就算导演和主演亲亲抱抱举高高都不奇怪。

"恭喜！"林呢喃仰着脸，目光灼灼。

顾羽笑着帮她理了理头发，大步走上领奖台。

他接过奖杯，向前辈、主持人和观众一一鞠躬，然后才走到话筒前。

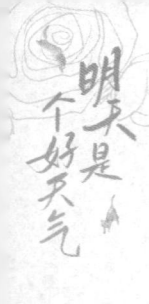

还没说话，林呢喃就哭了。

观众席上的粉丝们也哭了。

这个奖，顾羽等了十年，他们也等了十年。

从捧起奖杯的那一刻起，顾羽就彻底完成了自己内心的"转型"，不再是黑粉口中的"万年4.9"，而是一个有口碑、有质感的好演员了。

"我需要感谢的人不多，也就是李监制、方制片、徐编剧、搭档小婉，还有温姐、许总、侯哥……"

顾羽如同念贯口似的说出一长串名单，惹得台下一片哄笑。气氛顿时轻松许多。

然后，他看着台下的林呢喃，目光变得温柔："还有，我的导演，林呢喃。我的小丫头，你准备好做我的女朋友了吗？"

全场哗然。

镜头飞快地切到林呢喃脸上，如愿捕捉到她那一瞬间的惊讶、呆愣、不知所措，紧接着，是无奈和包容，还有无法遮掩的幸福。

她扬起眉眼，朝着顾羽比了个爱心。

突如其来的官宣，把颁奖典礼推向高潮。

顾羽和林呢喃不出所料空降热搜，连带着《少年时》《鲜衣怒马》"影帝 顾羽""顾羽 十年""我的小丫头"等词条一举冲上前排。

网络平台瘫痪，程序员新婚之夜还要加班。

在顾羽工作室的引导下，大多数粉丝坦然接受了两人的恋情，并大方送上祝福。

还有一些"亲妈粉"，原本就因为《少年时》很喜欢林呢喃，这时候不仅不反感，还积极地做起了两个人的CP小视频！

当然，黑粉和对家存在也在所难免。

颁奖典礼上，顾羽表白时林呢喃那一瞬间惊诧的表情被过度解读,成了这些人攻击顾羽的借口。

也有喜欢、关心林呢喃的人,怀疑顾羽捆绑营销或者道德绑架,呼吁林呢喃勇敢地站出来,不要为野心男抬轿子。

这一次,换成林呢喃保护顾羽。

她写了一封长长的表白信——《曾经,我一度不再相信爱情》。

> 这些年我一直在拍与女性题材相关的作品,有幸获得了一些掌声。只是我从来没有说过,这些荣誉至少有一半属于我身后的他。
>
> 了解我的朋友都知道,我曾经经历过一段不那么快乐的日子。沮丧过,崩溃过,甚至想过放弃自己。幸好有他。他比我还要执着,比我还珍惜我自己。
>
> 我们在一起六年了,是恋人,也是工作伙伴。因为有他去接一些可能他自己都不是很喜欢的工作,我才可以随心所欲地拍自己想拍的东西。
>
> 因为有他,我才能成为现在的我。
>
> 我爱他。
>
> 我和他一样期待这一天六年了。

发完微博,林呢喃就关掉了手机,安安静静地和顾羽过起了二人世界。

六年来,为了各自的工作,也为了不伤害顾羽的粉丝,两个人聚少离多。

难得的是,他们一次都没有大吵大闹过,偶尔顾羽吃醋,或者林呢喃情绪不好,冷战五分钟就和好了。

因为曾经失去过最宝贵的东西,所以更懂得珍惜现在拥有的。

【呢喃日志42】
往后余生的每一天，天气或晴或阴，或冷或暖。

曾经我一度不再相信爱情，后来又信了。
不是因为某个人的出现，而是我打开了自己的心，愿意接纳未知的一切。
那些好的，可以为本就不错的生活锦上添花；倘若是坏的，便踩在脚下当作成长的基石。
一切都是最好的安排。

/ 后记 /

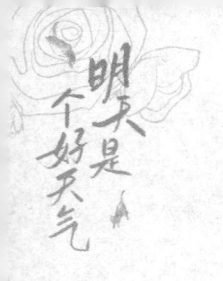

本书是一本讲述身患抑郁症的女主自我救赎的小说，旨在传递蓬勃坚韧、温暖治愈的女性力量，赞美环绕在我们身边的亲情、友情与爱情，相关内容（特别是抑郁症及其治疗的内容）均为故事情节需要而进行设定，受限于本人的认知范围，或在描写中有不当之处，请见谅，也欢迎对本小说提出建议与意见。

　　相逢是缘，感恩遇见。

　　献给每一个躯体平凡渺小，内心强大而富足的"林呢喃"。

孟冬十五
2024.5.15